August Gödecke

Tod auf der A7

Kai Sommer ermittelt

Hildesheim-Krimi

Schardt Verlag Oldenburg

Bibliographische Information der Deutschen Bibliothek:

Die Deutsche Bibliothek verzeichnet diese Publikation in *Der Deutschen Nationalbibliografie*; detaillierte bibliographische Daten sind im Internet über *www.d-nb.de* abrufbar.

Titelbild: Rainer Griese, Troisdorf

1. Auflage 2012

Schardt Verlag
Uhlhornsweg 99 A
26129 Oldenburg
Tel.: 0441-21 77 92 87
Fax: 0441-21 77 92 86
E-Mail: kontakt@schardtverlag.de
www.schardtverlag.de
Herstellung: Aalexx Buchproduktion GmbH, Großburgwedel

ISBN 978-3-89841-666-5

Das scheinbar Gute ist nicht immer gut,
das scheinbar Böse nicht immer böse.
Es ist der Mensch mit vielen Masken,
die vieles verdecken.
Beides wohnt im Menschen,
das Gute und das Böse.

1

Sonntag, 30.10.

Das hektisch flackernde Blaulicht von Feuerwehr, Polizei und Notarzt tauchte die nach Kassel führende Bundesautobahn A7 in eine gespenstische Szene, die an Action-Filme erinnerte.

Doch was sich hier um drei Uhr dreißig in tiefdunkler Nacht abspielte, war bittere Realität: Die Scheinwerfer der Hildesheimer Berufsfeuerwehr richteten sich auf einen Porsche, der sich mehrmals überschlagen hatte und hinter den Leitplanken völlig zerbeult wie ein hilfloser Käfer auf dem Dach liegen geblieben war – das Szenario ließ erahnen, was für ein Drama sich hier vor wenigen Minuten abgespielt hatte.

Um die aus Richtung Hannover kommenden Autos zu warnen, war ein Polizeiwagen mit Blaulicht rückwärts auf dem Standstreifen dem Verkehr entgegengefahren, wobei andere Beamte mit Leuchtkellen dabei waren, die Autos auf die linke Seite der Fahrbahn zu lotsen. Eine Sperrung wurde nicht in Erwägung gezogen, da in diesen frühen Morgenstunden nur wenige Autos unterwegs waren. Direkt am Unfallwagen standen zwei Männer der Feuerwehr mit dem hydraulischen Spreizgerät bereit, die eingeklemmten Insassen aus dem Innern des Wracks zu befreien. Es roch stark nach Benzin, höchste Eile war geboten. Zunächst hinderte sie jedoch der Notarzt am Einsatz ihres Rettungsgerätes. Mit einem Sanitäter im Schlepptau und dem obligatorischen Aluminiumkoffer in der Hand war er im Laufschritt zu dem Auto geeilt, hatte sich um die beiden blutüberströmten Fahrzeuginsassen gekümmert, doch vergeblich nach Leben gesucht. Auch als er den Strahl seiner Taschenlampe auf die Pupillen richtete, zeigten sich keinerlei Reflexe. Erschöpft drehte er sich um, schaute auf Polizeihauptkommissar Martin Breuer, der auch in dieser Nacht wieder Bereitschaftsdienst hatte. „Da ist nichts mehr zu machen. Keine Lebenszeichen, weder bei dem Mann noch bei der Frau, wahrscheinlich Schädelbasisbruch, in beiden Fällen.“ Hilflos zuckte er mit den Schultern, wandte sich an die Feuerwehrleute: „Ihr könnt sie jetzt rausholen.“

„Das ist in diesem Monat bereits das dritte Mal, dass hier so was passiert“, knurrte Breuer mit Blick auf seinen jungen Kollegen Volker Neumann, der erst vor wenigen Wochen seinen Dienst bei der Hildesheimer Autobahnpolizei angetreten hatte. „Ich frage mich schon die ganze Zeit: Warum gerade hier?“

„Da kann es gleich mehrere Gründe geben", warf Neumann ein.

„Und die wären?"

„Ich sage nur: Wildwechsel! Vielleicht musste der Fahrer einem Reh oder Wildschwein ausweichen, hat das Lenkrad verrissen und ist dann ..."

Breuer winkte ab. „Herr Kollege, das können Sie vergessen. Es gibt hier keinen Wildwechsel. Wie sollte es auch? Dieser Streckenabschnitt führt durch das Hildesheimer Stadtgebiet. Außerdem befinden sich links und rechts Lärmschutzwälle, da kommt kein Tier rüber."

„Dann waren die Fahrer vielleicht übermüdet. Gerade in den frühen Morgenstunden kann es leicht zum Sekundenschlaf kommen, besonders, wenn man eine lange, eintönige Autobahnfahrt hinter sich hat. Nach dem Kennzeichen zu urteilen, kam der Fahrer aus der Region Hamburg, war also schon mindestens zwei Stunden unterwegs."

„Ich bitte Sie! Eine zweistündige Autofahrt ist nun wirklich keine große Sache." Breuer schüttelte heftig den Kopf: „Nein, nein, daran kann es nicht liegen. Und auch, wenn es so wäre, ich meine das mit der Übermüdung, erklärt das noch lange nicht, warum sich diese Unfälle gerade hier häufen. Warum passiert so was nicht auf den Streckenabschnitten Northeim, Kassel oder Göttingen?"

„Wir sollten aber auch einen Geisterfahrer nicht ausklammern. Schließlich gibt es im Bereich Göttingen mehrere Baustellen, was durchaus dazu führen kann, dass ein Autofahrer auf die falsche Seite gerät. Besonders bei Fahranfängern und älteren Fahrern soll so was ja hin und wieder vorkommen."

Breuer lächelte spöttisch. „Und das passiert immer zwischen drei und vier Uhr morgens? Ich meine, wenn so was einmal vorkommt, ist das ja schon schlimm genug – doch gleich dreimal hintereinander? Nein, auch das können wir ausschließen, zumal es dafür auch nicht den kleinsten Hinweis gibt."

Als sie ihren blausilbrigen Dienstwagen erreicht hatten, schaute Breuer eine Weile auf die Polizeibeamten, die immer noch dabei waren, den Verkehr auf die linke Fahrspur zu lenken. Er wandte sich an seinen jungen Kollegen, der gerade auf der Beifahrerseite einsteigen wollte: „Herr Neumann, Sie fahren nachher zurück zur Dienststelle. Zuvor bleiben wir aber noch so lange hier, bis die Leichen überführt sind und der Porsche geborgen ist. Verscheuchen Sie bitte erst mal die Gaffer da hinten von dem

Randstreifen! Die haben da nichts zu suchen, sollen gefälligst weiterfahren. Wenn sie Schwierigkeiten machen, nehmen Sie die Personalien auf."

Neumann nickte wortlos, entfernte sich mit forschen Schritten. Noch bevor er die Autofahrer erreichte, hielten einige von ihnen bereits ihre Handys aus den Fenstern. In einem Wagen davor war sogar der Fahrer ausgestiegen, hatte sein Auto umrundet, um so besser den verunfallten Porsche sehen zu können. Inzwischen hatte auch er sein Handy gezückt, war in die Knie gegangen ... doch als er den Polizisten auf sich zukommen sah, ging er maulend zu seinem Auto zurück, nicht ohne vorher noch ein oder zwei Fotos zu machen.

Breuer schüttelte den Kopf. Er konnte nicht begreifen, mit welcher Dreistigkeit sich manche Zeitgenossen an so einem Drama aufgeilen konnten. Für ihn waren das düstere Gestalten, morbide Zaungäste, die immer da waren, wenn es einen Unfall gab – aufgetaucht aus dem Nichts. Mein Gott, hier waren gerade Menschen gestorben! Und da hatten die Typen nichts anderes zu tun, als diese Tragödie im Bild festzuhalten – womöglich, um die Aufnahmen dann später in der Familie oder im Freundeskreis voller Stolz herumzuzeigen. Vielleicht gehörten sie aber auch zu diesen Hobbyreportern, die einer bekannten Boulevardzeitung gegen Entgelt spektakuläre Fotos per E-Mail zur Veröffentlichung zuleiteten.

Mittlerweile waren weitere Fahrzeuge auf dem rechten Randstreifen stehen geblieben: ein Golf und ein 3er BMW, aus denen gerade Reporter mit professionellen Kameras ausstiegen. Einen davon kannte Breuer, er kam von der *Hildesheimer Allgemeinen*, die anderen waren ihm fremd. Scheinbar hatten sie wieder einmal den Polizeifunk abgehört. Verbotenerweise! Nach allem war es überfällig, dass die Polizei endlich mit dem seit langer Zeit angekündigten abhörsicheren Funksystem ausgerüstet wurde.

Kurz danach traf mit rotierendem Gelblicht ein Abschleppwagen ein. Hinter der Windschutzscheibe flackerte ein Licht auf, scheinbar steckte sich der Fahrer gerade eine Zigarette an. Er hatte noch genügend Zeit. Da man ihn explizit angefordert hatte, war ihm sein Auftrag sicher, zumal das Objekt seiner Begierde vor ihm auf dem Rücken lag und nicht mehr mit eigener Kraft wegfahren konnte. Obwohl Martin Breuer wusste, dass die Abschleppunternehmen auch nur ihren Job machten, verglich er die Fahrer dieses Gewerbes oft mit aasfressenden Geiern, die in sicherer Entfernung geduldig darauf warteten, bis sie sich gefahrlos auf ihre Beute stürzen konnten – er wusste, dass er mit diesem Vergleich einem ganzen Berufsstand bitteres Unrecht tat.

Breuer schaute noch einmal auf das Szenario, das er in diesem Monat nun schon zum dritten Mal erlebte. Verdammt, warum musste das immer passieren, wenn er gerade Dienst hatte? Beim heutigen Unfall war der Sportwagen mit hoher Geschwindigkeit gegen die Lärmschutzwand geprallt, hatte sich dann mehrmals überschlagen. Und bei den beiden Unfällen davor hatten die Fahrer fast an der gleichen Stelle die Gewalt über ihre Autos verloren. In allen Fällen war die Fahrbahn relativ trocken gewesen, es gab nicht den kleinsten Hinweis auf ein Fremdverschulden. Martin Breuer schüttelte genervt den Kopf. Mein Gott, was für eine Schweinerei passierte hier?

Montag, 31.10.

Kriminaldirektor Friedrich Hundertmark, Leiter des Zentralen Kriminaldienstes und direkter Vorgesetzter der Ersten Kriminalhauptkommissarin Kai Sommer, ließ sich erschöpft auf einen Besucherstuhl fallen: „Frau Sommer, ich komme gerade mit einem Vorschlag von der Staatsanwaltschaft, der Sie nicht gerade begeistern wird ...“ Er stockte, zerrte ein blütenweißes Taschentuch aus der Innentasche seiner grauen Anzugjacke, tupfte sich den Schweiß von der geröteten Stirn. Ein Zeichen, dass es ihm kreislaufmäßig nicht gut ging, diagnostizierte Kai. Das letzte Mal hatte er es so spannend gemacht, als er sie mit der Aufklärung der Pferdemorde beauftragt hatte – eine Aufgabe, über die sie anfangs nicht gerade begeistert gewesen war, die sie dann aber mit Hilfe ihrer Kollegen bravourös gelöst hatte. Allem Anschein nach führte er heute etwas Ähnliches im Schilde ... Kai beugte sich ungeduldig vor, doch da ließ er die Katze endlich aus dem Sack: „Im vorliegenden Fall geht es um die drei Kraftfahrzeugunfälle, die sich innerhalb von vier Wochen auf der A7 ereignet haben und bei denen bisher acht Menschen ihr Leben lassen mussten. Da die Autobahnpolizei völlig überfordert ist, sind wir der Auffassung, dass Sie sich um diese Fälle kümmern sollten.“

Kai schaute ihn ungläubig an. „Herr Hundertmark, das ist ja alles sehr tragisch. Und es tut mir auch leid. Aber ich kann mir beim besten Willen nicht vorstellen, dass diese Unfälle in die Zuständigkeit meines Fachkommissariats fallen. Ich bitte Sie! Aufklärung von Verkehrsunfällen! Wie mir bekannt ist, haben die Kollegen der Autobahnpolizei in diesem Bereich immer gute Arbeit geleistet. Was meinen Sie, was die sagen, wenn von heute auf morgen Kriminalbeamte ihren Job übernehmen? Wenn ich an Breuers Stelle wäre, würde ich ..."

„Frau Sommer, auch das habe ich bereits geklärt", warf Hundertmark beschwichtigend ein. „Sie genießen bei den uniformierten Kollegen der Autobahnpolizei einen sehr guten Ruf, wie mir Hauptkommissar Martin Breuer ausdrücklich bestätigt hat. Außerdem geht es nicht darum, dass wir hier in irgendeiner Weise die erfolgreiche Arbeit der Kollegen in Frage stellen wollen. Nein, ganz im Gegenteil! Es geht nur darum, hier gemeinsam herauszufinden, wie und warum es zu diesen völlig rätselhaften Unfällen kommt."

Kai wollte noch etwas sagen, doch Hundertmark ließ sie nicht zu Wort kommen: „Ich schlage vor, umgehend Breuer zu kontaktieren. Er hat alle Unfälle aufgenommen, wird Sie deshalb umfassend ins Bild setzen. Damit er Sie auch entsprechend unterstützen kann, werde ich veranlassen, dass er von seinen derzeitigen Aufgaben freigestellt wird." Hundertmark stand auf, griff zur Türklinke, verharrte eine Weile, setzte sich dann wieder und meinte: „Sie sollten bei Ihren Recherchen in Erwägung ziehen, dass bei diesen Unfällen auch Jugendliche beteiligt sein könnten. Vor längerer Zeit haben wir ja schon einmal gegen diese Clique aus der Nordstadt ermittelt ... Wie hieß denn noch der Anführer?"

Kai überlegte kurz. „Ich glaube Dornbach ... ja, Felix Dornbach."

„Und diese Clique hat doch, wenn ich mich recht entsinne, von einer Autobahnbrücke kleine Steine und Maiskörner auf die Autos geworfen. Sie sind damals mit einem blauen Auge und ein paar Arbeitsstunden davongekommen – aber nur, weil kein Unfall passiert ist. Dennoch war auch das ein gefährlicher Eingriff in den Straßenverkehr, der schlimm hätte enden können."

Kai schüttelte den Kopf. „Herr Hundertmark, ich kann mir nun wirklich nicht vorstellen, dass diese Jugendlichen etwas mit den Unfällen zu tun haben. Für die waren das damals doch so was wie Dummejungenstreiche, inzwischen dürften die schon um die zwanzig sein, sind erwachsen und ..."

Hundertmark fiel ihr ins Wort: „Aber dennoch kann es nicht schaden, wenn wir auch in dieser Richtung ermitteln, zumindest Erkundigungen darüber einziehen, was die so treiben."

Kai wollte ihre Auffassung noch einmal bekräftigen, doch dann schien er es auf einmal eilig zu haben. Er nickte ihr aufmunternd zu, drehte sich im Türrahmen noch einmal um und bekundete: „Frau Sommer, ich verlasse mich da ganz auf Sie!" Er zog die Tür hinter sich zu – und ließ eine sprachlose Kriminalbeamtin zurück.

Kai lehnte sich zurück, legte die Beine auf den Schreibtisch, schloss ihre Augen – es war die Position, in der sie am besten nachdenken konnte. Polizeihauptkommissar Martin Breuer. Sie erinnerte sich sehr gut an ihn, hatte mit ihm zusammengearbeitet, als es um die Aufklärung einer Vergewaltigung im Liebesgrund ging. Schon damals war ihr aufgefallen, wie professionell er war. Zu der Zeit war er noch bei der Innenstadtwache gewesen, war dann jedoch zur Autobahnpolizei umgesetzt worden, damit er dort auf einer freigewordenen Planstelle zum Polizeihauptkommissar befördert werden konnte. Alles in allem ein guter Mann! Kai war sicher, dass sie auch bei der Aufklärung dieser seltsamen Autobahnunfälle gut mit ihm zusammenarbeiten würde.

Dienstag, 1.11.

Das Gespräch fand im Besprechungszimmer des Fachkommissariats statt. Anwesend waren Kai Sommer, Erdal Freiberg, Heinz Ossenkopp und Martin Breuer von der Autobahnpolizei, den Kai gebeten hatte, einen kurzen Bericht über das bisherige Unfallgeschehen abzugeben. Ihren Vertreter Ossenkopp und den Kollegen Freiberg hatte sie über die neue Aufgabe informiert – ein Unterfangen, das von beiden erwartungsgemäß nicht gerade mit Begeisterung aufgenommen worden war. Doch wie sie ihre Kollegen kannte, würde sich das schon bald ändern.

Kai schaute auf Breuer, dann auf ihre engsten Mitarbeiter. „Ich nehme an, ihr kennt den Kollegen Breuer, oder?" Als beide nickten, fuhr sie fort: „Ich schlage vor, dass er zunächst über die Unfälle berichtet, wir auftretende Fragen oder auch Unstimmigkeiten erörtern und eine gemeinsame Strategie für das weitere Vorgehen entwickeln. Ist das okay? Bitte, Martin, du hast das Wort."

„Wie gesagt, es sind bisher drei Unfälle passiert, der erste am 16. Oktober, der zweite am 23. Oktober und der letzte am 30. Oktober, also vor zwei Tagen. Ich hatte an diesen drei Tagen Bereitschaftsdienst, einmal dienstplanmäßig, bin dann aber auch noch für erkrankte Kollegen eingesprungen."

„Somit warst du also bei allen Unfällen vor Ort", stellte Kai lapidar fest.

„So ist es. Und es war schrecklich. Die Bilder werde ich so schnell nicht vergessen. Alle Insassen tot, vermutlich aufgrund der hohen Geschwindigkeit, mit der sie unterwegs waren. Ich meine, sie konnten das ja, es war wenig Verkehr, die Fahrbahn relativ trocken. An diesen Tagen gab es auch keinen Nebel, die Sicht war gut. Und dennoch sind sie verunglückt. Beim ersten Unfall starben in dem völlig zerstörten Auto drei Personen, ein Ehepaar mit seiner dreizehnjährigen Tochter. Beim zweiten waren es ebenfalls drei Tote, junge Leute, Studenten aus Lübeck, mit Skiern auf dem Dachgepäckträger, auf ihrem Weg nach Bayern. Und vor zwei Tagen dann das Ehepaar aus dem Hamburger Norden. Alle waren angeschnallt, hatten keinen Alkohol getrunken."

„Wie war der Zustand der Kraftfahrzeuge?" wollte Ossenkopp wissen.

„Fast neu, ein und zwei Jahre alt. Nur das Fahrzeug der Studenten war ein älteres Baujahr. Alle hatten eine TÜV-Plakette, waren verkehrssicher."

Die Beamten schwiegen. Ossenkopp unterbrach das Schweigen, sprach das aus, was alle dachten: „Das gibt es doch nicht! Es muss doch eine Erklärung für diese Unfälle geben."

Breuer hob hilflos seine Arme. „Genau das, Kollege Ossenkopp, ist unser Problem. Wir haben uns darüber schon stundenlang die Gehirne zermartert, doch eine Lösung oder Antwort auf diese Fragen haben wir bis heute nicht. Für uns war es bisher in der täglichen Praxis verhältnismäßig einfach, die Ursache bei Autobahnunfällen herauszufinden – entweder war die Geschwindigkeit den Straßenverhältnissen nicht angepasst, Fahrzeuge wurden abgedrängt, hatten die Sicherheitsabstände nicht eingehalten, sind aufgefahren und so weiter und so fort. Einige Male war Alkohol im Spiel, hin und wieder auch Medikamente oder Drogen. In wenigen Fällen waren die Fahrzeuge nicht verkehrssicher, die Fahrer hatten keinen Führerschein, die Autos waren gestohlen. Aber bei diesen Unfällen? Wir haben null Ahnung! Wissen nicht, wo wir mit unseren Ermittlungen beginnen sollen ..."

Kriminalkommissar Freiberg mischte sich ein: „Wenn die Fahrzeuge technisch in Ordnung waren, die Fahrer verkehrstüchtig, also nicht übermüdet, alkoholisiert und auch Drogen und Medikamente nicht nachgewiesen werden konnten, bleibt nach allem doch nur ein Fremdverschulden."

„Wie ich gehört habe, scheiden auch Geisterfahrer aus", ergänzte Kai, fuhr mit Blick auf Freiberg fort: „Bleiben wir also bei den gerade angesprochenen Fremdeinwirkungen. Was ist mit Utensilien, die auf der Fahrbahn gelegen haben, von einem Lastkraftwagen herabgefallen sind, auf Autos geworfen wurden?"

„Du denkst hier auch an Steine oder andere Gegenstände, die jemand – zum Beispiel von einem Übergang oder Brücke – auf Fahrbahn oder fahrende Autos geworfen hat", warf Ossenkopp ein.

„Ja, daran denke ich", sagte Kai, doch Martin Breuer winkte ab.

„Auch das können wir vergessen. Wir haben die Fahrbahn in diesem Streckenabschnitt systematisch abgesucht, nicht nur einmal, sondern gleich mehrmals."

„Wie sieht es mit Laserpointern aus?" fragte Kai und fügte erklärend hinzu: „In letzter Zeit wurde mit diesen Dingern ja schon allerhand Unsinn getrieben. Ich denke hier weniger an die Schädigung der Augen, sondern mehr an die Blendung von Flugzeugführern bei Landeanflügen. Ich will damit sagen, dass so ein Ding natürlich auch Autofahrer blenden und in Gefahr bringen kann."

Freiberg schüttelte den Kopf. „Wie mir bekannt ist, sind die im Handel erhältlichen Laserpointer mit einer Leistung von einem Milliwatt viel zu schwach, um jemanden zu gefährden, geschweige denn einen Autofahrer von der Fahrbahn abzubringen."

Kai nickte. „Das mag schon sein. Aber ich kann mir gut vorstellen, dass besonders die aus Nahost eingeführten Dinger eine wesentlich höhere Leistung haben als angegeben. Wir sollten diese Möglichkeit nicht ganz ausschließen."

Breuer wechselte das Thema: „Was auffällt und auf ein Fremdverschulden hindeutet, ist allein schon die Tatsache, dass bei den Unfällen langsam ein System erkennbar wird."

„Das ist mir auch schon aufgefallen", bestätigte Kai. „Es ist schon seltsam, dass die Unfälle immer sonntags passieren, und zwar im wöchentlichen Rhythmus."

„Ja, in der Tat, das kann kein Zufall sein", brummte Ossenkopp kaum hörbar, dann jedoch etwas lauter, wobei der Vorwurf in seiner Stimme nicht zu überhören war. „Ich verstehe nur eines nicht: Wenn der oder die Täter systematisch vorgehen, also schon mehrfach sonntags zwischen drei und vier Uhr zugeschlagen haben, warum haben wir dann noch nicht entsprechende Maßnahmen eingeleitet, wir hätten ..."

„Was willst du damit sagen?" wurde er von Kai unterbrochen.

„Nun, wir hätten erkennen können und auch müssen, dass die Unfälle immer an einem bestimmten Tag und zu einer bestimmten Stunde passieren. Den dritten Unfall, also den vor zwei Tagen, hätten wir demnach unter Umständen verhindern können. Und zwar durch eine verdeckte Überwachung der entsprechenden Übergänge und Brücken."

Kai schüttelte ärgerlich den Kopf. „Heinz, hätte, könnte ... Uns ist doch noch nicht mal bekannt, ob diese Eingriffe – von denen wir nicht wissen, welcher Art sie sind – von irgendwelchen Brücken und Übergängen ausgegangen sind."

„Nachher ist man immer schlauer", ergänzte Martin Breuer, der Ossenkopps Kritik auf sich bezog. Er zuckte mit den Schultern, fügte niedergeschlagen hinzu: „Als der zweite Unfall genau eine Woche nach dem ersten passierte, sind wir noch von einem Zufall ausgegangen ..."

„Martin, keiner macht dir hier einen Vorwurf", stärkte Kai ihm den Rücken, wandte sich an ihre Mitarbeiter: „Wenn ihr keine Fragen mehr habt, beenden wir unsere heutige Besprechung. Es sollte ja ohnehin nur so etwas wie ein Sondierungsgespräch sein. Ich schlage vor, dass wir uns morgen um die gleiche Zeit wieder treffen."

*

Willibald Prechtel war in Hildesheim geboren und hatte als Jugendlicher den schrecklichen Bombenangriff der Alliierten am 22. März 1945 im Luftschutzbunker unter dem Hindenburgplatz verbracht.

Nach der Volksschule begann er eine Ausbildung bei der Hildesheimer Polizei. Nach Übernahme in den mittleren Polizeidienst regelte er den Verkehr auf den Kreuzungen seiner Heimatstadt – noch zu einer Zeit, als es kaum Ampeln gab – und war danach im Einsatz- und Streifendienst tätig. Vor ein paar Jahren war er mit dem Dienstgrad eines Polizeihauptwachtmeisters pensioniert worden und ging seitdem seinen Hobbys nach, zu denen die Pflege des Gartens und das Lesen von Kriminalromanen gehörten. Fast täglich ging Willi, wie er von Freunden genannt wurde, mit seiner Frau Doris spazieren, die sich seit drei Monaten im Rentenstand befand und davor über zwanzig Jahre im städtischen Ordnungsamt beschäftigt gewesen war. Willi fühlte sich frisch und gesund, hatte aber seit zwei Jahren Schwierigkeiten mit der Prostata, die sein Urologe dafür verantwortlich machte, dass er mehrmals in der Nacht die Toilette aufsuchen musste. Das war zwar lästig, doch seine Frau meinte, das sei immer noch besser, als sich unter das Messer zu legen. Auch in dieser Nacht trieb es ihn wieder aus dem Bett, und wie immer schaute er dabei auf die Uhr, die im Badezimmer an der Wand hing.

Es war genau drei Uhr fünfundzwanzig, und Willi wusste aus Erfahrung, dass er bis zum Frühstück ganz sicher noch einmal aufstehen musste. Zu seiner Angewohnheit gehörte es auch, nach dem Wasserlassen kurz das Fenster zu öffnen, tief durchzuatmen, dabei in den Himmel zu schauen und, soweit sichtbar, auch eine Weile die Sternbilder zu betrachten, von denen er einige kannte. Doch in dieser Nacht war der Himmel verhangen und tiefdunkel. Bevor er das Fenster schloss, warf er einen Blick auf das heruntergekommene Haus seines Nachbarn, das schon seit längerer Zeit seine Aufmerksamkeit weckte: Immer in dieser Morgenstunde, manchmal auch etwas später oder früher, war der Flur hell erleuchtet, doch nur für wenige Minuten. Wie erwartet zündete sich sein Nachbar eine Zigarette an, schaltete das Licht aus, verließ das Haus. Auch heute hatte er unter dem Arm einen rechteckigen Gegenstand, der in etwa die Größe eines DIN-A2-Formats hatte und an eine Mappe denken ließ, wie sie Zeichner und Maler für den sicheren Transport ihrer Bilder verwendeten. Willi Prechtel fragte sich, warum sein Nachbar um diese Zeit das Haus verließ, welchen dubiosen Geschäften er nachging. Er war sicher, dass da etwas nicht stimmte – das sagte ihm sein Gefühl und sein altes Polizistenherz. Auch sonst benahm sein Nachbar sich auffällig, machte den Eindruck eines introvertierten Sonderlings. Vor längerer Zeit war er auch schon einige Monate verschwunden gewesen. Und keiner wusste, wo er sich in dieser Zeit herumgetrieben hatte. Man munkelte zwar, dass er sich in einem psychiatrischen Krankenhaus befunden hätte, doch Genaues wusste man nicht. Zudem war auch keinem bekannt, was er den ganzen Tag über so machte.

Vor einigen Monaten war allerdings in seinem Leben eine gewisse, wöchentliche Regelmäßigkeit eingetreten, die für Verwunderung sorgte und Anlass für Spekulationen bot: Immer freitags hatte mehrere Wochen lang vor seinem Haus eine schwarze Limousine der Marke Audi gehalten, die von einer attraktiven Frau gefahren wurde. Sein Nachbar schien jedes Mal auf die Unbekannte gewartet zu haben, denn noch bevor sie den Klingelknopf betätigte, öffnete sich die Haustür wie von Geisterhand. Die junge Frau blieb knapp eine Stunde, stieg dann wieder in ihren Wagen, brauste davon, ohne sich noch einmal umzusehen oder zu winken. Zunächst vermuteten Willi und ein befreundeter Rentner, dass es sich hier um die Freundin des Nachbarn handeln könnte. Dem stand jedoch entgegen, dass die elegante Dame mit ihren wohlgeformten Rundungen in keiner Weise zu ihrem Nachbarn passte, der mit keinerlei positiven Attributen aufwarten konnte. Obwohl er sicherlich das halbe Jahrhundert noch nicht erreicht hatte, war der Zahn der Zeit nicht spurlos an ihm vorübergegangen; seine Haare waren nur noch an den Seiten und im Nacken lang, oben war er vollständig kahl – und mit dem Bauch in Verbindung zu seinem krummen Rücken wirkte er wie ein schlampig gezeichnetes Fragezeichen. Und dann hatte er ein Gesicht, wie es nur eine Mutter lieben konnte, was aber keineswegs etwas über seine inneren Werte aussagte. Dennoch konnte das alles nicht darüber hinwegtäuschen, dass er eine dunkle und gefährliche Seite hatte. Da Willi Zeit im Überfluss hatte, nahm er sich vor, sich hierüber bald Klarheit zu verschaffen. Um Näheres über die unbekannte Dame zu erfahren, notierte er sich das hannoversche Kennzeichen des Audis und kontaktierte zwei Tage später einen Kollegen, mit dem er sich regelmäßig bei der IPA, der International Police Association, Sektion Hildesheim, im Gebäude der Polizeiinspektion an der Schützenwiese traf.

Willi war stolz darauf, auch nach seinem Ausscheiden aus dem aktiven Polizeidienst dieser einzigen internationalen Berufsorganisation noch anzugehören, die sich ohne Unterschied des Ranges, der Sprache, der Religion, der Rasse und Weltanschauung für die freundschaftlichen Beziehungen zwischen den Polizeidienststellen des In- und Auslandes einsetzte. Es war daher Ehrensache, dass er von seinem Kollegen die gewünschten Informationen bekam. Demnach hieß die Dame Marion Donati, was wahrscheinlich ihr Pseudonym war. Sie war 38 Jahre alt, offiziell Model – in Wirklichkeit aber ein polizeibekanntes Callgirl, vorbestraft wegen Unterschlagung, Betrug, Beischlafdiebstahl. Ihr Gewerbe übte sie im vornehmen hannoverschen Zooviertel aus, besuchte ihre Kunden aber auch im Hotel oder zu Hause.

Zurzeit lag nichts gegen sie vor – was nicht verwunderlich war, denn schließlich lief ihre Bewährung noch. Es waren Informationen, die Willibald so nicht erwartet hatte. Doch unabhängig von seinen Recherchen hörten die Besuche des Callgirls von jetzt auf gleich schlagartig auf. Willi vermutete, dass sein Nachbar die Dame nicht mehr bezahlen konnte und er nun seine Triebe auf andere Weise befriedigte. Geblieben waren aber seine nächtlichen Ausflüge, für die Willi immer noch keine Erklärung hatte. In dieser Sache konnte er auch schlecht seine ehemaligen Kollegen um Aufklärung bitten – denn Spaziergänge, zu welcher Tageszeit auch immer, waren schließlich nicht verboten.

Willi hatte auch schon mit Doris über dieses seltsame Gebaren des Nachbarn gesprochen, doch von ihr nur die Antwort bekommen, dass ihn derlei Treiben nichts angehen würde. Da dies eine Antwort war, die einen ehemaligen Polizeibeamten in keiner Weise zufriedenstellen konnte, beschloss Willi, möglichst bald der Sache auf den Grund zu gehen.

2

Sonntag, 6.11.

Der Anruf erreichte Kai Sommer am frühen Sonntagmorgen um fünf Uhr dreißig. Polizeikommissar Neumann war am Apparat. Seine Stimme klang aufgeregt: „Frau Sommer, ich kann Herrn Breuer nicht erreichen. Er hat mir aber aufgetragen, Sie umgehend davon in Kenntnis zu setzen, wenn hier auf der Autobahn wieder was passiert – und zwar zu jeder Tages- und Nachtzeit“, fügte er noch wie zur Entschuldigung hinzu.

„Das ist schon in Ordnung, kommen Sie bitte zur Sache. Was ist passiert?“

„Es ist wieder ein Auto verunglückt, fast an der gleichen Stelle, ein Mercedes 300 SL mit zwei Personen.“

„Wann war der Unfall? Gab es Verletzte oder Tote?“

„Der Unfall geschah etwa um drei Uhr dreißig. Fahrer und Beifahrer haben schwere Verletzungen erlitten, die aber nicht lebensbedrohlich sind – so die Aussage des Notarztes. Das Auto ist ein einziger Schrotthaufen ...“

„Das ist zweitrangig“, wurde er von Kai unterbrochen. „Wichtig ist für mich, dass die verunglückten Personen am Leben sind, möglicherweise eine Aussage über den Unfallhergang machen können. Ich hoffe nur, dass der Notarzt sich mit seiner Diagnose nicht geirrt hat. In welches Krankenhaus wurden sie gebracht?“

„Ins neue Klinikum an der Senator-Braun-Allee, das bietet sich an, sind ja nur ein paar Minuten von hier.“

„Herr Neumann, erkundigen Sie sich bitte, auf welcher Station sie liegen. Ich nehme an, dass sie inzwischen von der Notfallaufnahme zur stationären Behandlung weitergeleitet wurden. Kann sein, dass sie aber auch noch auf der Intensivstation liegen. Fragen Sie den behandelnden Arzt, wann ich mit ihnen reden kann. Wenn Sie das herausgefunden haben, rufen Sie mich bitte umgehend an. Es ist sehr wichtig, dass ich möglichst bald mit den beiden spreche. Ja, und versuchen Sie weiterhin, Herrn Breuer zu erreichen. Sagen Sie ihm, dass wir uns um elf Uhr in der Polizeiinspektion treffen. Und noch etwas: Veranlassen Sie bitte, dass der verunfallte Wagen sichergestellt wird.“

Obwohl Kai hellwach war, zwang sie sich, noch eine Weile im Bett liegen zu bleiben. Schließlich war alles Erforderliche in die Wege geleitet. Es brachte nichts, wenn sie jetzt noch zum Unfallort fuhr, zumal sich der zerstörte Mercedes SL ohnehin nicht mehr am Ort des Geschehens befand. Wieder ein Auto der oberen Klasse, ging es ihr durch den Kopf, zuletzt ein Porsche 911 Carrera, davor dann allerdings ein alter Opel ... dennoch! Vielleicht sollten sie den Mercedes von einem Gutachter untersuchen lassen, man konnte ja nie wissen. Kai schaute auf ihren digitalen Radiowecker: 5:50 Uhr, Sonntag, 6. November. Verdammt, auch bei diesem Unfall zeigte sich wieder das System. Sie dachte an ihren Kollegen Ossenkopp und an den Vorwurf, den er erhoben hatte. Vielleicht hatte er recht, und der Zeitpunkt war nun gekommen, über eine Überwachung der Autobahnübergänge nachzudenken, zunächst beschränkt auf die frühen Stunden am Sonntagmorgen. Sicherlich würde auch Kriminaldirektor Hundertmark sein Okay dazugeben, die Kosten hielten sich schließlich im Rahmen.

Kai stand auf, ging in ihre kleine Küche und beschloss, sich einen starken Kaffee aufzubrühen. Während das Wasser gurgelte, öffnete sie das Fenster, atmete ein paarmal tief durch, schaute dabei auf die Bergstraße hinauf in Richtung Sankt Mauritius. Zurzeit war keine Menschenseele zu sehen, doch das würde sich bald ändern, wenn die Moritzberger um acht Uhr dreißig zur Messe aufbrachen. Sie erinnerte sich, dass sie die frühromanische Basilika aus dem elften Jahrhundert zuletzt mit Thomas besucht hatte, mit dem sie lange Zeit liiert gewesen war, von dem sie aber nun schon lange nichts mehr gehört hatte. Vielleicht würde er als Vertreter der *Hildesheimer Allgemeinen* bei der nächsten Pressekonferenz erscheinen, zu der sie bestimmt bald einladen würden. Auch heute stellte sie wieder einmal fest, dass sie sich hier auf dem Hildesheimer Bergrücken im Westen der Stadt ausgesprochen wohlfühlte. Die Entscheidung damals, aus der hannoverschen Südstadt hierher zu ziehen, war goldrichtig gewesen, zumal sie sich in der Landeshauptstadt nie so richtig heimisch gefühlt hatte. Zwar war Hildesheim auch eine Großstadt, doch nur eine kleine, und hier auf dem Moritzberg war ohnehin nichts von einer städtischen Betriebsamkeit und Hektik zu spüren. Sie hatte sich schon vor einem Jahr vorgenommen, sich ehrenamtlich mehr für die sozialen oder auch kommunalpolitischen Belange des Stadtteils einzusetzen, zumal sich jetzt nach jahrzehntelangen Bemühungen auch ein Ortsrat konstituiert hatte. Doch bei dem Vorsatz war es geblieben – ihr Job ließ ihr verdammt wenig Zeit.

Sonntag, 6.11.

Auch an diesem Morgen musste Willi Prechtel kurz nach drei Uhr aufstehen. Und wie immer schaute er in den Himmel, der heute dunkel und verhangen war, und ließ dann seine Blicke zum Haus seines Nachbarn gleiten, von dem er in den letzten Tagen nichts gehört und gesehen hatte. Da Doris ihm eindringlich geraten hatte, sich nicht um das sonderbare Verhalten ihres Nachbarn zu kümmern, vermieden beide es, über Willis nächtliche Beobachtungen zu sprechen, zumal seine Frau auch immer wieder leicht verärgert meinte, er solle sich besser um seine eigenen Angelegenheiten kümmern – womit sie ihm wohl durch die Blume sagen wollte, dass er die Rosen in ihrem kleinen Garten endlich winterfest machen sollte. Seit dieser kleinen Auseinandersetzung sprachen sie nicht mehr über ihren Nachbarn.

Doch für Willi war dieses Thema noch lange nicht erledigt, da er nun nach Tagen der Ruhe wieder Lebenszeichen im Haus seines Nachbarn feststellte. Wie in der Vergangenheit flammte wieder das Licht im Flur auf, sein Nachbar steckte sich eine Zigarette an, schaltete das Licht aus, verließ das Haus – wieder mit diesem merkwürdigen Ding unter dem Arm. Willi würde viel darum geben, wenn er einen Blick in diese höchst verdächtige Mappe werfen könnte. Dabei konnte er von seinem Fenster aus noch nicht einmal erkennen, aus welchem Material sie war. Er tippte auf Pappe, es konnte aber auch Sperrholz oder Ähnliches sein. Willi überlegte, ob er das nächste Mal vielleicht sein Fernrohr mit ins Badezimmer nehmen sollte. Doch unabhängig davon stand sein Entschluss fest: Noch heute wollte er herausfinden, was es mit der Mappe und dem seltsamen Gebaren seines Nachbarn auf sich hatte. Da Doris ein paar Tage bei ihrer Schwester in Bad Grund verbrachte, hätte der Zeitpunkt für sein Vorhaben nicht günstiger sein können. Das Fernrohr konnte dann immer noch zum Einsatz kommen.

Willis Jagdinstinkt war geweckt. In Windeseile streifte er Hemd und Hose über den Schlafanzug, warf sich den Wintermantel über, stieg in seine alten Gummistiefel. Er bemühte sich, leise die Haustür zu öffnen und zu schließen – doch dann musste er lächeln, in seinem Eifer hatte er ganz vergessen, dass er zurzeit Strohwitwer war.

Sein Nachbar schien es nicht eilig zu haben. Er befand sich in Sichtweite vor ihm, ging an den beiden Hochhäusern vorbei, bog in den Hoogewegstieg ein. Weit und breit war niemand zu sehen, was nicht verwunderlich war. Denn wer erledigte schon in aller Herrgottsfrühe zwischen drei und vier Uhr seine Geschäfte oder ging spazieren? Als ehemaliger Polizist wusste Willi, dass besonders in diesen Stunden viele Straftaten passierten, dunkle Geschäfte erledigt wurden, von denen die im tiefen Schlaf liegenden Hildesheimer nichts mitbekamen.

Willi spürte deutlich das Adrenalin in seinen Adern. Die Müdigkeit, die ihn sonst in diesen frühen Morgenstunden immer plagte, war völlig verschwunden. Nun strotzte er vor Tatendrang, fragte sich unentwegt, was sein Nachbar im Schilde führte. Vor allem durfte er ihn nicht aus den Augen verlieren, musste aber dennoch vorsichtig sein. Erst jetzt fiel ihm auf, dass er nur dunkle Kleidung trug. Schwarz oder dunkelgrau war auch seine Wollmütze, die er sich in die Stirn gezogen hatte und bestimmt auch noch weiter nach unten ziehen konnte. Man brauchte kein Kriminalist zu sein, um zu erkennen, was das bedeutete. Plötzlich blieb sein Nachbar stehen. Willi drückte sich hinter ein Gebüsch, beobachtete aus sicherer Entfernung, wie er sich hinter den Hochhäusern gegen einen Zaun lehnte, die seltsame Mappe vorsichtig neben sich stellte. Willi fragte sich, ob er womöglich schon sein Ziel erreicht hatte. Doch das schien nicht der Fall zu sein, da Sekunden später ein Streichholz aufflackerte und er sich eine Zigarette anzündete. Er inhalierte tief, warf aber schon nach ein paar hektischen Zügen den Glimmstängel achtlos auf die Straße. Was für eine Verschwendung, ging es Willi durch den Kopf. Doch dann hatte sein Nachbar es auf einmal sehr eilig, ging in Richtung Hildebrandstraße. Willi dachte an die Werkstätten der Lebenshilfe, die sich dort befanden. Aber lohnte sich da ein Einbruch? Willi konnte es sich nicht vorstellen, sicherlich gab es lukrativere Objekte. Als er an dem immer noch glimmenden Zigarettenstummel vorbeikam, verharrte er, dachte zurück an seine Dienstzeit, an die unzähligen Kriminalfilme, die er gesehen und die vielen Krimis, die er gelesen hatte. Willi zerrte ein sauberes Tuch aus seiner Hosentasche, griff damit zu der halb aufgerauchten Zigarette, nicht ohne vorher die Glut sorgfältig zu löschen. Er wickelte die Kippe in das Taschentuch, schob beides vorsichtig zurück in die Hosentasche. Willi dachte vorausschauend, denn wenn er seinen Nachbarn in dieser Nacht bei einem Einbruch oder Diebstahl beobachtete, konnten die Kollegen aus dem Fachkommissariat 2 anhand der aus der Kippe gezogenen DNA den Beweis für seine Täterschaft erbringen. Daher war es wichtig, an ihm dranzubleiben, ihn nicht aus den Augen zu verlieren. Willi beschleunigte seine Schritte, konnte ihn aber nicht mehr sehen. Er war wie vom Erdboden verschwunden.

Sonntag, 6.11.

Sonntag, elf Uhr. Die Besprechung fand in der bisherigen Zusammensetzung statt, wobei Polizeihauptkommissar Martin Breuer von der Autobahnpolizei noch in der letzten Minute dazugestoßen war. Wie er sagte, war er seit Sonnabend mit seiner Familie im Harz gewesen, wo sein junger Kollege ihn zeitweise nicht erreichen konnte – weiß der Teufel, woran das gelegen hatte. Doch jetzt war er hier, ließ sich zusammen mit Ossenkopp und Freiberg von Kai ins Bild setzen, die sich nach ihrem kurzen Bericht an Breuer wandte: „Vor etwa einer Stunde hat mich dein Kollege Neumann noch einmal angerufen. Das Ehepaar aus Kiel, ein Henry Bensen und seine Ehefrau Rita, beide 58, haben zwar schwere Verletzungen erlitten, sind aber nach Auffassung des Stationsarztes über den Berg. Da sie noch operiert werden müssen, auch unter starken Schmerzmitteln stehen, sind sie erst morgen oder übermorgen vernehmungsfähig. Bis dahin müssen wir uns also noch etwas gedulden. Ich hoffe nur, dass sie uns weiterhelfen können."

„Was ist mit dem Unfallwagen?" fragte Ossenkopp und nahm einen Schluck von seinem Kaffee, den er sich aus der Teeküche geholt hatte.

„Es handelt sich um einen neuen Mercedes 300 SL, vor fünf Monaten zugelassen, der nur noch Schrottwert hat. Er wird gerade von unserem vereidigten Gutachter in Augenschein genommen. Doch ich gehe jede Wette ein, dass er an dem Wagen keine Mängel feststellen wird. Mittlerweile müssen wir wohl davon ausgehen, dass die Unfälle durch Fremdeinwirkung herbeigeführt wurden."

„Ja", bestätigte Freiberg, „das sehe ich auch so. Es bestehen keine Zweifel mehr, was auch besonders die Systematik der Fälle deutlich macht."

„Aber, wer macht so was?" warf Ossenkopp ein. „Und wo ist das Motiv? Das kann doch nur ein psychisch gestörter Autohasser tun, oder?"

Kai wiegte den Kopf hin und her. „Heinz, ich glaube, wir machen es uns da zu einfach. Ich glaube nämlich nicht, dass das ein Verrückter ist. Nein, da spielt jemand mit uns, zeigt uns, dass er Unfälle auslösen kann, ohne dass wir was dagegen tun können. Wir haben keine Möglichkeit zum Handeln, können nur reagieren und hoffen, dass die Unfallserie endlich aufhört."

„Wir sollten Doktor Bernauer vom Landeskriminalamt einbeziehen", schlug Ossenkopp vor. „Wenn ich mich recht entsinne, hat sie uns vor zwei Jahren gute Dienste geleistet, als es darum ging, diesen Vergewaltiger in Polizeiuniform zu überführen."

Kai nickte. „Daran habe ich auch schon gedacht. Ich werde gleich morgen mit Hundertmark reden."

Martin Breuer wollte etwas sagen, schwieg dann aber, als das Handy von Kai schrillte. Ein Kollege der Zentrale war am Apparat. Kai stellte auf laut: „Frau Sommer, männlicher Leichenfund in einem Gebüsch am Hoogewegstieg, gleich neben der Autobahn, offensichtlich Fremdeinwirkung. Spurensicherung und Rechtsmedizin sind informiert."

Kai seufzte. „Ihr habt es gehört. Mein Gott, das hat uns gerade noch gefehlt", und mit Blick auf Ossenkopp und Freiberg sagte sie: „Wir fahren da sofort hin."

Sonntag, 6.11.

Ossenkopp kannte den Weg. Sein Schwager wohnte hier, erzählte ihm ständig, wie gut man im Stadtteil Drispenstedt wohnen konnte – natürlich möglichst weit weg von der Autobahn. Freiberg setzte den rechten Blinker, verließ den Kennedydamm. Ossenkopp gab vom Rücksitz seine Anweisungen: „Wir bleiben auf der Ehrlicherstraße, fahren bis zum Parkplatz vor den Hochhäusern. Wir hätten natürlich auch über die Hildebrandstraße fahren können, wären dann dichter am Tatort. Andererseits können wir aber auch ein paar Schritte laufen, wird uns allen gut tun." Als keiner etwas sagte, zeigte er nach vorn: „Da ist schon der Parkplatz, wir stellen den Wagen dort ab."

Als sie sich Minuten später auf dem Hoogewegstieg befanden, fragte Freiberg: „Wo hat der denn seinen Namen her?"

„So genau weiß ich das auch nicht", bekannte Ossenkopp. „Ich glaube, der Namensgeber hatte was mit dem Urkundenbuch des Hochstifts Hildesheim zu tun, schuf damit die wichtigste Quellensammlung zur Hildesheimer Landesgeschichte – so ungefähr hat mir das mein Schwager mal erklärt, der das ja eigentlich wissen müsste, schließlich ist er Lehrer hier im Stadtteil."

„Und was ist das für ein kleiner Bach?" wollte Freiberg wissen.

„Keine Ahnung, ich meine, der fließt in den Unsinnbach, weiß es aber nicht genau. Frag mich jetzt aber bitte nicht, warum der so einen komischen Namen hat."

Kai war vorausgegangen, hatte nur bruchstückhaft etwas von dem Gespräch mitbekommen. Als sie jetzt am Tatort eintrafen, hatten die Kollegen der Spurensicherung – obligatorisch in weiße Tyvek-Anzüge gehüllt – gerade mit ihrer Arbeit begonnen. Einige uniformierte Kollegen des Einsatz- und Streifendienstes waren dabei, die Gaffer zurückzudrängen, von denen sich inzwischen einige Dutzend eingefunden hatten. Kein Wunder, schließlich war Sonntag, die Sonne schien, die Temperatur war erträglich. Kai blieb eine Weile stehen, schaute sich um: Neben dem kaum zwei Meter breiten Hoogewegstieg waren rechts zwei achtgeschossige Hochhäuser aus dem Boden gestampft worden, die aus architektonischer Sicht so gar nicht in die Gegend passten. Auch der sich schräg davor befindliche Lagerplatz einer Spedition machte keinen einladenden Eindruck. Auf der anderen Seite des Weges befand sich ein parallel verlaufender Bach, der sich an einem hoch aufsteigenden Wall entlangschlängelte und wahrscheinlich in den Unsinnbach floss, wie Ossenkopp gerade seinem Kollegen erklärt hatte. Offensichtlich war das mit allerlei Bäumen und Büschen bepflanzte etwa zehn Meter hohe Bauwerk aus Lärmschutzgründen errichtet worden, da sich gleich dahinter die stark befahrene Bundesautobahn Hannover-Kassel befand.

Inzwischen waren auch ein paar Reporter eingetroffen. Sie gingen auf einige Zuschauer zu, wahrscheinlich, um von ihnen etwas über den Toten zu erfahren. Danach würden sie sich an Kai und ihre Kollegen wenden, die sie aber an die Pressestelle der Polizeiinspektion verweisen würden.

Kai staunte, dass Rechtsmediziner Dr. Karl Brecht schon eingetroffen war. Sie fragte sich, wie er das geschafft hatte – schließlich wohnte er nicht in Hildesheim. Kriminalhauptkommissar Peter Meiberg, Leiter des Erkennungsdienstes, hob mürrisch die Hand, reichte ihr Latexhandschuhe, blaue Plastiküberzieher und hob betont gentlemanlike das Trassierband. Trotz dieser freundlichen Geste schien er schlechter Laune zu sein, murmelte etwas, was Kai nicht genau verstehen konnte, was aber so wie *Scheißsonntag* klang.

Kai wandte sich an Freiberg und Ossenkopp, die sich gerade mit einem uniformierten Kollegen unterhielten: „Versucht bitte Zeugen aufzutreiben. Vielleicht hat ja der eine oder andere was gesehen."

Der Tatort befand sich in einer mit Gras bewachsenen Senke, umgeben von Büschen, Sträuchern, darunter Holunder, Flieder und ähnliche Gewächse. Richtung Autobahn standen kahle Bäume, die ihr buntes Laub großzügig über den Rasen verteilt hatten. Eigentlich kein schlechter Ort, ging es ihr durch den Kopf. Man konnte in dieser Senke verweilen, bei schönem Wetter mit seinen Kindern oder Hunden herumtollen, oben auf dem Wall spazieren gehen. Störend waren nur die nervtötenden Geräusche der nahen Autobahn, die herumliegenden Abfälle, ein in der hinteren Ecke mit Graffitischmiererei verunziertes Funktionsgebäude mit Flachdach, wahrscheinlich ein Pumpwerk für Abwässer ... und ein Toter, der mit angewinkelten Beinen, ausgestreckten Armen mit dem Gesicht nach unten auf der Rasenfläche lag. Am Hinterkopf hatte er eine etwa sechs Zentimeter lange Platzwunde, die von getrocknetem Blut umrandet war, was vermuten ließ, dass er schon mehrere Stunden tot war. Rechtsmediziner Brecht, hoch aufgeschossen und spindeldürr, kniete neben dem Leichnam, befasste sich akribisch mit der Kopfverletzung des Toten. Obwohl es nicht angemessen war, auch der tragischen Situation in keiner Weise gerecht wurde, musste Kai bei derartigen Zusammentreffen immer an Staatsanwältin Dr. Ingelore Hasenköttel denken. Sie hatte fast die gleiche, hagere Figur wie der Rechtsmediziner, war flachbrüstig und stets ungeschminkt. Dass sie eine Frau war, konnte man eigentlich nur an ihren etwas längeren Haaren erkennen ...

Kai riss sich zusammen, schaute wieder auf den Rechtsmediziner, der den Leblosen weiterhin sorgfältig untersuchte. Er prüfte die Beweglichkeit der Gelenke, die komplett versteift waren. Danach holte er aus seinem Koffer ein Spezialthermometer, maß die Lebertemperatur des Toten, schaute über die Schulter: „Frau Sommer, um Ihre noch nicht gestellte Frage zu beantworten: Der Tote ist männlich, zwischen 68 und 73 Jahre alt." Er stockte, drehte vorsichtig den Kopf des Toten zur Seite. „Wie Sie hier sehen können, hat er im Bereich des Gesichts eine erhebliche Verletzung."

Kai trat dicht an den Leichnam heran, beugte sich vor, wich dann aber gleich wieder einen Schritt zurück. „Das sieht ja furchtbar aus. Mein Gott, da ist eine Menge Wut oder Hass im Spiel gewesen."

„Das sehe ich auch so“, stimmte ihr Brecht zu. „Der Täter muss einen äußerst scharfkantigen Gegenstand benutzt haben, den er mit großer Wucht in sein Gesicht gestoßen hat.“

„Vielleicht ein geschliffenes Küchenmesser ...“

„Nein, kein Messer! Es muss etwas Größeres gewesen sein. Was genau, kann ich Ihnen noch nicht sagen.“

„Hat diese Verletzung seinen Tod verursacht?“ wollte Kai wissen.

„Nein, todesursächlich war die schwere Kopfverletzung, wahrscheinlich verbunden mit einer erheblichen Hirnkompression, doch Genaueres weiß ich erst, wenn ich ihn aufgemacht habe. Auf jeden Fall wurde ihm diese Fraktur im Gegensatz zu der Gesichtsverletzung mit einem stumpfen Gegenstand beigebracht. Ich tippe hier auf eine Flasche, einen dicken Ast oder Knüppel – vielleicht sollten Ihre Leute nach einem derartigen Utensil suchen.“

Kai unterbrach ihn ironisch lächelnd: „Danke für den Tipp, darauf wäre ich nie gekommen, ich meine, dass meine Leute nach dem Tatwerkzeug suchen sollten. Seit wann liegt er denn hier? Ich nehme an, dass dieses hier auch der Tatort ist, oder?“

„Ja, davon können wir ausgehen, wie unschwer an dem vielen Blut im Kopfbereich zu erkennen ist. Doch nun zur Todeszeitermittlung. Frau Sommer, wie Sie wissen, ist das nicht immer ganz einfach.“ Er überlegte, wiegte den Kopf hin und her, meinte dann schließlich: „Nun, die Totenstarre ist komplett eingetreten, gemäß der Temperatur dürfte der Tod vor etwa neun bis zehn Stunden eingetreten sein. Aber, wie gesagt, Genaueres ...“

„... können Sie erst nach der Obduktion sagen“, ergänzte Kai und schaute dabei auf ihre Armbanduhr. „Es ist jetzt kurz vor eins. Demnach ist er also zwischen drei und vier Uhr morgens gestorben, plus minus dreißig Minuten.“

„Ja, so ungefähr“, bestätigte der Rechtsmediziner, ging zur Seite, damit der Polizeifotograf vom Opfer und Tatort Fotos machen konnte.

Kai fragte sich, warum er das – wie allgemein üblich und auch zwingend notwendig – nicht vor dem Einsatz des Rechtsmediziners gemacht hatte. Schließlich brauchten sie für ihre Ermittlungen Bilder und Videoaufzeichnungen von einem unberührten Tatort. Sie nahm sich vor, das umgehend mit den Leuten der Spurensicherung zu besprechen.

Kai wandte sich an Meiberg, dessen Laune sich immer noch nicht gebessert hatte, wie man auch an den muffigen Gesichtern seiner Leute erkennen konnte. „Peter, habt ihr schon ein mögliches Tatwerkzeug gefunden? Der Doktor meint, es müsse eine Flasche, ein dicker Ast oder ein Knüppel sein."

„Verdammt, wir können nicht hexen! Wir haben nichts, aber auch gar nichts!" fauchte er ärgerlich, drehte Kai abrupt den Rücken zu.

Sekundenlang war Kai perplex. Doch dann schüttelte sie ärgerlich den Kopf, holte tief Luft, tippte ihm auf die Schulter, so dass er sich umdrehte. „Lass bitte deine schlechte Laune nicht an mir oder deinen Leuten aus. Auch ich wäre an diesem Sonntag lieber woanders, als an diesem Tatort hier. Das kannst du mir glauben. Und neben diesem Toten habe ich mich auch noch so ganz nebenbei um vier ungeklärte Autobahnunfälle zu kümmern, bei denen es immerhin schon acht Tote und zwei Schwerverletzte gegeben hat. Aber, verdammt noch mal, das ist nun mal unser Job! Und den sollten wir uns nicht noch dadurch schwerer machen, indem wir uns gegenseitig anblaffen und unsere schlechte Laune zur Schau tragen!" Kai hatte sich in Rage geredet, riss sich nun aber zusammen: „Hatte der Tote Papiere dabei? Wissen wir, wer er ist?"

Meiberg schüttelte den Kopf. „Fehlanzeige. Keinen Ausweis, keine Hinweise auf seine Identität. Er hatte nichts dabei ..." Meiberg stockte, korrigierte sich: „Nein, er hatte doch was dabei, das aber sehr merkwürdig ist ..."

„Bitte, Peter, mach es nicht so spannend", fiel ihm Kai ins Wort.

„Nun, in seiner Hosentasche hatte er ein unbenutztes Taschentuch, in dem sich eine sorgfältig eingewickelte Zigarettenkippe befand. Und ich frage mich, warum tut einer so was? Ich wette sogar, dass der Tote kein Raucher ist, zumindest kein sehr starker, wie man an seinen Fingerkuppen erkennen kann. Aber das ist noch nicht alles." Er deutete mit dem Kopf auf den Toten, der gerade von zwei Männern in eine graue Plastikschale gelegt wurde. „Es ist auch sehr ungewöhnlich, wie er gekleidet ist."

„Was soll denn daran ungewöhnlich sein? Er trägt einen Mantel, hat eine Hose an, Gummistiefel an den Füßen, die allerdings schon bessere Zeiten gesehen haben, aber ansonsten ..."

„Das meine ich nicht. Seltsam ist, was er darunter trägt. Er hat weder Strümpfe an den Füßen, was ja aufgrund der nächtlichen Temperaturen schon ungewöhnlich ist, noch trägt er Unterwäsche, sondern nur einen uralten Schlafanzug. Alles deutet darauf hin, dass er es beim Verlassen seiner Wohnung sehr eilig gehabt haben muss."

Kai ersparte sich eine Antwort, meinte nur mit Blick auf ihre Kollegen und die angewachsene Zuschauermenge hinter der Polizeiabsperrung: „Vielleicht haben ja Ossenkopp und Freiberg etwas über die Identität des Toten rausgefunden. Ich geh da jetzt mal rüber."

Meiberg hielt sie zurück. „Kai, das von vorhin tut mir leid, ich weiß auch nicht ..."

„Ist schon okay. Jeder hat mal nen schlechten Tag. Mach's gut, Peter. Es wäre schön, wenn ich euren Bericht möglichst bald auf den Tisch habe."

3

Sonntag, 6.11.

Freiberg hörte einer älteren Frau zu, die mit ihrem Rauhaardackel dicht hinter der Absperrung stand. Sie schüttelte mehrmals den Kopf. „Es ist unglaublich, dass so etwas in unserem Stadtteil passiert. Ich wohne ja schon länger hier, aber so was? Wissen Sie, Herr Kommissar, eigentlich wollte ich ja wegziehen, in eine kleinere Wohnung, denn seit mein lieber Mann nicht mehr bei mir ist, Gott habe ihn selig, würde auch eine Zweizimmerwohnung für mich völlig ausreichen. Aber das ist nicht so einfach. Viele Vermieter haben einfach kein Herz für Tiere, wollen keine Hunde im Haus. Aber ohne meinen Frido würde ich niemals ..." Sie stockte, schaute liebevoll auf ihren Rauhaardackel, dann etwas irritiert auf Kai, die schmunzelnd dem Gespräch gefolgt war: „Sind Sie etwa auch bei der Polizei?"

„Das ist Frau Hauptkommissarin Sommer, meine Chefin", stellte Freiberg klar, wandte sich wieder an die ältere Dame: „Kennen Sie zufällig den Toten?"

„Junger Mann, er lag doch mit dem Gesicht nach unten. Wie hätte ich ihn da erkennen können? Und jetzt ist er weg." Sie schaute hinter dem Leichenwagen her, der gerade im Schritttempo in die Hildebrandstraße einbog.

„Ja, da haben Sie wohl recht – trotzdem vielen Dank."

Freiberg folgte Kai, die sich suchend nach Ossenkopp umschaute, und dabei meinte: „Mit der Identifizierung hat sie nicht ganz Unrecht. Ich bin sicher, dass der Tote hier in der Nähe wohnte – vielleicht nur ein paar Minuten von hier. Allein die dünne Bekleidung ..." Kai blieb stehen. „Erdal, wir sollten umgehend ein paar Kollegen losschicken, die sich hier in der Gegend umhören. Veranlasse das bitte!"

Freiberg schien nicht begeistert, meinte mit skeptischem Gesichtsausdruck: „Um diese Zeit? Noch dazu an einem Sonntag? Ich glaube nicht, dass das was bringt. Vielleicht erhalten wir ja auch in den nächsten Stunden eine Vermisstenanzeige ..."

„Was wir natürlich vergessen können, wenn er allein lebte", fiel Kai ihm ins Wort, meinte dann aber zuversichtlich: „Sollte es da aber irgendwelche Angehörige geben, ist denen das Verschwinden des Mannes bestimmt schon aufgefallen. Und wenn alle Stricke reißen, gehen wir mit seinem Foto in die örtliche Presse, was mit den starken Gesichtsverletzungen nicht ganz einfach sein dürfte. Doch damit sollten wir noch ein bisschen warten. Zunächst versuchen wir es mit der Befragung – und zwar heute noch!“ Bei den letzten Worten war der leichte Ärger in ihrer Stimme nicht zu überhören.

Erdal Freiberg sagte nichts, nickte nur leicht verstimmt.

Kai wollte ihm noch ein paar aufmunternde Worte sagen, schwieg dann aber, weil Ossenkopp auf sie zukam. Sein Gesichtsausdruck ließ erkennen, dass auch er mit seinen Recherchen nicht weitergekommen war, dennoch fragte sie: „Heinz, hast du was rausgefunden?“

„Nee, Fehlanzeige. Die haben zwar alle den Toten gesehen, nicht aber sein Gesicht. Vielleicht hätten wir mit seinem Abtransport noch etwas warten sollen.“

„Wie stellst du dir das vor? Sollen wir in derartigen Fällen den Toten mit dem Gesicht zu den Gaffern auf eine Bahre legen? Verbunden mit der fadenscheinigen Hoffnung, dass der eine oder andere ihn erkennt? Denk bitte auch an sein zerstörtes Gesicht. Natürlich kann es sein, dass wir durch so eine Zurschaustellung etwas über seine Identität erfahren, wobei die Würde des Toten dabei jedoch auf der Strecke bleibt. Und in diesem Fall wäre das ja aufgrund seiner Verletzungen ohnehin inakzeptabel gewesen. Nee, Heinz, das kannst du vergessen! Und ich mag gar nicht daran denken, wie gewisse Journalisten derartige Bilder dann in ihren Blättern präsentieren würden.“

„Du denkst jetzt bestimmt an deinen speziellen Freund, oder?“

„Ganz genau! Ich meine diesen ekelhaften Stefan Burger von der *Boulevardzeitung Hannover*, diesem üblen Paparazzo, der doch für ein derartiges Bild im wahrsten Sinne des Wortes über Leichen gehen würde.“ Kai machte eine wegwerfende Handbewegung. „Du kennst ihn ja! Ich wundere mich nur, warum der Kerl hier noch nicht aufgetaucht ist. Hast du ihn schon gesehen?“

Heinz Ossenkopp schüttelte den Kopf. Kai wollte noch etwas sagen, wurde aber von Peter Meiberg unterbrochen, dessen Laune sich merklich gebessert hatte: „Kai, wir haben das Tatwerkzeug. Eine zerbrochene Weinflasche mit Blutanhaftungen, womöglich auch mit Fingerspuren. Die Flasche lag etwa fünfzig Meter vom Tatort in einem Gebüsch.“

Montag, 7.11.

Die Besprechung fand im Dienstzimmer des Kriminaldirektors statt. Hundertmark hatte darum gebeten, weil er auf dem Festnetz ein dringendes Gespräch aus dem Innenministerium erwartete, gleichzeitig aber auch etwas über den aktuellen Sachstand erfahren wollte. Trotzdem war Hundertmark nicht ganz bei der Sache. Er machte einen nervösen Eindruck, lief einige Male hin und her, schaute dabei auf den Telefonapparat. Schließlich blieb er stehen, lehnte sich mit dem Rücken gegen das Fensterkreuz: „Frau Sommer, was haben wir?"

„Ich nehme an, Sie wollen zuerst etwas über das Tötungsdelikt an der Autobahn hören." Als Hundertmark nickte, fuhr Kai fort: „Ich habe mir vorhin den Bericht der Spurensicherung noch einmal angesehen und auch das, was unser Rechtsmediziner dazu gesagt hat. Daraus ergibt sich, dass der unbekannte Tote zwischen drei und vier Uhr mit einer Weinflasche erschlagen wurde. Der Schlag traf ihn am Hinterkopf. Er war so heftig, dass die Flasche zersplitterte, was winzige Glasspuren in der Wunde belegen. Doch das ist noch nicht alles. Obwohl der Schlag todesursächlich war, hat der Täter seinem Opfer auch noch die zersplitterte Flasche ins Gesicht gestoßen. Ich habe die Verletzungen im Gesicht gesehen, einfach furchtbar."

„Sicherlich post mortem", warf Ossenkopp ein, scheinbar um wieder einmal daran zu erinnern, dass er, im Gegensatz zu Kai, Latein in der Schule gehabt hatte.

„Nee, perimortem!" konterte Kai. „Die Verletzung wurde ihm beigebracht, als er noch lebte. Wahrscheinlich, während er betäubt zu Boden ging. So steht es hier im Bericht der Rechtsmedizin. Außerdem hatte er mehrere Blutergüsse auf der Brust und im Bauchbereich."

„Wie alt war er?" wollte Hundertmark wissen.

„Brecht schätzt sein Alter auf etwa siebzig Jahre, Größe 1,75 Meter, Gewicht 72 Kilogramm, leichter Bauchansatz, ansonsten aber schlanke Erscheinung, guter Allgemeinzustand, Narbe einer Blinddarmoperation, gutartige Vergrößerung der Prostata, oben eine Zahnprothese, unten zwei Kronen, drei Füllungen, wahrscheinlich regelmäßiger Zahnarztbesuch, kein übermäßiger Alkoholgenuss, keine Drogen, offensichtlich kein Raucher, wenn doch, nur gelegentlich. Ansonsten keine besonderen Auffälligkeiten. Der Tote war bartlos, hatte sich erst kürzlich rasiert, machte auch sonst einen gepflegten Eindruck."

„Also können wir davon ausgehen, dass er einen festen Wohnsitz hatte, die Suche im Obdachlosenmilieu sich damit erübrigt", bemerkte Freiberg.

„So ist es", nickte Kai, blätterte weiter in ihren Unterlagen.

Breuer, der bisher geschwiegen hatte, beugte sich vor: „Könnte es Raubmord gewesen sein?"

„Schwer zu sagen. Wenn ich davon ausgehe, dass wir bei ihm keine Uhr oder Geldbörse, geschweige denn einen Ausweis gefunden haben, können wir das nicht ganz ausschließen. Unterstützt wird diese Annahme dadurch, dass er keinen Haustürschlüssel dabei hatte. Die Frage ist hier allerdings, ob er diese Gegenstände überhaupt mit sich geführt hatte, zumal vieles darauf hindeutet, dass er seine Wohnung in großer Eile verlassen hat. Allerdings ist ..."

Ossenkopp fiel ihr ins Wort: „Das kann natürlich auch bedeuten, dass der oder die Täter inzwischen seine Wohnung ausgeräumt haben – denn wenn er den Ausweis in der Tasche hatte, war ja auch seine Anschrift bekannt."

„Ja, das könnte durchaus passieren", stimmte Hundertmark ihm zu und mit Blick auf Kai: „Frau Sommer, wir müssen unbedingt seine Identität herausbekommen. Versuchen Sie alles, was irgendwie vertretbar ist. Meine Unterstützung haben Sie."

Kai ersparte sich eine Antwort, zumal sie das, was ihr Vorgesetzter gerade von sich gab, ohnehin vorhatte. Stattdessen sagte sie: „Vielleicht noch einige Worte zur Spurenlage: An der zerbrochenen Weinflasche befanden sich Blutanhaftungen der Blutgruppe *0 Rhesus positiv*, die bereits dem Opfer zugeordnet werden konnten – das hieraus abgeleitete DNA-Profil werde ich morgen oder übermorgen bekommen. Außerdem konnte am Flaschenhals das Fragment eines Fingerabdrucks sichergestellt werden, das wir bereits durch das System laufen gelassen haben. Ergebnis negativ. Vielleicht bringt uns ja das DNA-Profil weiter. Wie schon gesagt, hatte das Opfer nichts Wertvolles dabei. Erwähnenswert ist noch, dass sich in der Hosentasche des Toten ein unbenutztes Taschentuch mit einer sorgfältig eingewickelten Zigarettenkippe befand. Ich habe keine Ahnung, was das bedeutet. Kann mir aber gut vorstellen, dass das an der Kippe gefundene Genmaterial dem Täter zugeordnet werden könnte – doch leider fehlt uns hier noch das erforderliche Vergleichsmaterial."

„Das sieht doch gar nicht so schlecht aus“, bemerkte Hundertmark. „Nach allem bleibt die Frage, was die beiden um diese Zeit da draußen gemacht haben. Hatten sie eine Verabredung? Wurden dort dubiose Geschäfte abgewickelt?“

„Denkbar ist natürlich auch, dass die beiden Homos waren“, bemerkte Ossenkopp trocken. „Vielleicht haben sie miteinander gestritten, waren sich über den Liebeslohn nicht einig? Und hier hätten wir dann auch gleich das Motiv.“

„Jetzt geht aber deine Fantasie mit dir durch“, bemerkte Kai. „Für derartige Treffen gibt es sicherlich gemütlichere Örtlichkeiten. Und dann die Zeit! Mein Gott, derartige Treffen finden doch nicht frühmorgens um halb vier statt ...“ Kai stockte, runzelte die Stirn: „Möglich ist natürlich auch, dass die beiden sich gar nicht kannten – und das würde wiederum die Raubmordtheorie unterstützen. Dafür spricht auch, dass der Mann im Schlafanzug heimtückisch von hinten erschlagen wurde. Vielleicht war er zur falschen Zeit am falschen Ort.“

„Wieso Schlafanzug?“ fragte Hundertmark etwas irritiert. „Kann es sein, dass mir da was entgangen ist?“

„Entschuldigung, das hatte ich vorhin nicht erwähnt. Der Tote trug statt Unterwäsche einen Schlafanzug, was bedeuten könnte, dass er es beim Verlassen seiner Wohnung sehr eilig hatte.“

Hundertmark nickte verstehend: „Das stützt allerdings meine These, dass er eine Verabredung hatte. Aber etwas anderes: Glauben Sie, dass es hier eine Verbindung zu den Autobahnunfällen gibt?“

„Das kann ich mir nicht vorstellen“, antwortet Kai. „Diese Unfälle sind ein ganz anderes Kaliber. Da geht es um gefährliche Eingriffe in den Straßenverkehr, wenn auch mit tödlichem Ausgang – doch hier sprechen wir über einen heimtückischen Mord, zumindest aber über Totschlag ... Andererseits sollten wir auch diesen Gedanken nicht von vornherein ausschließen, denn immerhin befindet sich der Tatort nur einen Steinwurf von der Autobahn entfernt.“

„Frau Sommer, wie geht es nun weiter?“ wollte Hundertmark wissen.

„Gleich mehrere Sachen erscheinen mir wichtig. Erstens werden wir uns um die Identität des Opfers kümmern. Ich hoffe ja immer noch, dass ich eine Vermisstenanzeige auf den Tisch bekomme. Wenn nicht, sollten wir an die Presse gehen, natürlich mit einem retuschierten Foto. Eine andere Möglichkeit wäre natürlich auch, die Identität über das Zahnschema herauszubekommen, zumal er offensichtlich in zahnärztlicher Behandlung war. Es kann aber auch sein, dass die Kollegen schon etwas herausbekommen haben, die seit gestern im Stadtteil unterwegs sind. In diesem Zusammenhang werde ich auch Dampf machen, dass wir umgehend sein DNA-Profil erhalten. Ebenso wichtig erscheint es mir, ein Gespräch mit den überlebenden Opfern des letzten Autobahnunfalls zu führen, dem Ehepaar Rita und Henry Bensen aus Kiel. Ich habe hier die Hoffnung, dass sie uns erzählen können, wie es zu dem Unfall gekommen ist. Von dem Ergebnis dieses Gesprächs wird es abhängig sein, ob ich den uns bekannten Felix Dornbach aufsuche." Erklärend fügte sie hinzu: „Das ist der junge Mann, der vor einigen Jahren zusammen mit seiner Clique kleine Steine auf die Autobahn geworfen hat. Mal sehen, was der zu sagen hat", und mit Blick Hundertmark: „Nachdem, was jetzt passiert ist, erscheint es mir notwendig, dass wir die Soko mit ein paar Kollegen verstärken."

„Frau Sommer, das wird nicht einfach sein. Die anderen Fachkommissariate stöhnen schon seit Wochen darüber, dass sie total unterbesetzt sind. Aber ich werde sehen, was sich machen lässt. Wie ich Sie kenne, haben Sie da schon so ein paar Namen im Kopf ..."

„Ja, Julia Seidel und Christian Wechler. Es wäre eine große Hilfe, wenn Sie uns die zuweisen würden. Die beiden waren damals in meinen Sonderkommissionen, als wir hinter dem Pferderipper her waren und diesen Vergewaltiger in Polizeiuniform überführt haben."

„Wie gesagt, Frau Sommer, ich werde sehen, was sich machen lässt. Gibt es sonst noch etwas?"

Kai schüttelte den Kopf, obwohl sie eigentlich noch seine Zustimmung für die Anforderung der Polizeipsychologin Dr. Bernauer haben wollte, unterließ es dann aber, als er anfing, nervös auf das Telefon zu starren, das bisher stumm geblieben war. Kai fragte sich schon die ganze Zeit, auf was für ein dringendes Telefonat er da wartete. Im Normalfall war es doch so, dass auch er den Dienstweg einhalten musste, also nur über den Inspektionsleiter mit dem Ministerium kommunizieren durfte. Aber, was war schon normal?

Dienstag, 8.11.

Als Kai an diesem Morgen aufstand, zeigte das Thermometer drei Grad unter null. Sie frühstückte in aller Ruhe, hörte dem Sprecher von *Radio Tonkuhle* zu, der zwischen Musikeinspielungen interessante Neuigkeiten aus der Domstadt brachte, auch das Wetter für die kommenden Tage ansagte: Kalt mit unterschiedlichen Winden aus östlichen Richtungen, teilweise Frühnebel, der sich bis zur Mittagszeit auflösen würde, danach sollte auch die Sonne durchkommen. Kai beschloss, heute einen dickeren Pullover anzuziehen, auch die Handschuhe nicht zu vergessen. Als sie zehn Minuten später ihr Mountainbike aus dem Verschlag holte, kam ihr ihr Nachbar Karl-Wilhelm Lührs entgegen. Schon von weitem begrüßte er sie mit dröhnender Stimme: „Guten Morgen, Frau Hauptkommissarin. Ich hoffe, Sie haben sich heute warm angezogen. Als ich noch zur See gefahren bin, hatte ich immer lange Unterhosen aus Schafwolle an. Ich sage Ihnen, etwas Besseres gibt es nicht. Die Dinger kratzen zwar ein bisschen, doch da gewöhnt man sich dran. Ich meine, wenn Sie nach draußen zu Ihren Tatorten fahren, sollten Sie auch so was anziehen. Oder vielleicht diese Unterwäsche mit Angorawolle, die soll ja auch ganz schön warmhalten."

Ja, so konnte nur ihr Nachbar mit ihr reden, der von seinen Freunden und Bekannten kurz Kawilü genannt wurde und sich mit seinen 78 Jahren für alles interessierte, was auf dem Moritzberg passierte. In den meisten Fällen wollte er aber mit ihr über irgendwelche spektakulären Fälle und Straftaten diskutieren, die er in seiner über alles geliebten *Boulevardzeitung* gelesen hatte. Wie erst kürzlich die Sache mit den Nazis, die mindestens acht türkische Mitbürger getötet und sich in ihrem Wohnmobil angeblich selbst umgebracht hatten. Für Kai war es schwierig, diesen Diskussionen auszuweichen, weil sie es frühmorgens immer sehr eilig hatte und spätabends den Tag meist mit einem Glas Rotwein geruhsam ausklingen lassen wollte. Andererseits wollte sie ihn aber auch nicht vor den Kopf stoßen und ihn beleidigen, zumal Kawilü ein Nachbar war, wie man sich ihn nur wünschen konnte. Doch heute wirkte er etwas bedrückt, schien kein Interesse an einer Diskussion zu haben. Als sie auf ihr Fahrrad stieg, meinte er nur noch: „Ich werde ihn heute kastrieren lassen."

Entsetzt drehte Kai sich um: „Herr Lührs, um Gottes willen! Wem wollen Sie das denn antun?"

„Na, Heinrich. Sie haben doch selber mitbekommen, wie oft der in letzter Zeit abgehauen ist. Meine Tierärztin hat auch gesagt, wie wichtig das ist. Sie meint, es müssten vielmehr kastriert werden, um damit auch die Vermehrung einzudämmen."

„Herr Lührs, wenn ich mich recht entsinne, wurde Ihr Kater doch bereits kastriert. Sie haben mir das selber vor einem Jahr erzählt. Ich glaube, das muss im Frühjahr gewesen sein ... Erinnern Sie sich?"

Kawilü sah sie bestürzt an, schüttelte zögernd den Kopf. „Nee, daran kann ich mich nicht mehr erinnern. Aber wenn Sie das sagen ... Ich werde mir Heinrich gleich mal ansehen – bei seinem zottigen Winterfell ist das aber nicht ganz einfach."

„Herr Lührs, dann viel Erfolg bei der Inaugenscheinnahme."

Fünf Minuten später fuhr Kai auf den Hof der Polizeiinspektion, öffnete mit ihrem Transponder die Hintertür des Gebäudes, grüßte die Kollegin hinter dem Servicepoint, lief die Treppe bis zum dritten Stock nach oben. Auf dieser Etage befanden sich die Räumlichkeiten des FK 1. Und als Erste Kriminalhauptkommissarin war sie die Leiterin dieses Fachkommissariats, zuständig für Straftaten gegen das Leben, Brand-, Sexual-, Gewalt- und Waffendelikte.

Erdal hatte ihr einen Zettel auf den Schreibtisch gelegt. Die Nachricht war unerfreulich. Kai las sie noch im Stehen: *Befragung im Stadtteil negativ. Keiner hat was gehört oder gesehen. Identität des Opfers weiterhin ungeklärt.* Kai warf sich auf ihren Schreibtischstuhl. Sie war enttäuscht, beruhigte sich dann aber wieder – denn auch wenn der Stadtteil nur fünftausend Einwohner hatte, kannte dort nicht jeder jeden, wie das zum Beispiel in den umliegenden Dörfern der Fall war. Nach allem mussten sie nun wohl oder übel die örtliche Presse um Unterstützung bitten. Vielleicht konnte man das mit einer Pressekonferenz verbinden. Sie nahm sich vor, mit Hundertmark darüber zu sprechen. Kai hoffte, dass das gestrige Telefonat mit dem Innenministerium für ihn positiv verlaufen war, wenn es denn überhaupt stattgefunden hatte. Sie dachte an seinen Vorschlag, bei ihren Ermittlungen auch die ehemaligen Jugendlichen aus der Nordstadt mit einzubeziehen.

Kai fuhr ihren Computer hoch, tippte den Namen Felix Dornbach ein und war überrascht, dass er nicht nur Steine auf die Autobahn geworfen hatte, sondern danach auch noch wegen anderer Delikte bestraft worden war. Da es sich hier um Erpressung, Diebstahl und Hehlerei handelte, fielen diese Straftaten in die Zuständigkeit der Kollegen vom FK 2. Allerdings war Dornbach seit gut einem Jahr nicht mehr straffällig geworden. Kai nahm an, dass ihm die letzte Verurteilung nach dem Jugendstrafrecht die Augen geöffnet hatte. Auf jeden Fall würden sie dem mittlerweile schon zwanzig Jahre alten Felix Dornbach in den nächsten Tagen einen Besuch abstatten. Zuvor wollte sie sich noch bei den Kollegen vom Diebstahl erkundigen, ob sie neue Erkenntnisse über ihn hatten, die noch nicht im Polizeicomputer abgespeichert waren ... Ihr Handy klingelte. Breuer war am Apparat, kam gleich zur Sache: „Das Ehepaar aus Kiel ist vernehmungsfähig. Wenn du willst, können wir da gleich hinfahren."

„Martin, das machen wir. Wir nehmen den Dienstwagen."

Als sie ein paar Minuten später über den Hof zur Garage ging, saß Breuer bereits hinterm Steuer, stieß die Beifahrertür auf. Ohne etwas zu sagen, fuhren sie in Richtung Kaiserstraße, überquerten den Bismarckplatz. Erst als sie den Kreisel hinter sich gelassen hatten und in Sichtweite das Klinikum vor ihnen auftauchte, unterbrach Kai das Schweigen: „Martin, von diesem Gespräch verspreche ich mir so einiges. Es könnte uns entscheidend weiterhelfen, vielleicht sogar die Frage beantworten, wie es zu diesen mysteriösen Unfällen kommen konnte."

Breuer ersparte sich eine Antwort. Was hätte er auch sagen sollen? Tief im Innern belastete es ihn immer noch, dass er die Unfälle nicht aus eigener Kraft mit den Kollegen der Autobahnpolizei hatte lösen können.

Kai warf ihm einen Seitenblick zu. „Hallo Martin, ist was? Du bist so schweigsam."

Ihr Kollege schüttelte den Kopf, setzte den Blinker nach links, fuhr in die Abbiegespur zum Klinikum. Minuten später parkten sie auf dem großflächigen ehemaligen Kasernengelände. Als sie dann durch den Haupteingang die Ebene 0 betraten, wunderte sich Kai: „Du bewegst dich so, als würdest du dich hier auskennen."

„Ich war bei der Eröffnung im September hier. Danach habe ich noch einmal meinen Nachbarn besucht, ihm wurde ein künstliches Hüftgelenk eingesetzt ..." Breuer stockte, zeigte nach vorn: „Wir müssen auf die Ebene 3 mit der orangefarbenen Kennzeichnung, da befinden sich auch die unfallchirurgischen Stationen."

Als der betreffende Bereich vor ihnen auftauchte, staunte Kai erneut, wie zielgerichtet sich Breuer auch hier auf dem Flur bewegte – sie konnte es sich nur so erklären, dass er sich bei der Stationsleitung genau informiert hatte. Doch noch bevor sie ihr Ziel erreicht hatten, wurden sie Zeuge, wie sich eine Person im weißen Mantel mit einem schlampig gekleideten Mann heftig stritt. An den beiden Profikameras, die er sich lässig über die Schulter gehängt hatte, konnten sie schon von weitem erkennen, dass es sich um einen Reporter handelte. Kai ging zögernd weiter, traute ihren Augen nicht: Den Menschen da vor dem Stationszimmer kannte sie nur allzu gut. Er war klein und, abgesehen von der harten Wampe, die über seinem Gürtel hing, sehr hager. Seine Haare leuchteten rötlich, erinnerten Kai immer ein wenig an Pumuckl. Doch dieser Kerl da vorne war alles andere als lustig, sondern eher das Gegenteil – und kein anderer als Stefan Burger von der *Boulevardzeitung Hannover*, ein ehemaliger Kollege ihres Freundes Thomas Dreyer. Ganz offensichtlich wollte sich dieser widerliche Paparazzo gerade ins Krankenzimmer schleichen, um von den Unfallopfern ein paar spektakuläre Fotos zu schießen – möglichst mit schmerzverzerrtem, leidendem Gesichtsausdruck. Kai beschleunigte ihre Schritte, doch als Burger sie sah, schnauzte er den Arzt noch einmal an, fuchtelte mit den Armen herum und verschwand um die nächste Ecke.

Der Mann im weißen Kittel sah kopfschüttelnd hinter ihm her, wandte sich an Kai und Breuer: „So etwas habe ich noch nicht erlebt. Da wollte der Mann doch tatsächlich ins Krankenzimmer, obwohl ich es ihm ausdrücklich untersagt hatte.“ Er schaute fragend auf Breuer, der seine Uniform trug: „Haben wir vorhin miteinander telefoniert?“

„Nein, das war ein Kollege von mir, mein Name ist Breuer“, und mit Blick auf Kai: „Das ist Frau Sommer, sie leitet die Sonderkommission, die wir für die Aufklärung der Autobahnunfälle eingerichtet haben.“

„Habe davon gehört, eine schreckliche Sache. Mein Name ist Stiegemann, ich bin hier der zuständige Stationsarzt.“

„Wie ist der Zustand des Ehepaars?“ wollte Kai wissen.

„Den Umständen entsprechend. Herr Bensen hat eine große Platzwunde auf der Stirn, einen Rippenbruch und diverse Prellungen erlitten. Seine Frau hat einen Armbruch, ebenfalls verschiedene Prellungen und eine Gehirnerschütterung davongetragen. Da sie vorhin über starke Brustschmerzen geklagt hat, wird sie zurzeit geröntgt. Ich hoffe, es ist nichts Ernstes – in einer Stunde werde ich mehr wissen. Deswegen ist auch nur Herr Bensen auf dem Zimmer, dem Sie aber Ihre Fragen stellen können.“ Bei seinen letzten Worten war der Stationsarzt auf das Krankenzimmer zugegangen, hatte angeklopft, die Tür geöffnet. Er ließ die Beamten an sich vorbei, sagte mit Blick auf den Patienten: „Ich lasse Sie mit ihm dann mal allein, stehe Ihnen aber jederzeit zur Verfügung."

Herr Bensen lag in einem Zweibettzimmer. Da seine Frau sich auf der Röntgenabteilung befand, war das Bett am Fenster leer. Er hatte einen dicken Verband um den Kopf, ein Pflaster unter dem linken Auge. Als die Beamten näher kamen, versuchte er ein Lächeln, was ihm aber nicht so recht gelang – scheinbar taten ihm beim Luftholen immer noch die Rippen weh. Kai nickte ihm freundlich zu, stellte sich und ihren Kollegen vor, sagte mitfühlend: „Herr Bensen, ich hoffe, es geht Ihnen und Ihrer Frau so einigermaßen."

Er richtete sich etwas auf, verzog dabei leicht das Gesicht. „Ich kann nicht klagen, bei mir werden wohl keine Schäden zurückbleiben. Kummer macht mir nur meine Frau, sie hatte vorhin so starke Schmerzen in der Brust. Ich hoffe, es ist nichts Ernstes ..."

„Das tut uns sehr leid", sagte Kai anteilnehmend, fügte beruhigend hinzu: „Herr Bensen, machen Sie sich bitte nicht allzu große Sorgen, sicherlich ist das alles ganz harmlos." Sie schwieg eine Weile, nickte ihm noch einmal freundlich zu: „Fühlen Sie sich in der Lage, uns ein paar Fragen zu beantworten?" Bensen nickte, richtete sich weiter im Bett auf. Kai fuhr fort: „Wie Sie sicherlich schon gehört haben, gab es in den letzten Wochen auf der A7 im Bereich Hildesheim mehrere schwere Unfälle, und zwar auf dem Streckenabschnitt, auf dem auch Sie mit Ihrem Mercedes verunglückt sind. Können Sie uns sagen, wie es dazu gekommen ist?" Kai war die Anspannung anzumerken, sie hatte kleine Schweißperlen auf der Stirn, ein paar rote Flecken im Gesicht. Doch Henry Bensen antwortete nicht gleich, ließ sich Zeit. Offensichtlich überlegte er, was genau er den Polizeibeamten antworten wollte. Schließlich sagte er zögernd: „Zunächst möchte ich klarstellen, dass ich an dem Unfall völlig unschuldig gewesen bin. Ich bin weder zu schnell gefahren noch war ich übermüdet und ..."

Kai fiel ihm ungeduldig ins Wort: „Herr Bensen, das wissen wir alles. Auch wir meinen, dass Sie persönlich keinerlei Schuld an dem Unfall tragen." Sie ließ die Worte auf ihn wirken, fuhr dann eindringlich fort: „Herr Bensen, leider sind die anderen Autofahrer, die da vor Ihnen verunglückt sind, nicht mehr am Leben, können also keine Aussagen zum Unfallhergang machen. Deswegen sind wir auf Ihre Hilfe angewiesen. Wir hoffen inständig, dass Sie uns sagen können, wie es speziell in Ihrem Fall zu dem Unfall gekommen ist."

„Ich weiß nicht, ob ich Ihnen da weiterhelfen kann." Bensen verzog schmerzhaft das Gesicht, seufzte: „Ich kann mich nur noch an ein Auto erinnern, das uns mit aufgeblendeten Scheinwerfern entgegengekommen ist, wahrscheinlich ein Geisterfahrer ..." Er ließ den Satz in der Luft hängen, sagte dann noch zu seiner Rechtfertigung: „Das Auto kam direkt auf mich zu. Ich musste ausweichen, hatte keine andere Möglichkeit, sonst wäre ich frontal mit dem Wagen zusammengestoßen ..."

Bensen schloss die Augen, lehnte sich erschöpft zurück, scheinbar erinnerte er sich wieder an die Sekunden, die ihn und seiner Frau fast das Leben gekostet hätten.

4

Mittwoch, 9.11.

Die Enttäuschung in ihren Gesichtern war nicht zu übersehen. Sie hatten sich alle mehr von den Aussagen der letzten Unfallopfer versprochen. Doch Henry Bensen hatte nur etwas von einem Geisterfahrer erzählt – einer Aussage, mit der sie nichts anfangen konnten.

Kai hatte Martin Breuer gebeten, noch einmal ins Klinikum zu fahren, um auch Rita Bensen zu befragen. Er hatte sie angetroffen, als sie gerade untersucht worden war. Sie war erleichtert gewesen, hatte ihm anvertraut, dass der Röntgenarzt nichts festgestellt habe. Auch Frau Bensen konnte nur das bestätigen, was ihr Mann schon gesagt hatte. Allerdings meinte sie, dass auch noch etwas gegen die Scheibe geflogen sei, doch beschwören könne sie das nicht. Das wäre ja alles so wahnsinnig schnell gegangen. Und dann hätte sie auch gleich nach dem Unfall das Bewusstsein verloren, sei erst wieder auf der Intensivstation zu sich gekommen. Breuer hatte dann noch gefragt, ob sie das Auto beschreiben könne, doch das hatte sie verneint. Sie habe eigentlich auch nur die grellen Scheinwerfer gesehen, wobei es ihr so vorgekommen sei, als wäre das Auto ohne Konturen gewesen. So, als würde es schweben. Eben wie ein Geisterauto. Sie wisse zwar, dass das total verrückt klinge, aber anders könne sie es nicht beschreiben.

Ossenkopp zeigte auf die Karte des Hildesheimer Stadtgebietes, die an der Stirnseite des Besprechungszimmers hing: „Auch wenn den beiden ein Auto entgegengekommen wäre – was aus meiner Sicht völlig unwahrscheinlich ist –, müsste der Geisterfahrer dann die Autobahn ja irgendwo wieder verlassen haben, wenn er nicht gewendet hat. Und wenn ich mir hier die Karte ansehe, würde das nur an der Anschlussstelle Drispenstedt gehen, das sind zwar nur ein paar Kilometer, aber immerhin ..."

„Ja, und wo müsste er dann draufgefahren sein?" wurde er von Freiberg unterbrochen.

Martin Breuer stand auf, stellte sich neben Ossenkopp, tippte mit dem Zeigefinger auf eine Autobahnraststätte. „Die nächstliegende Möglichkeit wäre hier die Behelfsabfahrt Hildesheimer Börde. Man kann von dort aus problemlos auf die Gegenfahrbahn kommen. Im letzten Jahr haben wir da mal jemanden heruntergeholt. Eine sehr gefährliche Aktion. Es ist zwar zu keinem Unfall gekommen, hätte aber schlimm enden können ..."

„Ich weiß nicht, ob es was bringt, wenn wir dieses Thema noch weiter vertiefen“, fiel ihm Kai ins Wort. „Wir sind uns doch wohl darüber einig, dass es kein Geisterfahrer gewesen sein kann. Schließlich gibt es keinerlei Hinweise, die diese Annahme rechtfertigen. Ich meine, das hätten dann doch bestimmt auch andere Autofahrer mitbekommen – besonders die aus Richtung Hannover. Was diese These jedoch am unwahrscheinlichsten macht, ist allein schon die Tatsache, dass dann auch bei den anderen drei Unfällen so ein Geisterfahrer unterwegs gewesen sein müsste. Daher sollten wir uns verstärkt den Möglichkeiten zuwenden, die sonst noch in Frage kommen.“

„Da kann ich Frau Sommer nur recht geben“, bemerkte Hundertmark, der heute wieder einen gelösten Eindruck machte. „Die Sache mit dem Geisterfahrer können wir vergessen, ist reine Zeitverschwendung.“

„Und was ist mit der Aussage von Frau Bensen gegenüber dem Kollegen Breuer, dass etwas gegen die Scheibe geflogen sei?“ hinterfragte Freiberg.

Kai schüttelte den Kopf. „Auch das ist mir zu vage. Dann hätte auch Herr Bensen davon etwas mitbekommen müssen. Außerdem hat die Spurensicherung den Innenraum des verunfallten Wagens akribisch untersucht. Ich meine, wenn da ein Stein oder ein anderer Gegenstand die Windschutzscheibe durchschlagen hätte, wäre das den Kollegen aufgefallen. Um ganz sicher zu sein, haben wir dann ja auch noch die Fahrbahn und die Seitenränder in diesem Bereich gründlich abgesucht. Und, haben wir was gefunden?“ Kai machte eine abwehrende Handbewegung. „Nein, auch das können wir vergessen.“

Freiberg nickte nur, Hundertmark wechselte das Thema: „Haben wir schon die Identität des unbekannten Toten herausbekommen?“

„Nein, leider nicht.“

„Frau Sommer, die Staatsanwaltschaft sitzt mir im Nacken, will endlich Erfolge sehen. Außerdem bekommt unser Pressesprecher Kugies ständig Anrufe von irgendwelchen Zeitungsleuten. Und *Boulevard Hannover* hat sich auch mehrmals gemeldet, verbunden mit dem Vorwurf, wir würden massiv gegen die Informationspflicht verstoßen, somit der Öffentlichkeit wichtige Informationen vorbehalten ...“

„Herr Hundertmark, das ist doch nichts Neues!“ warf Kai seufzend ein.

„Dennoch müssen wir hier verstärkt dranbleiben, endlich weiterkommen. Ich habe über alles noch einmal nachgedacht. Es könnte doch sein, dass der Tote Patient des Landeskrankenhauses gewesen ist, die Klinik mitten in der Nacht unbemerkt verlassen hat. Dafür spricht auch, dass er weder Papiere noch einen Haustürschlüssel dabei hatte. “

Kai schüttelte den Kopf. „Herr Hundertmark, das halte ich für sehr unwahrscheinlich, dafür ist der Weg von dem psychiatrischen Krankenhaus an der Goslarschen Landstraße zum Tatort im Stadtteil Drispenstedt einfach zu weit. Und wenn es so wäre, hätte uns doch die Klinik, die übrigens schon seit ein paar Jahren unter dem Namen Ameos Klinikum firmiert, spätestens am Montag von einer derartigen Entweichung in Kenntnis gesetzt. In den letzten Jahren hatten wir ja schon ähnlich gelagerte Fälle – besonders im Zusammenhang mit dem dortigen Maßregelvollzug.“

Hundertmark winkte ab. „Für mich ist und bleibt es das Niedersächsische Landeskrankenhaus – und viele Hildesheimer sehen das auch so. Nach allem wäre es nun wohl sinnvoll und zweckmäßig, wenn wir die Öffentlichkeit um Hilfe bitten. Mein Gott, irgendjemand muss den Toten doch kennen oder ihn vermissen.“

„Herr Hundertmark, dazu brauchen wir zunächst ein aussagekräftiges Foto. Wir haben zwar einige Bilder, doch die sind für ein Pressefoto denkbar ungeeignet – Sie wissen schon, wegen der schlimmen Gesichtsverletzungen des Toten. Wir sind jedoch dabei, ein Foto zu retuschieren. Sobald das vorliegt, gehen wir damit in die Presse. Parallel dazu sind die Kollegen Wechler und Seidel gerade dabei, die Identität anhand des Zahnschemas herauszufinden. Übrigens vielen Dank, Herr Hundertmark, dass Sie uns die beiden so schnell zugewiesen haben.“

„Immer wieder gern. Doch glauben Sie mir, das war nicht ganz einfach. Sie wissen ja, die prekäre Personalsituation in den anderen Fachkommissariaten.“ Er seufzte verhalten. „Aber zurück zu dem unbekannten Toten. Sobald wir wissen, wer er ist, setzen Sie mich bitte umgehend in Kenntnis. Wir werden dann zu einer Pressekonferenz einladen ... Was ist bei der Spurenauswertung herausgekommen?“

„Über das Ergebnis der Blutuntersuchung hatte ich ja schon am Montag berichtet ...“ Kai sprach nicht weiter, als sie das erstaunte Gesicht ihres Vorgesetzten sah, der zwar auch an der Besprechung teilgenommen hatte, gedanklich an diesem Tag aber offensichtlich ganz woanders gewesen war. Um ihn nicht bloßzustellen, sagte sie daher: „Vielleicht sollte ich das Ergebnis noch einmal kurz zusammenfassen. Also, an der zerbrochenen Weinflasche befanden sich Anhaftungen der Blutgruppe *0 Rhesus positiv* –

eine Blutgruppe, die sehr häufig vorkommt und die dem Opfer zugeordnet werden konnte ..." Kai blätterte in ihren Unterlagen, sagte mehr zu sich selbst: „Ich würde viel darum geben, wenn ich wüsste, warum er das getan hat."

Hundertmark sah sie leicht irritiert an. „Was meinen Sie damit?"

„Ich meine, warum wickelt jemand einen Zigarettenstummel sorgfältig in ein unbenutztes Taschentuch?"

„Ja, das wüsste ich auch gern", bemerkte Hundertmark trocken. „Gibt es sonst noch etwas?"

„Ja, am Hals der zerbrochenen Weinflasche befand sich der Rest eines Fingerabdrucks, den wir nicht dem Opfer zuordnen konnten. Wahrscheinlich ist er vom Täter, doch das ist nur eine Hypothese. Genauso gut kann er von einer unbeteiligten Person stammen, die zufällig mit der Flasche in Berührung gekommen ist. Wir haben das Fragment des Abdrucks durch das System laufen lassen. Ergebnis negativ. Nach allem müssen wir wohl davon ausgehen, dass die Weinflasche ein zufälliges Tatwerkzeug war, es hätte ebenso gut auch ein dicker Ast oder Knüppel sein können, wie unser Doktor bei der ersten Inaugenscheinnahme meinte."

Hundertmark schüttelte leicht den Kopf. „Frau Sommer, trotz alledem wundert es mich, dass es hier kaum tatrelevante Spuren gibt. Wir haben lediglich diese ominöse Zigarettenkippe aus der Hosentasche des Opfers, die Gott weiß wer weggeworfen hat, dann diesen unvollständigen Fingerabdruck, der auch nicht unbedingt vom Täter stammen muss. Lediglich das Blut am Flaschenhals konnten wir dem Opfer zuordnen, von dem wir immer noch nicht die Identität kennen. Es gibt keine Faser- oder Körperspuren, zudem wurden auch keine Blut- oder Hautpartikel unter den Fingernägeln des Opfers gefunden, was schon verwunderlich ist, denn offensichtlich hat es ja zwischen Opfer und Täter eine körperliche Auseinandersetzung gegeben. Im Grunde genommen haben wir so gut wie nichts. Also, Frau Sommer, was werden Sie jetzt als Nächstes tun?"

„Wie schon am Montag gesagt, Felix Dornbach einen Besuch abstatten."

„Wer ist denn das?" wollte Julia Seidel wissen.

„Das ist der, der vor ein paar Jahren kleine Steine auf die Autobahn geworfen hat, damals nach dem Jugendstrafrecht verurteilt wurde, danach aber noch weitere Straftaten begangen hat. Julia, ich nehme dich mit, dann kannst du ihn kennenlernen."

Donnerstag, 10.11.

Felix Dornbach arbeitete in einem Fleischgroßhandel. Kai hatte es telefonisch von seiner Mutter erfahren, danach den Geschäftsführer Friedrich Clausen angerufen. Um nicht unnötig aufzufallen, verzichteten sie auf ihr Dienstauto, nahmen aus dem Fuhrpark einen zivilen Wagen.

Kai schaute auf das Navigationsgerät, dann auf Julia Seidel, die neben ihr auf dem Beifahrersitz hockte. „Wenn alles gut geht, sind wir in zwanzig Minuten da."

„Kennst du ihn persönlich? Ich meine, die Straftaten, die Dornbach begangen hat, sind ja nicht in deine Zuständigkeit gefallen, oder?"

„Das ist richtig. Ich habe das damals nur am Rande verfolgt, weil ich so einen ähnlichen Fall schon mal in Hannover hatte, als ich dort bei der Polizeidirektion war. Inzwischen habe ich mich mit seiner Akte befasst, danach meine anfängliche Meinung über ihn geändert. Zuerst war ich der Auffassung, dass das nur ein Dummejungenstreich war. Na ja, vielleicht war es das ja auch. Damals, als er noch ein paar Jahre jünger war. Dornbach war seinerzeit der Anführer einer Clique in der Nordstadt. Aus reiner Langeweile und Übermut hatten sie mehrmals kleine Steine und Maiskörner auf die Autobahn geworfen, sind dann gefasst worden, mit einer geringen Strafe nach dem Jugendstrafrecht davongekommen. Ich meine, der Richter war damals sehr gnädig, zumal es sich ja um einen gefährlichen Eingriff in den Straßenverkehr gehandelt hatte, der böse hätte enden können. Doch statt ein straffreies Leben zu führen, ist Dornbach danach mehrmals wieder mit dem Gesetz in Konflikt gekommen. Da es um Erpressung, Diebstahl und Hehlerei ging, waren auch hier wieder die Kollegen vom FK 2 zuständig. Allerdings ist er seit knapp einem Jahr nicht mehr aufgefallen, was mir auch die Kollegen vom Diebstahl bestätigt haben."

Kai fuhr auf den Hof der Firma, wo mehrere Kühlwagen und Lastkraftwagen standen.

Wenige Minuten später erreichten sie das Büro des Geschäftsführers. Clausen war ein übergewichtiger Mann mit schütterem Haar von etwa sechzig Jahren. Er machte einen freundlichen Eindruck, bat sie, an dem

Besprechungstisch in der Ecke des langgestreckten Raumes Platz zu nehmen.

Kai stellte sich und Julia vor, erklärte ihre Funktion in der Polizeiinspektion und kam gleich zur Sache: „Herr Clausen, zunächst vielen Dank, dass Sie uns die Möglichkeit geben, hier mit Herrn Dornbach zu sprechen. Wie ich schon telefonisch sagte, liegt nichts gegen ihn vor. Wir wollen nur ein Gespräch mit ihm führen. Können Sie uns sagen, seit wann er hier in Ihrer Firma beschäftigt ist?“

Clausen schien erleichtert zu sein, wie man unschwer seinem Gesichtsausdruck entnehmen konnte. „Felix Dornbach ist seit etwa zwei Jahren hier beschäftigt. Da er schon einige Male mit dem Gesetz in Konflikt gekommen war – zudem auch noch eine Fleischerlehre abgebrochen hatte –, war ich zunächst etwas skeptisch. Aber ich meine, jeder hat eine zweite Chance verdient ... Und im Großen und Ganzen habe ich es auch nicht bereut, dass ich ihn eingestellt habe.“

„Können Sie da vielleicht etwas deutlicher werden?“

„Nun, ich will damit sagen, dass er sich in letzter Zeit einige Male krankgemeldet hat, seine Kollegen ihm deshalb häufig Vorwürfe machen, weil sie dann seine Arbeit mit erledigen müssen.“ Clausen zuckte mit den Schultern. „Na ja, gegen Krankheit kann man nichts machen. Doch arbeitsmäßig bin ich mit ihm voll zufrieden.“

„Was macht er denn so in Ihrer Firma?“ wollte Julia Seidel wissen.

„Vereinfacht gesagt ist er für das Lager zuständig und für die Kühlung der Fleischbestände. Wir haben hier zwar moderne Kältemaschinen, kühlen aber auch immer noch nach der alten, bewährten Art mit Eisblöcken, für die Herr Dornbach verantwortlich ist. Und bei Bedarf wird er natürlich auch für andere Tätigkeiten eingesetzt, die in so einem Betrieb anfallen.“

„Demnach ist er so etwas wie ein Mädchen für alles“, stellte Kai trocken fest.

„Wenn Sie so wollen, ja.“

„Haben Sie hier einen Raum, wo wir ungestört mit Herrn Dornbach sprechen können?“

„Sie können hier im Büro bleiben. Ich muss jetzt ohnehin einen Rundgang durch den Betrieb machen.“

„Das ist sehr freundlich von Ihnen, Herr Clausen. Es wird ohnehin nicht lange dauern. Wenn Sie ihn jetzt bitte holen würden. Und nochmals vielen Dank.“

Zwei Minuten später stand Felix Dornbach im Türrahmen. Der zwanzigjährige Mann war kahlköpfig, mindestens 1,95 Meter groß, wirkte grobschlächtig, machte einen mürrischen, leicht angespannten Eindruck. Er ähnelte nur noch wenig der Abbildung, die Kai in seiner Polizeiakte gesehen hatte. In seinen Händen hielt er gefütterte Arbeitshandschuhe, trug er eine wattierte Jacke, darunter einen ehemals weißen Kittel, an den Füßen graue Boots – wahrscheinlich kam er gerade aus dem Kühlhaus.

Kai begrüßte ihn freundlich, stellte sich und ihre Kollegin vor, bat ihn, Platz zu nehmen. Dornbach zog seine dicke Jacke aus, ließ sie zusammen mit den Handschuhen achtlos auf den Boden fallen, setzte sich widerwillig.

Er blaffte los, noch bevor Kai ihre erste Frage stellen konnte: „Sie wissen schon, dass ich hier aus freien Stücken mit Ihnen rede. Schließlich liegt nichts gegen mich vor."

„Herr Dornbach, das wissen wir, denn wenn es nicht so wäre, hätten wir Sie zu uns auf die Dienststelle geholt. Nein, wir haben nur ein paar Routinefragen, weiter nichts."

Dornbach entspannte sich, wirkte zunehmend freundlicher: „Dann bin ich ja beruhigt. Also, was wollen Sie wissen?"

„Wie Sie sicherlich gehört haben, sind in den letzten Wochen auf der A7 mehrere Autos verunglückt, und wir prüfen gerade, woran das liegen könnte ..."

„Daher weht also der Wind!" wurde Kai heftig von Dornbach unterbrochen. „Sie glauben also, dass ich mit diesem Scheiß etwas zu tun habe, wieder einmal kleine Steinchen auf die Fahrbahn geworfen habe – so wie damals, als ich noch ein Teenager war. Mein Gott, das ist schon eine Ewigkeit her. Damals sind mir ja auch jede Menge Arbeitsstunden aufgebrummt worden, in so einem beschissenen Altersheim. Doch seitdem bin ich sauber, das können Sie mir glauben."

„Herr Dornbach, was soll das Theater? Warum machen Sie hier einen auf Saubermann? Für wie bescheuert halten Sie uns eigentlich? Sie können sich doch denken, dass wir uns genau über Sie informiert haben. Ersparen Sie uns bitte, hier den ganzen Mist aufzuzählen, den Sie gleich nach Ableistung der Arbeitsstunden produziert haben. Das ging los mit einem Bruch, ging dann weiter mit Erpressung, Hehlerei. Dafür sind Sie dann ja auch belangt worden, zuerst mit einem Freizeitarrest, später mit Jugendknast. Ich kann mir nicht vorstellen, dass Sie das alles vergessen haben. Reden Sie also nicht so nen Blödsinn, von wegen sauber und so.“

Julia Seidel staunte, wie Kai sich dem Jargon ihres Gegenübers angepasst hatte – offensichtlich war das die Sprache, die er verstand.

Dornbach schlug mit der Faust auf den Tisch. „Da hat mich jemand reingelegt. Ich gebe ja zu, dass ich bei dem Bruch diesen klapprigen Audi gefahren habe, der dann unterwegs liegen geblieben ist. Das war allerdings auch alles! Das andere aber, wie Diebstahl, Hehlerei und was weiß ich noch, wurde mir untergeschoben, das können Sie mir glauben.“

„Herr Dornbach, lassen wir das mal so stehen. Deswegen sind wir jedoch nicht hier. Uns würde interessieren, was Sie am 30. Oktober und 6. November jeweils in der Nacht zwischen drei und vier Uhr gemacht haben.“

„Wie soll ich denn das noch wissen? Können Sie vielleicht sagen, was Sie vor ein paar Wochen an bestimmten Tagen gemacht haben?“

„Es geht hier nicht um meine Person, Herr Dornbach. Daher wäre es gut, wenn Sie sich erinnern könnten, zumindest an den 6. November, letzten Sonntag, das war doch erst vor ein paar Tagen.“

Dornbach überlegte, schien sich zu erinnern. „Natürlich! Ich war da zu Hause, es ging mir verdammt schlecht. Ich hatte was mit dem Magen und Probleme mit dem Kreislauf – den Montag darauf hatte ich mich dann auch krankgemeldet. Das kann Ihnen mein Chef bestätigen ...“

„Aber nicht, was Sie an dem Tag zuvor zwischen drei und vier Uhr gemacht haben“, fiel Kai ihm ins Wort.

„Das kann aber meine Mutter bestätigen. Sie wissen ja, dass ich immer noch in der Nordstadt bei meinen Eltern wohne. Mein Alter hockt zwar immer in der Kneipe, ist ständig besoffen, doch meine Mutter war zu Hause, hat mir in der Nacht noch einen Kamillentee gemacht. Die kann sich bestimmt daran erinnern. Sie können sie ja fragen.“

„Das werden wir“, sagte Kai, stand auf, gab ihm die Hand. „Vielen Dank, Herr Dornbach, dass Sie sich Zeit für uns genommen haben. Es kann durchaus sein, dass wir noch einmal auf Sie zukommen.“

Als sie sich vom Geschäftsführer verabschiedet hatten, auf ihren Wagen zugingen, warf Kai ihrer jungen Kollegin den Autoschlüssel zu. „Julia, fahr du bitte.“

Die ersten Kilometer legten sie schweigend zurück, fragten sich, ob das Gespräch mit Dornbach etwas gebracht hatte. Kai beobachtete unbemerkt ihre Kollegin, die konzentriert am Lenkrad saß. Nur ungern erinnerte sie sich daran, wie sie die zierliche, sehr attraktive Julia vor etwa zwei Jahren als Lockvogel eingesetzt hatten, um den Vergewaltiger in Polizeiuniform zur Strecke zu bringen. Es war ein verdeckter Einsatz gewesen, der ihr fast das Leben gekostet hätte. Nach diesem schrecklichen Erlebnis war die damals dreißigjährige Polizeikommissarin monatelang dienstunfähig gewesen, musste psychologische Hilfe in Anspruch nehmen. Doch dann war sie wieder völlig gesund zum Dienst erschienen und frühzeitig zur Polizeioberkommissarin befördert worden – schließlich war es ihrem Einsatz zu verdanken gewesen, dass der Vergewaltiger und Mörder gefasst werden konnte. Obwohl Julia damals leichtsinnig vorgegangen war, hatte Kai sich damals mitschuldig gefühlt – und diese Empfindung steckte auch heute noch tief in ihrem Innern. Sicherlich war das auch ein Grund dafür, dass sie Hundertmark gebeten hatte, Julia Seidel der Soko A7 zuzuweisen – und natürlich auch den Kollegen Christian Wechler, der bei der Jagd nach dem Pferderipper ebenfalls fast zu Tode gekommen wäre, auch hier hatte sie sich damals schuldig gefühlt. Verdammt, sie musste endlich aufhören, für alles Mögliche die Verantwortung zu übernehmen, sich ständig unter Druck zu setzen und schuldig zu fühlen. Wenn sie ihre Einstellung nicht bald änderte, würde sie dieses völlig überzogene Pflichtgefühl krank und somit dienstunfähig machen.

Doch zwischen Christian Wechler und ihr war noch etwas anderes. Obwohl es ihr schwerfiel, sich das einzugestehen, hatte sie zunehmend das Gefühl, dass sie ihn nicht nur aus dienstlichen Gründen in ihre Soko geholt hatte. Kai versuchte, an etwas anderes zu denken und erschrak, als Julia plötzlich sagte: „Welchen Eindruck hat Dornbach auf dich gemacht? Glaubst du seinen Beteuerungen? Ich meine, dass er mit der Sache nichts zu tun hat.“

„Ich weiß es nicht – noch nicht. Wir sollten seine Eltern aufsuchen, uns ein Bild von der familiären Situation machen. Unbedingt auch seine Mutter befragen, ob sie das Alibi ihres Sohnes zumindest vom 6. November bestätigen kann.“

Julia konzentrierte sich wieder auf den Verkehr, überholte, beschleunigte, setzte den Blinker, hielt plötzlich in einer Parkbucht.

„Was ist los?“ fragte Kai irritiert. „Warum hältst du an?“

Julia ersparte sich eine Antwort, schaute Kai mit großen Augen an. „Erinnerst du dich an die Aussage von Frau Bensen, die sie gegenüber Martin Breuer gemacht hat?“

„Ja, Rita Bensen hat die Aussage ihres Mannes bestätigt.“

„Sie hat aber auch gesagt, es wäre ihr etwas gegen die Windschutzscheibe geprallt – oder so ähnlich. Trotz intensiver Suche hat die Spurensicherung nichts gefunden. Doch was ist, wenn der Gegenstand zwar hart wie ein Stein war und auch die gleiche Wirkung und Durchschlagskraft hatte, sich dann aber verflüssigt ...“

„Julia, ich nehme an, du sprichst von Eis, tiefgefroren, steinhart. Ich weiß immer noch nicht, worauf du hinaus willst.“

„Erinnerst du dich, was der Geschäftsführer Clausen über die Tätigkeiten Dornbachs gesagt hat?“

„Ja, dass er für das Lager zuständig sei.“

„Aber auch für die Eisblöcke“, ergänzte Julia Seidel und startete den Motor.

Freitag, 11.11.

Kai hatte schlecht geschlafen, zu viele Ereignisse waren ihr durch den Kopf gegangen. Nicht nur das Dienstliche, sondern auch Geschehnisse, die eine Ewigkeit zurücklagen. Sie hatte keine Erklärung dafür, warum diese Sachen nun auf einmal hochkamen. Bei ihr war die Vergangenheit wie ein Film, der immer wieder in ihrem Kopf abgespielt wurde, stets bereit, Emotionen an die Oberfläche zu ziehen, die besser tief begraben blieben. Hass und Liebe, heftiger Zorn, sexuelle Bedürfnisse. Da gab es ihren früheren Ehemann, der sie verlassen hatte, als bei einem unglücklichen Treppensturz ihr ungeborenes Kind gestorben war. Es wäre in diesem Monat acht Jahre alt geworden, würde in die zweite Klasse der Grundschule gehen. Ein Schicksalsschlag, den sie glaubte, endlich überwunden zu haben – doch scheinbar war ihr das bis heute nicht gelungen. Dann zermarterte sie sich das Hirn über die Situation ihrer Eltern in Heidelberg. Sie überlegte, wie sie sich verhalten sollte, wenn es mit der Gesundheit ihres Vaters noch weiter bergab gehen sollte. Er war zwar das letzte Mal vor etwa zwei Jahren in einem Heidelberger Krankenhaus gewesen, hatte eine Operation gut überstanden, doch nun stellte sich eine zunehmende Demenz ein. Eine

Krankheit, mit der niemand gerechnet hatte. Was war, wenn er in ein Pflegeheim musste? Letztlich würde es darauf hinauslaufen. Und wie würde ihre Mutter das verkraften? Schließlich war sie auch nicht mehr die Jüngste. Es waren Fragen, die sie seit Tagen bis in den Schlaf verfolgten. Auch ihre langjährige Beziehung zu dem Journalisten Thomas Dreyer schien endgültig in die Brüche zu gehen. In ihren Träumen wurde sein Bild oft verdrängt von Christian Wechler, mit dem sie gern einmal gemeinsam aufwachen und frühstücken würde. Sie fragte sich erneut, ob sie ihn nicht nur aus dienstlichen Gründen in die Soko A7 geholt hatte. Konnte es sein, dass sie sich auf einmal mehr für jüngere Männer interessierte? Immerhin war Christian zehn Jahre jünger als sie. Doch das war heute nun wirklich kein Problem mehr, wie unzählige Beispiele aus Politik, Kultur und Wirtschaft belegten. Die Regenbogenpresse war voll von solchen Zweierbeziehungen. Dabei hatte sie mit Thomas eine langjährige, sehr innige Liebesbeziehung gehabt, wollte ihn sogar heiraten. Doch das war nun seit Monaten kein Thema mehr, zumal die Zeit – wenn sie seinen Kopf auf ihrer Schulter fühlte, bei ihr noch ein wohliges Schaudern verursacht hatte – schon lange vorbei war. *Die Liebe kommt, die Liebe geht*, dachte Kai und erinnerte sich an ihre Schulzeit auf dem Heidelberger Gymnasium und an Goethes Egmont: *Die Jugend und die schöne Liebe, alles hat sein Ende* – Worte aus der Tragödie, die sie bis heute nicht vergessen hatte ...

Das Klingeln ihres Handys riss sie brutal aus ihren Erinnerungen.

Der Kollege aus der Zentrale: „Frau Sommer, eine Frau Prechtel aus dem Stadtteil Drispenstedt hat gerade angerufen. Sie macht sich Sorgen um ihren Ehemann Willibald, der spurlos verschwunden ist. Mir ist da gleich die Sache mit dem unbekannten Toten eingefallen ..."

„Und wieso hat sie das erst jetzt bemerkt?"

„Sie war ein paar Tage bei ihrer Schwester im Harz. Ich habe Frau Prechtel gesagt, dass Sie sich mit ihr in Verbindung setzen würden. Von meiner Vermutung habe ich natürlich nichts gesagt."

Kai richtete sich auf, war auf einmal hellwach. „Das haben Sie gut gemacht. Wenn Sie mir jetzt noch Anschrift und Telefonnummer geben würden ..."

Kai verzichtete heute auf die obligatorische Morgentoilette, ging in die Küche, setzte Kaffeewasser auf. Noch während die Maschine gurgelte, rief sie Freiberg an. „Erdal, ich glaube, wir können unserem Toten heute noch einen Namen geben. Hol mich bitte mit dem Dienstwagen ab. Du weißt ja, wo ich wohne. Vorher geh aber beim Erkennungsdienst vorbei, lass dir von dem Toten ein oder zwei Fotos geben. Natürlich die retuschierten, mit denen wir ja heute noch in die Presse gehen wollten. Das ist ja nun nicht mehr notwendig."

Eine Viertelstunde später verließ Kai die Wohnung, hielt Ausschau nach ihrem Kollegen, ging dabei ein paar Schritte die Bergstraße nach unten. Doch dann hielt sie inne, als hinter ihr die dröhnende Stimme ihres Nachbarn ertönte. Wie immer wünschte er ihr einen guten Morgen, meinte dann: „Frau Hauptkommissarin, ich finde es richtig, dass Sie diesen Polizeichef aus Hannover rausgeschmissen haben. Da verlangt er doch von seinen Leuten, sie sollen sich nicht im Steintorviertel rumtreiben, und er selber geht da in den Puff, der diesen Hells Angels gehört ..."

Kai unterbrach ihn: „Herr Lührs, es geht da um einen Beamten der Polizeidirektion. Und der war nicht im Bordell, sondern hat im Rotlichtviertel, in der Sansibar, mit ein paar Kollegen ein Bier getrunken. Sie haben völlig recht, das war so nicht in Ordnung, hätte nicht passieren dürfen, war auch kein vorbildliches Verhalten. Der Innenminister hat dann ja auch entsprechend gehandelt – ihn allerdings nicht rausgeschmissen, sondern auf ne andere Stelle gesetzt."

„Wasser predigen und Wein trinken", kommentierte Kawilü, schüttelte noch einmal den Kopf. Bevor Kai noch etwas sagen konnte, war er verschwunden, wahrscheinlich um sich weiterhin der *Boulevardzeitung* zu widmen – seiner morgendlichen Lieblingslektüre. Kai dachte nicht weiter darüber nach, ging ihrem Kollegen entgegen, der gerade mit dem blausilbrigen Dienstwagen die Kreuzung überquerte.

Freitag, 11.11.

Freiberg kannte den Weg. Sie fuhren von der Bückebergstraße auf die Schützenallee, dann in Richtung Innenstadt. Als sie an der Großbaustelle Arneken Galerie vorbeikamen, meinte Freiberg: „Glaubst du, dass die im Frühjahr eröffnen können? Der Termin ist doch schon mehrmals verschoben worden, oder?"

Kai zuckte mit den Schultern. „Keine Ahnung! Ich war im Oktober in dem Rohbau, am Tag der offenen Tür. Einige Kaufleute konnten da schon einmal probeweise ihre Waren anbieten."

„Das muss ja ein riesiges Zentrum werden", meinte Freiberg. „Die Verkaufsfläche soll so groß sein wie drei Fußballfelder. Glaubst du, dass man so was hier in der Innenstadt braucht? Ganz in der Nähe gibt es doch schon den Kaufhof und viele andere Geschäfte, die doch alles haben, was man so braucht. Ich kann mir auch nicht vorstellen, dass sich dieses riesige Einkaufszentrum überhaupt rechnet."

„Erdal, was weiß ich? Aber die haben doch ganz sicher eine Marktanalyse gemacht, wissen also genau, was sie tun. Außerdem ist das nicht unser Problem, oder?"

Freiberg sagte nichts mehr, konzentrierte sich auf den Verkehr, der auf dem Zingel dichter wurde. Als sie nach ein paar Minuten rechts abbogen, sich auf der Ehrlicher Straße befanden, deutete Freiberg nach vorn. „Da ist die Reimannstraße." Er bog rechts ab, stoppte nach wenigen Metern. Sie blieben eine Weile im Wagen sitzen, ließen ihre Blicke umherschweifen: Jägerzäune auf beiden Seiten der Straße, dahinter Vorgärten und Einfamilienhäuser, einige gepflegt, anderer renovierungsbedürftig. Zu der ersten Kategorie zählte das Haus der Prechtels, mit dem ausgebauten Dachgeschoss, einem kleinen Vorgarten, wahrscheinlich mit vielen Blumen und blühenden Büschen, die sich aber jetzt im Winterschlaf befanden. Eine fast dörfliche Idylle. Störend waren nur die monotonen, unerträglichen Geräusche der nahen Autobahn, die auch der nur einen Steinwurf entfernte Lärmschutzwall kaum dämpfen konnte.

Sie betraten den schmalen Weg, der mit Buchsbaum gesäumt war. Mit Blick auf die Rosenstauden meinte Freiberg: „Die müssen unbedingt winterfest gemacht werden, sonst kannst du die im nächsten Jahr vergessen."

Kai verzichtete auf einen Beitrag, zumal sie ohnehin nichts davon verstand, meinte nur lapidar, um überhaupt etwas zu sagen: „Ich mag keine verblühten Rosen, sie erinnern mich immer an die Endlichkeit unseres Daseins." Sie blieb nachdenklich stehen, drehte sich zu Freiberg um. „Erdal, vielleicht ist es besser, wenn ich mit ihr zunächst allein rede. Vieles spricht dafür, dass es sich bei dem Toten um ihren vermissten Mann handelt. Und wenn dem so ist, wird es sicherlich leichter für sie sein, wenn ich ihr als Frau diese Nachricht überbringe."

Freiberg nickte erleichtert, ging zurück zum Wagen. Kai wusste, dass er nur ungern solche Botschaften überbrachte – wie fast alle Kollegen ihrer Dienststelle. Kai holte tief Luft, drückte auf den Klingelknopf.

Sekunden später stand eine mittelgroße, etwa sechzigjährige Frau im Türrahmen. Kai zeigte ihren Dienstausweis. „Ich bin Kriminalhauptkommissarin Kai Sommer von der örtlichen Polizei. Sind Sie Doris Prechtel?"

Die Angesprochene nickte, machte eine einladende Handbewegung. „Ich nehme an, Sie sind die Dame von der Polizei, die mir vorhin telefonisch angekündigt wurde?"

„Ja, Frau Prechtel, ich komme wegen Ihres vermissten Mannes. Können wir uns irgendwo hinsetzen?"

Sie ging wortlos ins Wohnzimmer, zeigte auf einen Sessel. „Bitte, Frau Sommer, setzen Sie sich. Kann ich Ihnen etwas anbieten? Ich habe mir gerade einen Kaffee aufgebrüht."

Kai nickte, obwohl sie vor einer guten halben Stunde bereits zu Hause Kaffee getrunken hatte.

Frau Prechtel verschwand in der Küche, klapperte mit dem Geschirr. Kai sah sich um. Die Einrichtung erinnerte sie ein wenig an das Wohnzimmer ihrer Eltern in Heidelberg: lederne Couchgarnitur mit zwei Sesseln, Mahagonitisch mit Marmorplatte, darunter ein rotbraun gemusterter Teppich auf gelbbraunem Holzparkett, der Tür gegenüber ein Schrank, der fast eine Seite des rechteckigen Raumes einnahm, in der Mitte des Schrankes ein älteres Fernsehgerät, auf der rechten Seite ein großes Blumenfenster mit Gardinen, auf der breiten Fensterbank mehrere Kakteen, mit roten und rosafarbenen Blüten, daneben ein Büfett, auf dem ein halbes Dutzend gerahmte Fotos standen. Ein Bild erregte ihre Aufmerksamkeit. Sie stand auf, trat näher an die Anrichte heran, betrachtete interessiert das Porträtfoto, das einen älteren Mann in Polizeiuniform zeigte ... Kai musste schlucken. Kein Zweifel, das war er! Der Tote! Ein Polizist! Mein Gott, damit hatte niemand gerechnet, konnte keiner rechnen. Kai tastete nach den retuschierten Bildern in ihrer Tasche, beschloss, sie stecken zu lassen.

Frau Prechtel kam mit dem Kaffeegeschirr ins Wohnzimmer, Sammeltassen mit Goldrand. Sie nahm schweigend einen kleinen Teller mit Keksen vom Tablett, schenkte der Kriminalbeamtin und sich ein, bot ihr Zucker und Milch an.

Kai beobachtete sie aus den Augenwinkeln. Frau Prechtel war trotz ihres Alters noch eine hübsche Frau, ein bisschen klein vielleicht, aber mit gefälligen Rundungen, feinem, dunkelblondem Haar, das sich in Höhe ihrer Ohrläppchen lockte. Kai staunte, dass sie alles so gelassen aufnahm. Eigentlich müsste sie sich Sorgen machen – schließlich war ihr Mann verschwunden. Oder konnte es sein, dass sie ihn in Wirklichkeit gar nicht vermisste?

Frau Prechtel nahm einen Schluck von dem Kaffee, schaute Kai dabei fragend über den Tassenrand an. „Ich nehme an, Sie haben etwas über meinen Mann erfahren. Wo ist er, geht es ihm gut?“

Kai schluckte. Frau Prechtel schien nicht das Geringste zu ahnen, noch nicht einmal ansatzweise. Konnte man wirklich so arglos sein? War er etwa schon mehrmals weggeblieben, ohne seiner Frau Bescheid zu sagen? Kai konnte sich nicht erinnern, jemals so eine Situation erlebt zu haben. Sie hatte zwar schon dutzende Todesnachrichten überbracht, war aber noch nie auf so viel Ahnungslosigkeit gestoßen – meist wussten die Angehörigen schon beim Öffnen der Haustür, was auf sie zukam.

„Frau Prechtel, ich muss Ihnen eine schlimme Nachricht überbringen. Ihr Mann ist Opfer eines Gewaltverbrechens geworden. Es tut mir leid.“

Sekundenlang starrte sie Kai an, voller Zweifel, konnte scheinbar nicht glauben, was sie gerade gehört hatte. Doch dann schien sie langsam zu begreifen. Kai konnte sich nun gut vorstellen, wie es in ihr aussah – so, als wenn eine eiserne Faust auf ihren Brustkorb drücken und ihr die Luft aus der Lunge quetschen würde. Kai war in diesem Augenblick froh, dass sie Freiberg nicht mitgenommen hatte. Empathie war nicht gerade sein Ding. Mühsam stand Frau Prechtel auf, ging wie in Trance die zwei Schritte zu ihrem Sofa, ließ sich in die Polster fallen. Sie bedeckte ihr Gesicht mit beiden Händen, fing an zu schluchzen. Kai gab ihr ein Taschentuch, legte ihr tröstend die Hand auf die Schulter. Sie nahm sich Zeit. Freiberg konnte warten.

Nach endlos erscheinenden Minuten hatte sie sich etwas beruhigt, hob den Kopf, schaute Kai mit geröteten, tränengefüllten Augen an: „Warum, Frau Sommer, warum?“

„Ich weiß es nicht – noch nicht. Wir werden es aber herausfinden, das verspreche ich Ihnen. Doch dazu brauchen wir Ihre Hilfe. Sind Sie in der Lage, mir ein paar Fragen zu beantworten?“

Sie schien die letzten Worte nicht gehört zu haben, fing erneut an zu weinen. Dann hatte sie sich gefangen, schaute Kai fragend an: „Wer tut so was? Willi hat doch niemandem etwas getan. Ich begreife das nicht ... Und er war doch bei der Polizei!“ fügte sie trotzig hinzu – gerade so, als würde das Verbrechen um Polizisten einen Bogen machen.

Kai nickte verstehend, sagte mitfühlend: „Ihr Mann ist zwischen drei und vier Uhr ums Leben gekommen. Der Tatort befindet sich dicht an der Autobahn, am Hoogewegstieg. Können Sie mir sagen, was er da mitten in der Nacht gemacht hat? Ging er oft in der Nacht spazieren, vielleicht, weil er nicht schlafen konnte?"

Frau Prechtel runzelte die Stirn, musste scheinbar erst verkraften, was sie gerade gehört hatte. „Was sagen Sie da? An der Autobahn? Mitten in der Nacht? Das muss eine Verwechslung sein ... Ich kann nicht glauben, dass Sie hier von meinem Mann sprechen ..."

„Doch, Frau Prechtel, es ist so, leider. Es gibt keinerlei Zweifel. Hatte er Feinde? Vielleicht aus der Zeit, als er noch im Dienst war?"

„Nein, das hätte ich gewusst. Es gab zwischen uns keine Geheimnisse. Und er war doch auch nicht bei der Kripo, hatte also mit Mord und Totschlag nichts zu tun. Willi war doch nur ein einfacher Polizist."

Kai hob ratlos die Hände, ihr fielen keine Fragen mehr ein, sie stand auf. „Frau Prechtel, das war es erst mal. Wenn Ihnen noch was einfallen sollte, können Sie mich jederzeit anrufen. Ich lege meine Karte da vorn auf die Anrichte. Kommen Sie allein zurecht? Wenn Sie wollen, kann ich Ihnen auch unsere Psychologin vorbeischicken."

Sie schüttelte traurig den Kopf, sagte leise: „Vielen Dank, aber das ist nicht nötig. Ich rufe gleich meine Schwester in Bad Grund an. Sie kann in ein paar Stunden hier sein, wir haben ein gutes Verhältnis."

Kai gab ihr die Hand, sagte noch einmal: „Frau Prechtel, das tut mir alles so leid. Ach ja, es wäre schön, wenn Sie mir vielleicht noch die Zahnbürste Ihres Mannes zu Vergleichszwecken mitgeben würden."

Frau Prechtel schaute sie mit großen, hoffnungsvollen Augen an. „Haben Sie Zweifel, dass der Tote mein Mann ist?"

Kai schüttelte bekümmert den Kopf. „Nein, es ist reine Routine. Wir brauchen die DNA Ihres Mannes, damit wir das auch in unserer Akte gentechnisch belegen können."

Frau Prechtel nickte verstehend. „Warten Sie, ich hole Ihnen die Zahnbürste." Sie erhob sich mühsam, ging ins Badezimmer.

Kai ging auf den Flur, schaute sich dabei prüfend um. Ihr Blick fiel auf eine Sanduhr, die neben der Telefonablage stand. Für viele Menschen ein Requisit des Todes und Sinnbild dafür, dass das Leben wie der weiße Sand im Stundenglas verrinnt ...

Als sie ein paar Minuten später mit der eingewickelten Zahnbürste das Trauerhaus verließ, schaute sie bewusst auf die Stockrosen, die nach Auffassung ihres Kollegen nicht auf den Winter vorbereitet waren. Der Frost der letzten Nacht hatte sie mit einer leichten Eisschicht überzogen – doch, wie schon gesagt, sie mochte keine Rosen, die dem Tod geweiht waren.

5

Montag, 14.11.

Dienstbesprechung im FK 1. Hundertmark schaute eine Weile schweigend auf Kai und die Kollegen der Soko A7. Irgendetwas schien ihm gegen den Strich gegangen zu sein. Seine Stirn war gerötet, sein Gesichtsausdruck verhieß nichts Gutes, was dann auch die Anwesenden zu spüren bekamen. Er beugte sich vor, schlug mit der flachen Hand auf den Tisch, polterte los: „Das alles kann doch nicht wahr sein! Wie ich vor einer Stunde erfahren habe, ist der Tote einer von uns – ein pensionierter und verdienter Polizeihauptwachtmeister. Ich frage mich, warum wir das erst jetzt herausbekommen haben, über eine Woche nach seinem Tod. Mein Gott, da waren Dutzende Kollegen vor Ort, haben den Tatort gesichert, für den Abtransport in die Rechtsmedizin gesorgt – und keiner will ihn erkannt haben?" Er schüttelte ungläubig den Kopf, wandte sich an Kai: „Frau Sommer, können Sie mir das erklären?"

„Ja, kann ich", meinte Kai beruhigend. „Da gibt es gleich zwei Erklärungen: Das Gesicht des ehemaligen Kollegen war entstellt, voller Blut – demnach hätte man ihn gar nicht erkennen können. Außerdem war er schon ein paar Jahre nicht mehr im Dienst, somit konnten ihn die meist jüngeren Beamten gar nicht kennen ..." Kai brach ab, fügte dann aber noch bissig hinzu: „Wir haben ihn natürlich auch nicht zur Schau gestellt, die Kollegen aufgefordert, sich sein Gesicht genau anzusehen – doch das versteht sich ja von selbst. Und es gab auch keine Veranlassung dazu."

Hundertmark hatte sich wieder etwas beruhigt. „Was Sie da erklären, mag ja richtig sein. Doch die Öffentlichkeit wird das anders sehen. Sie werden sagen, dass da ein verdienter Polizist grausam ermordet wurde, den die eigenen Kollegen noch nicht einmal erkannt haben. Wir sollten uns daher bis zur nächsten Pressekonferenz eine plausible und für alle Seiten befriedigende Begründung überlegen." Er griff sich ans Kinn, schaute auf Kai: „Frau Sommer, Sie waren ja bei seiner Witwe. Wie hat sie es aufgenommen?"

„Erstaunlich gefasst", sagte Kai, berichtete umfassend über den Besuch bei Frau Prechtel.

„Und, hat sie eine Erklärung dafür, was er da mitten in der Nacht gemacht hat?"

„Nein, leider nicht. Sie hat null Ahnung, war völlig überrascht."

Hundertmark wechselte das Thema: „Wie ist der Sachstand bei den Autobahnunfällen?“

„Frau Seidel und ich haben vor ein paar Tagen Felix Dornbach aufgesucht, er arbeitet in einem Fleischgroßhandel. Die Anschrift hatten wir von seiner Mutter ... Sein Chef kennt seine Vorstrafen, ist auch im Großen und Ganzen mit ihm zufrieden. Allerdings fehlt Dornbach auffällig oft an den Montagen, gibt an, er sei krank. Wir haben ihn auch gefragt, was er beispielsweise am 6. November, zwischen drei und vier Uhr gemacht hat, also zu der Zeit, als Rita und Henry Bensen verunglückt sind. Er meint, er wäre zu Hause gewesen, seine Mutter könne das bestätigen. Wir werden gleich morgen sein Alibi überprüfen.“

„Welchen Eindruck hat Dornbach auf Sie gemacht?“

„Er hat sich nicht gerade kooperativ gezeigt, doch das war ja zu erwarten. Der Kollegin Seidel ist da allerdings etwas aufgefallen, was wir nicht unerwähnt lassen sollten. Julia, vielleicht solltest du darüber kurz berichten.“

Die junge Polizeibeamtin räusperte sich. „Wie wir in der Firma erfahren haben, kommt bei der Lagerung der Fleischbestände ganz überwiegend das neueste technische Kühlverfahren zur Anwendung – aber nicht in allen Fällen.“

„Soll heißen?“ warf Hundertmark ein.

„Nun, ein kleiner Teil wird auch noch mit Eisblöcken gekühlt, wie das früher ausschließlich gemacht wurde. Ich habe aber keine Ahnung, warum die heute noch so verfahren. Entscheidend ist aber Folgendes: Für die Beschaffung und Verarbeitung der Eisblöcke ist ausschließlich Felix Dornbach zuständig. Und da könnte man doch glatt auf den Gedanken kommen, dass er keine Steine und Maiskörner mehr auf die Autobahn wirft, sondern backsteingroße Eisblöcke. Das hat natürlich den Vorteil, dass die tiefgefrorenen Dinger zwar steinhart sind, eine Windschutzscheibe problemlos durchschlagen können, sich dann aber gewissermaßen in Luft oder besser gesagt, in Wasser auflösen – wenn nicht gerade Minustemperaturen vorherrschen. Ich meine, so weit hergeholt ist dieser Gedanke doch nicht, oder?“

„Julia, da gibt es nur einen kleinen Schönheitsfehler“, mischte sich Ossenkopp ein. „Erinnere dich bitte an die Aussage von Henry Bensen, der zu Protokoll gegeben hat, dass ihm ein Auto mit aufgeblendeten Scheinwerfern entgegengekommen sei.“

„Seine Frau hat aber auch gesagt", beharrte Julia, „dass etwas gegen die Scheibe geflogen sei."

„Was sie aber nicht beschwören kann", fügte Ossenkopp hinzu.

Hundertmark hatte mehrmals den Kopf geschüttelt, dann ratlos die Hände gehoben. „Das alles bringt uns kein Stück weiter. Wir drehen uns ständig im Kreis. Der Fall wird von Tag zu Tag unergründlicher und komplizierter."

Dienstag, 15.11.

Die Wohnung der Familie Dornbach lag im Norden der Stadt. Während Christian Wechler den neutralen Dienstwagen lenkte, saß Kai auf dem Beifahrersitz, hörte ihrem Kollegen zu, der gerade sagte: „In der Nordstadt hat sich in den letzten Jahren so allerhand getan, früher war das ja immer so ein Stiefkind ..." Er ließ den Satz in der Luft hängen, musste bremsen, weil eine alte Frau, ohne nach links oder rechts zu sehen, die Steuerwalder Straße überquerte. Autos hupten, Bremsen quietschten – doch das alles schien die alte Dame nicht zu beeindrucken, in stoischer Ruhe ging sie unbeirrt weiter. Wechler fluchte, schlug mit der flachen Hand auf das Lenkrad: „Was für ein Leichtsinn, das hätte schiefgehen können, wie kann man nur ..." Er stockte, schaute zu Kai hinüber. „Wir müssen da vorn abbiegen, Richtung Nordfriedhof."

Ein paar Minuten später hatten sie ihr Ziel erreicht.

Sie stiegen aus, schauten hinüber zum Haus, das nicht gerade einen gastfreundlichen Eindruck machte. Die graue Fassade war renovierungsbedürftig, die trüben Fensterscheiben wollten geputzt werden, die ehemals weißen Rahmen schrien förmlich nach frischer Farbe. In dem schmalen Vorgarten dominierten ein kahler Haselnussstrauch und eine windgebeugte Tanne, die mehr braune als grüne Nadeln hatte. Vor dem Hauseingang hockte eine graue Katze, die unentwegt ihr struppiges Fell putzte. Daneben lag eine Maus, die das kleine Raubtier irgendwo erlegt und nicht aufgefressen hatte. Als sie sich dem Hauseingang näherten, stellte die Katze das Putzen ein, stolzierte mit hocherhobenem Schwanz davon. Kai drückte auf den Klingelknopf unter dem kaum noch lesbaren Namen *Dornbach.* Das schrille Klingeln war auch draußen noch gut zu hören. Wechler drückte gegen die Haustür, die offensichtlich nie abgeschlossen wurde. Warum auch? Hier war ohnehin nichts zu holen. Familie Dornbach wohnte im Erdgeschoss, wie sie mit Blick auf das handgeschriebene Namensschild an der Wohnungstür feststellten. Eine Frau öffnete die Tür einen Spalt, beteuerte misstrauisch, dass sie nichts kaufen wolle. Doch bevor sie die Tür zuziehen konnte, stellte Wechler seinen Fuß dazwischen. Kai schaute an ihrem Kollegen vorbei, fragte freundlich: „Frau Dornbach?“ Als die Angesprochene nickte, zog Kai ihren Dienstausweis aus der Tasche: „Wir sind von der Polizei. Mein Name ist Sommer, neben mir steht mein Kollege Wechler – wir hatten vorhin miteinander telefoniert.“

Frau Dornbach sah sie immer noch argwöhnisch an – wahrscheinlich hatte sie Polizisten in Uniform erwartet, konnte sich keine in ziviler Kleidung vorstellen –, doch dann hellte sich ihr Gesicht auf. „Ja, jetzt erinnere ich mich. Sie kommen wegen Felix.“

Da sie immer noch keine Anstalten machte, die Beamten in die Wohnung zu lassen, sagte Wechler: „Frau Dornbach, wir haben nur ein paar Fragen. Es dauert auch nur ein paar Minuten ...“ Er schaute über die Schulter auf die gegenüberliegende Wohnungstür, die sich einen Spalt geöffnet hatte, und ergänzte: „Aber vielleicht wäre es gut, wenn wir das Gespräch in Ihrer Wohnung fortsetzen könnten.“

Widerwillig ließ sie die beiden Besucher an sich vorbei, zeigte auf eine Tür, die sich gegenüber dem Eingang befand. „Wir können uns dahinten in der Küche unterhalten, im Wohnzimmer geht es schlecht ...“ Warum das so war, konnten sie sehen, als sie an der halb offenen Tür vorbeigingen, einen Mann auf dem Sofa sitzen sahen, der mit geöffnetem Mund in eine Ecke starrte. Der Fernseher lief, wahrscheinlich schaute er sich einen Pornofilm an, wie die obligatorischen Geräusche verrieten, die auch im Flur noch gut zu hören waren. Kai blieb ein paar Sekunden stehen, versuchte ihn in dieser kurzen Zeit einzuschätzen: Tränensäcke, Glitzeraugen, das leichte Zittern der Hände – ein Alkoholiker. Nicht älter als vierzig, doch mit dem Aussehen eines sechzigjährigen Rentners.

Frau Dornbach war mit Wechler vorgegangen, kam dann aber ärgerlich zurück. Ganz offensichtlich war es ihr peinlich, dass die Kriminalbeamtin ihren Mann in diesem Zustand sah. Die Küche machte einen halbwegs ordentlichen Eindruck. Unschön wirkten nur der überquellende Aschenbecher auf der Fensterbank und die etwas schmuddeligen Gardinen darüber, die dringend gewaschen werden mussten. Bei der Kücheneinrichtung handelte es sich wahrscheinlich noch um die Erstausstattung, die eingebaut wurde, als das Haus in den sechziger Jahren errichtet wurde. Sicherlich stammte auch der graue Linoleumbodenbelag noch aus dieser Zeit, der an einigen Stellen bis auf dem Betonboden durchgetreten war. Frau Dornbach machte einen unausgeschlafenen, etwas ungepflegten Eindruck. Sie zündete sich eine Zigarette an, inhalierte tief, setzte sich auf einen Küchenstuhl, ohne den Kriminalbeamten einen Platz anzubieten. Kai ignorierte die Ungastlichkeit, kam gleich zur Sache: „Frau Dornbach, es geht um den 6. November, das war Sonntag vor einer Woche. Und hier interessiert uns die Zeit zwischen drei und vier Uhr morgens. Ihr Sohn hat ausgesagt, dass Sie ihm wegen seiner Magenschmerzen einen Tee gemacht hätten. Können Sie das bestätigen?“

Frau Dornbach nahm erneut einen tiefen Zug von ihrer Zigarette, zuckte mit den Schultern. „Wenn Felix das gesagt hat, wird es wohl stimmen. Er ist nämlich ein guter Junge. Wissen Sie, er hat seinen Zivildienst in einem Seniorenheim abgeleistet, die alten Leute haben ihn immer gelobt, auch mal was geschenkt ...“ Sie stockte, sog erneut an ihrer Zigarette, fügte stolz hinzu: „Felix geht auch regelmäßig zum Blutspenden.“

Wechler setzte sich unaufgefordert auf einen Küchentisch, sagte verärgert: „Frau Dornbach, so geht das nicht! Haben Sie ihm nun den Tee gemacht oder nicht? Wir können Sie auch gern mit auf die Dienststelle nehmen. Es liegt also ...“ Offensichtlich schien das zu wirken, denn noch bevor Wechler weitersprechen konnte, beeilte sie sich zu beteuern: „Ja, jetzt erinnere ich mich wieder ... In dieser Nacht ging es ihm nicht gut, er hat mich geweckt, und dann habe ich ihm den Tee gebracht. Genau so war es!“

Kai nickte. „Gut, Frau Dornbach, dann nehmen wir das mal so hin. Können Sie denn sagen, was Sie ihm für einen Tee gemacht haben? Es gibt da ja so viele Sorten.“

„Bei mir gibt es nur Pfefferminztee, der hilft nämlich am besten ...“

„Aber Sie wissen schon“, fiel ihr Wechler ins Wort, „dass Sie sich strafbar machen, wenn Sie falsche Angaben machen? Und Sie würden Ihrem Sohn damit auch keinen Gefallen tun, zumal wir ja alle wissen, dass er nicht gerade ein Unschuldslamm ist.“

Frau Dornbach steckte sich erneut eine Zigarette an, versicherte: „Glauben Sie mir, seine Kumpels haben ihn damals reingelegt. Er hatte damit nichts zu tun. Ja, das mit den Maiskörnern und den kleinen Steinen hat er wohl gemacht. Doch nicht allein! Das ging alles von dieser Clique aus ... Aber das waren doch nur Dummejungenstreiche."

Kai ersparte sich eine Antwort, sagte mit Blick auf den Flur: „Wir würden gern einmal sein Zimmer ansehen." Kai hatte den Satz ganz bewusst nicht in eine Frage gekleidet, sondern es betont forsch gefordert. Sie konnte nur hoffen, dass Frau Dornbach nichts dagegen hatte – denn schließlich hatten sie für dieses Vorhaben keine richterliche Anordnung. Da Frau Dornbach die Vorschriften der Strafprozessordnung unbekannt waren, nickte sie nur ergeben, ging auf den Flur, zeigte auf eine Tür, die sich zwei Zimmer weiter auf der linken Seite befand. Als sie am Wohnzimmer vorbeikamen, zog sie hastig die Tür ins Schloss, meinte erklärend: „Meinem Mann geht es nicht so gut. Ihn plagen schon seit Tagen wahnsinnige Kopfschmerzen. Er versucht sich dann immer, durch einen Fernsehfilm abzulenken."

„Wenn's denn hilft", murmelte Kai – die Ironie in ihrer Stimme war nicht zu überhören. Wechler drehte den Kopf zur Seite, um sein Grinsen zu verbergen. Sie schaute auf die Tapete im Flur, die völlig verblasst war und nur erahnen ließ, dass sie früher einmal Blumenmotive gehabt hatte. Der einzige Schmuck, der sich im Flur befand, waren zwei holzgerahmte Bilder, die dicht nebeneinander aufgehängt waren. Auf dem einen war Felix, wie er lässig grinsend auf einem Fahrrad saß – wahrscheinlich vor vier oder mehr Jahren aufgenommen. Das andere zeigte ein etwa neunjähriges Mädchen mit dunkelblonden, langen Haaren. Sie trug ein geblümtes Sommerkleid, hatte ein paar Sommersprossen auf der Nase, lächelte strahlend in die Kamera. Ein schönes Foto – beklemmend war nur, dass sich oben rechts auf dem Rahmen ein schwarzes Trauerband befand. Kai blieb bedrückt stehen, wollte etwas sagen, doch Frau Dornbach kam ihr zuvor: „Das war Sarah, Felix' kleine Schwester."

„Was ist mit ihr?" fragte Kai, obwohl sie die Antwort erahnte.

„Sie ist tot. Vor ein paar Jahren hat sie so ein Idiot mit seinem dicken Auto überfahren ... Sie hätte gerettet werden können, aber der Kerl hat sich nicht um sie gekümmert, ist einfach abgehauen. Gut einen Tag später hat er sich dann bei der Polizei gemeldet, kreuzte da gleich mit zwei Anwälten auf, die in ihrem Juristendeutsch erklärten, dass ihr Mandant unter Schock gestanden hätte, sich an nichts mehr erinnern könne ... Dass er aber total besoffen am Lenkrad gesessen hatte, konnte dann natürlich nicht mehr nachgewiesen werden, nur, dass er zu schnell gefahren war. Er ist dann mit einer kleinen Bewährungsstrafe davongekommen, konnte als freier Mann das Gericht verlassen.“ Frau Dornbach hob resigniert die Hände. „Er ist hier in Hildesheim ein angesehener Geschäftsmann, kann sich die besten Anwälte leisten, hat Kohle ohne Ende. Alle paar Wochen steht was über ihn in der Zeitung, natürlich nur Gutes, und immer, wenn ich sein Bild sehe, muss ich an die Gerichtsverhandlung denken – und dann kommt mir das große Kotzen. Aber Geld regiert nun mal die Welt, so war es, und so wird es wohl immer bleiben. Deshalb sieht es hier ja auch so aus. Wir leiden alle darunter, dass unser kleiner Sonnenschein nicht mehr bei uns ist. Doch ganz besonders Felix! Er hat seine kleine Schwester über alles geliebt – ich glaube, ihren Tod wird er wohl nie verkraften. Und seit das damals passiert ist, hasst er diese teuren und großprotzigen Bonzenautos und alle, die damit herumfahren. Es ist mit ihm ein einziges Trauerspiel. Wissen Sie, man kann ja nicht immer nur hassen. Ich hoffe, dass sich das bei ihm irgendwann gibt, vielleicht, wenn er einmal ein nettes Mädchen kennenlernt ...“ Sie sprach nicht weiter, seufzte. „Aber Sie wollten sein Zimmer sehen – es ist da vorn links.“ Frau Dornbach öffnete bereitwillig die Tür, machte eine einladende Handbewegung.

Kai und Christian Wechler glaubten zunächst, sich in einem Kinderzimmer zu befinden. Sicherlich hatte Felix hier sein bisheriges Leben verbracht, auch als das mit den Steinen und Maiskörnern passierte und danach, als er erneut mit dem Gesetz in Konflikt gekommen war. Ausgetauscht hatten seine Eltern nur das Kinderbett gegen die stabile Schlafstätte eines Erwachsenen, denn schließlich war Felix in den letzten Jahren zu einem stattlichen Mann herangewachsen. Doch der Raum hatte nach wie vor das Flair eines Kinderzimmers, wie die Kriminalbeamten mit einem flüchtigen Blick feststellten – vielleicht hing das ja alles auch mit dem Tod seiner kleinen Schwester zusammen. Kai nahm sich vor, hier alsbald die fachliche Meinung der Polizeipsychologin Dr. Bernauer einzuholen. Doch als sie dann den Kopf hob – ihr Blick auf die unzähligen Bilder und Plakate im oberen Teil der Wände und an der Decke fiel –, verschwand das Bild des Raumes schlagartig aus ihrer Gedankenwelt. Sie brauchte eine Weile, um zu begreifen, was für ein Szenario sich da vor ihren Blicken präsentierte. Felix hatte hier mit Aufnahmen und Zeitungsausschnitten von Autowracks besonders die Decke seines Zimmers regelrecht zugepflastert. Da gab es Bilder von Autos, die als Trümmerhaufen mit herauskatapultierten Motorblöcken vor Betonwänden und in der Nähe von Bäumen lagen, einige Fahrzeuge befanden sich völlig zerbeult zwischen Blumen auf einer Wiese und in einem Vorgarten, andere zerquetscht unter einen Lastkraftwagen.

Kai musste schlucken, als sie diese Bilder des Grauens betrachtete. Wechler war ihrem Blick gefolgt, schüttelte sprachlos den Kopf. Doch dann wandte er sich an Frau Dornbach, meinte nur: „Da hat er sich aber ein bizarres Hobby ausgesucht."

„Das ist mir immer noch lieber", verteidigte Frau Dornbach ihren Sohn, „als wenn er sich Pornos oder diese Nazibilder mit Hakenkreuzen an die Decke klebt. Glauben Sie mir, er ist ein guter Junge ..."

Kai sagte nachdenklich: „Frau Dornbach, das sagten sie bereits." Sie nickte ihrem Kollegen zu, gab Felix' Mutter die Hand: „Vielen Dank für die Auskünfte. Es kann sein, dass wir uns bei Ihnen noch mal melden. Und, Frau Dornbach, was da mit Ihrer kleinen Tochter passiert ist, tut mir unendlich leid." Kai schaute sich noch einmal um, fragte sich mit einem quälenden Gefühl, ob hier ein junger Mensch – ohne Schaden an Leib und Seele zu nehmen – aufwachsen konnte. Es war ein Zimmer, in dem Träume, falls man welche hatte, ohne einen Laut starben – zumal der Raum beim ersten, flüchtigen Anblick die Atmosphäre eines Kinderzimmers hatte, bei näherer Betrachtungsweise jedoch ... Kai unterbrach ihre Gedankengänge, schaute auf Wechler, der sich auch noch einmal umgesehen hatte, nun auf eine Tasche zeigte, die kaum sichtbar hinter einem Schrank hervorlugte. „Frau Dornbach, was ist denn das da?"

„Ein Kühlbehälter."

„Und wozu brauchen Sie den?" mischte sich Kai in das Gespräch ein.

Frau Dornbach winkte ab. „Ach, der gehört Felix. Er bringt damit ab und zu kleine Eisblöcke mit, die wir hier klein machen." Erklärend fügte sie noch hinzu: „Die haben in der Firma so viel davon, da fällt das gar nicht auf. Und wir können damit viele Sachen frisch halten, im Sommer machen wir damit Speiseeis, und in dieser Jahreszeit kühlen wir damit Getränke und Speisen, damit sie nicht schlecht werden. Wir haben nämlich keine Kühltruhe."

„Aha", meinte Wechler nur, folgte seiner Kollegin, die gerade die Wohnungstür öffnete.

Auf der Rückfahrt zur Dienststelle sprachen sie nur wenig. Christian Wechler konzentrierte sich auf den Verkehr. Kai hing ihren Gedanken nach, die allerdings nicht nur dienstlicher Natur waren. Als sie vorhin in den Dienstwagen eingestiegen waren, hatte Christian leicht seine Hand auf ihren Arm gelegt – und sie länger dort gelassen, als allgemein üblich. Kai fragte sich, ob er das mit Absicht gemacht hatte, oder ob es rein zufällig geschehen war – doch es war ihr nicht unangenehm gewesen ...

Mittwoch, 16.11.

Das Gespräch fand am frühen Vormittag statt. Hundertmark hatte darum gebeten, sehr geheimnisvoll getan. Er bot Kai eine Tasse Kaffee an, was er nach ihrer Erinnerung noch niemals getan hatte. Hundertmark nahm sich reichlich Zucker, aber keine Milch. Kai trank den Kaffee ungesüßt und schwarz und fragte sich schon die ganze Zeit, was er auf dem Herzen hatte, ihr womöglich vertraulich sagen wollte. Doch Hundertmark ließ sich Zeit – er rührte und rührte. Kai räusperte sich zaghaft, wollte irgendetwas Belangloses sagen, doch dann kam er endlich zur Sache: „Frau Sommer, der Grund, warum ich Sie hergebeten habe, hat mit den aktuellen Fällen nichts zu tun. Es ist vielmehr etwas Organisatorisches, eine personelle Veränderung, die ausschließlich den Zentralen Kriminaldienst betrifft."

Kai beugte sich gespannt vor. „Ich nehme an, Sie wollen mich auf eine andere Planstelle setzen, oder?"

„Um Gottes willen, Frau Sommer, wo denken Sie hin? Das würde ich mir nicht im Traum einfallen lassen. Die Leitungsposition Ihres Fachkommissariats ist für Sie genau das Richtige. Sie leisten dort mit Ihren Kollegen eine sehr gute Arbeit – wie man auch unschwer an Ihren Aufklärungsquoten erkennen kann. Sie sind, um es einmal flapsig auszudrücken, mein bestes Pferd im Stall ..."

Na prima, ging es Kai durch den Kopf. Sie war sich nicht sicher, ob sie sich darüber freuen sollte, mit einem Gaul verglichen zu werden. Sehr schmeichelhaft war das jedenfalls nicht ...

Doch da sprach Hundertmark schon weiter: „Nein, es geht nicht um Sie, sondern ausschließlich um mich. Und da wir schon einige Jahre vertrauensvoll und erfolgreich zusammenarbeiten, ist es nur fair, wenn Sie es von mir persönlich erfahren." Er nahm einen Schluck von seinem Kaffee, sah sie über den Tassenrand an, kam endlich mit der Sprache heraus: „Frau Sommer, ich werde zum Ende des Monats die Inspektion verlassen." Als Kai ihn ungläubig anstarrte, fügte er erklärend hinzu: „Ich werde zum

Landeskriminalamt versetzt. Das war aber nicht mein Wunsch, sondern der des Innenministers. In der Abteilung 4 des LKA wird im Bereich der politisch motivierten Kriminalität so eine Art Unterabteilung eingerichtet, die sich verstärkt mit der Aufklärung rechtsradikaler Straftaten beschäftigen soll. Es sollen hier präventive Sicherheitskonzepte erstellt werden, die auch in Niedersachsen mehr als überfällig sind – besonders nach dieser von Neonazis begangenen Mordserie."

„Ich habe das in den Medien verfolgt: Neun ausländische Kleinunternehmer und eine Kollegin von uns – erschossen mit der gleichen Waffe. Schrecklich, zugleich aber auch unfassbar! Ich frage mich, warum die Sicherheitsbehörden da keinen Wink von ihren angeblich so wichtigen V-Leuten bekommen haben." Kai schien sich wieder auf das eigentliche Thema zu besinnen, sagte übergangslos: „Das mit Ihrem Weggang muss ich erst mal verarbeiten. Trotzdem danke ich Ihnen, dass Sie es mir persönlich gesagt haben. Wie lange bleiben Sie uns denn noch erhalten. Bis Ende des Monats. Ich hoffe, dass wir bis dahin diese mysteriösen Unfälle auf der A7 und den Mord am ehemaligen Kollegen Prechtel aufgeklärt haben. In den letzten Tagen werde ich dann auch noch meinen Nachfolger einarbeiten."

„Wer ist es denn?" fragte Kai neugierig.

„Kriminaloberrat Buchner."

Kai sah ihren Vorgesetzten fassungslos an. „Das ist nicht Ihr Ernst, oder?

Hundertmark verzog die Mundwinkel zu einem Lächeln, sagte beschwichtigend: „Nein, Frau Sommer, das ist nicht der Jürgen Buchner, der damals bei der Polizeidirektion Hannover Ihr Vorgesetzter war, und mit dem Sie ja, wie wir alle wissen, erhebliche Probleme hatten. Nein, es ist Peter Buchner, der jüngere Bruder, er dürfte so in Ihrem Alter sein. Ich nehme an, er hat sich beworben, um hier auf meiner Planstelle möglichst schnell befördert zu werden."

Als Kai wieder an ihrem Schreibtisch saß, dachte sie an die Zeit zurück, in der sie Jürgen Buchner hatte ertragen müssen. Alles in allem waren es höchst unerfreuliche Jahre gewesen, die sie nicht noch einmal erleben möchte. Obwohl das nun schon so lange zurücklag, konnte sie sich noch gut an ihn erinnern. Er war stets gut gekleidet gewesen, hatte meist einen grauen Anzug, darunter ein blaues Hemd mit goldfarbenen Manschettenknöpfen getragen. Ein richtiger Lackaffe! Am meisten hatte sie sein ironisches Grinsen gestört, seine zur Schau getragene Arroganz und Dünkelhaftigkeit. Allerdings verfügte er über einen brillanten Verstand, wahrscheinlich auch über einen hohen Intelligenzquotienten – doch was nützte das alles, wenn einem diese Attribute zu einem sozialen Krüppel gemacht hatten? Als sie dann von Hannover nach hier versetzt und kurz darauf befördert worden war, hatte sie aufgeatmet, dann aber feststellen müssen, dass Oberstaatsanwalt Egon von Waltershofen dafür gesorgt hatte, dass sie vom Regen in die Traufe gekommen war. Schmerzlich hatte sie gemerkt, dass die Chemie hier von Anfang an nicht gestimmt hatte. Er hatte sie mit seiner arroganten Art, seinen sexistischen Äußerungen, immer wieder auf die Palme gebracht. Sie war heute noch Hundertmark dankbar, dass er sie immer wieder vor den Attacken dieses Staatsanwaltes in Schutz genommen hatte – und zwar solange, bis dieser glücklicherweise vor zwei Jahren zum Privatfernsehen gegangen war, um dort in einer Gerichtsshow mitzuwirken.

Kai konnte nur hoffen, dass ihr diese negativen Erfahrungen mit Peter Buchner erspart blieben ...

Das Klingeln ihres Handys riss sie aus ihren Überlegungen.

„Frau Sommer, hier ist Polizeikommissar Erwin Mohnhaupt vom Einsatz- und Streifendienst. Ich rufe in der Mordsache Prechtel an. Es gibt da was, das Sie vielleicht wissen sollten ...“ Er schwieg, als müsse er sich die nächsten Worte genau überlegen. Kai wollte ihm gerade sagen, dass sie nicht den ganzen Tag Zeit für ihn habe, doch da sprach er stockend weiter: „Herr Prechtel und ich waren gute Kollegen, fast Freunde ...“

„Herr Mohnhaupt, kommen Sie doch bitte zur Sache.“

„Wissen Sie, ich habe mich da nicht ganz korrekt verhalten, das ist mir schon klar. Doch wir kennen uns schon eine Ewigkeit, gehören der IPA an ...“

„Bitte, Herr Mohnhaupt.“

„Ja, schon gut. Also, Herr Prechtel hat mich in der vorigen Woche angerufen, mich um einen Gefallen gebeten. Er wollte wissen, wer die Halterin eines schwarzen Audis ist.“

„Und, was haben Sie herausgefunden?“

„Nun, der Wagen gehört einer gewissen Marion Donati aus Hannover, 38 Jahre alt, Beruf Model, in Wirklichkeit ist sie aber ein polizeibekanntes Callgirl, vorbestraft wegen Unterschlagung, Betrug und Beischlafdiebstahl, sie hat eine Wohnung im hannoverschen Zooviertel – aber das haben Sie ja auch alles im Computer."

„Warum wollte er das wissen?"

„Das kann ich Ihnen nicht sagen. Allerdings tat er sehr geheimnisvoll, wollte auch nicht darüber reden."

„Kann es sein, dass er in irgendeiner Beziehung zu der Dame stand?"

„Auch das weiß ich nicht, tut mir leid. "

Kai beendete das Gespräch: „Herr Mohnhaupt, es war richtig, dass Sie mich angerufen haben, obwohl das mit der Halterfeststellung nicht in Ordnung war. Doch das haben Sie selber ja schon eingeräumt. Auf jeden Fall werden wir der Sache nachgehen und uns die Dame mal etwas näher ansehen."

Donnerstag, 17.11.

Hundertmark hatte gebeten, das weitere Vorgehen zunächst im kleinen Kreis zu besprechen. Kai hatte das Gefühl, dass er unbedingt noch vor seinem Weggehen den Mord an Prechtel und auch noch die mysteriösen Autobahnunfälle aufklären wollte.

Kai hatte da ihre Zweifel – denn was bis jetzt ermittlungstechnisch auf ihrem Schreibtisch lag, war mehr als dürftig. Doch Hundertmark schien das nicht so kritisch zu sehen, wie er auch sogleich deutlich machte: „Ich meine, unsere letzten Recherchen haben doch eine wenig Licht in die letzten Fälle gebracht. Frau Sommer, vielleicht sollten Sie kurz den aktuellen Sachverhalt aufzeigen, damit wir über den gleichen Kenntnisstand verfügen. Das erscheint mir auch deswegen wichtig, weil ich in den nächsten Tagen die schon längst fällige Pressekonferenz einberufen werde. Und da müssen wir uns den kritischen Fragen der Medienleute stellen ... Aber, wem sage ich das?"

Daher weht also der Wind, ging es Kai durch den Kopf. Wahrscheinlich war das die letzte Pressekonferenz, die Hundertmark vor seiner Versetzung zum LKA geben würde – und da konnte man es ihm natürlich nicht verdenken, wenn er mit aufgeklärten Fällen seine erfolgreiche Arbeit als Leiter des Zentralen Kriminaldienstes dokumentieren und hervorheben wollte.

„Frau Sommer, ich schlage vor, dass wir zunächst über den Fall Prechtel sprechen. Sie haben da vorhin etwas am Telefon angedeutet, was nicht uninteressant klang.“

Kai berichtete über das Telefonat mit Polizeikommissar Egon Mohnhaupt, sagte abschließend: „Weder Mohnhaupt noch ich haben eine Erklärung dafür, warum Prechtel unbedingt wissen wollte, wer der Halter des schwarzen Audis war.“

Ossenkopp mischte sich ein: „Dafür gibt es doch nur eine Erklärung. Er hat die Nutte im Auto gesehen, war scharf auf sie, vielleicht wegen ihrer beachtlichen Oberweite oder was weiß ich ...“

„Woher willst du das denn wissen? Ich meine mit der Oberweite und so“, warf Freiberg ein.

„Das war nun wirklich kein Problem. Als Kai vorhin den Namen der Dame nannte, habe ich nicht nur unseren Polizeicomputer bemüht, sondern bin auch ins Internet gegangen – und hier findet man unter der Rubrik *Intimes Niedersachsen* so allerhand Wissenswertes über Marion Donati, neben mehreren hocherotischen Fotos, Angaben über ihre Maße, was für Leistungen sie anbietet, wie sie telefonisch zu erreichen ist und so weiter und so fort.“

„Hilft uns das weiter?“ warf Hundertmark genervt ein. „Herr Ossenkopp, worauf wollen Sie eigentlich hinaus?“

„Ich will damit sagen, dass hier doch durchaus die Möglichkeit besteht, dass unser ehemaliger Kollege mit der Dame ein Schäferstündchen hatte. Er war zwar pensioniert, nicht mehr der Jüngste, doch das schließt ja nicht aus, dass er ...“

Hundertmark unterbrach ihn: „Herr Ossenkopp, mit solchen Unterstellungen, und die sind es gegenwärtig für mich, sollten wir uns zurückhalten. Zumal ich mir auch nicht vorstellen kann, dass ein verdienter Polizeibeamter wie Prechtel sich auf so ein Abenteuer eingelassen hätte. Schließlich war er verheiratet, hatte einen untadeligen Ruf. Nicht auszudenken, wenn so was die Presse aufgreifen würde. Und noch etwas: Wo hätte er sich denn mit der Dame treffen sollen? Bei ihm zu Hause wäre das ja schlecht gegangen.“

Kai mischte sich ein: „Herr Hundertmark, ich teile grundsätzlich Ihre Auffassung über den ehemaligen Kollegen. Aber ein Ort für das Treffen mit der Prostituierten wäre nun wirklich kein Problem gewesen. Er hätte sie zu sich nach Hause einladen können – zumal ja seine Frau bei ihrer

Schwester in Bad Grund war. Außerdem hätte sie ihre Dienstleistung ja auch im Auto anbieten können, der große Audi dürfte hierfür ja ausreichend Platz bieten."

„Und diese Verabredung hätte durchaus in der Todesnacht stattfinden können, also am 6. November zwischen drei und vier Uhr", ergänzte Julia Seidel, die bisher geschwiegen hatte.

Freiberg fügte hinzu: „Denkbar ist doch auch, dass sie über den Preis gestritten haben, es zu einer Auseinandersetzung gekommen ist, die Prostituierte ihn niedergeschlagen hat."

Hundertmark machte ein skeptisches Gesicht, offensichtlich missfiel ihm, welche Richtung das Gespräch genommen hatte. Nachdenklich wandte er sich an Kai: „Hat unsere Spurensicherung am Tatort frische Autospuren gefunden?"

„Das kann ich nicht sagen, zumal diese Frage bisher kein Thema war ..." Da Hundertmark sie fragend anschaute, fügte sie erklärend hinzu: „Der Tatort ist mit dem Auto kaum zu erreichen, allenfalls mit einem Geländewagen – folglich können wir davon ausgehen, dass Täter und Opfer zu Fuß unterwegs waren. Ich werde die Sache mit den Autospuren aber mit dem Kollegen Meiberg besprechen."

Hundertmark nickte. „Dann sollten Sie auch gleich Doktor Brecht fragen, ob im Fall Prechtel seiner Meinung nach auch eine Frau als Täterin in Frage kommen könnte. Und um letzte Zweifel auszuräumen, müsste ja auch die Frage zu klären sein, ob die Fingerspur an dem Flaschenhals einer weiblichen oder männlichen Person zugeordnet werden kann."

„Auf jeden Fall sollten wir die Dame nach ihrem Alibi fragen", ergänzte Ossenkopp mit Blick auf Kai. „Wenn du willst, kann ich das gern übernehmen."

Kai musste innerlich grinsen. Ossenkopp hatte für so etwas ein Faible. Sie erinnerte sich, dass wegen einer Eskapade in dem Hildesheimer Bordell am Bahnhof vor ein paar Jahren fast seine Ehe in die Brüche gegangen wäre. Nur durch Kais Vermittlung – und die unwahre Bestätigung gegenüber seiner Ehefrau, dass er in dem Etablissement dienstlich zu tun gehabt hätte – hatte sich alles noch einmal eingerenkt. Kai konnte nicht mehr sagen, wie oft sie diese unmoralische Unterstützung schon bereut hatte.

Hundertmark wandte sich an Kai: „Gut, dann klären wir die noch offenstehenden Fragen, verbunden mit der Hoffnung, dass wir diesen unschönen Fall bald abschließen können. Will noch jemand etwas sagen?"

„Nein, dazu nicht. Ich schlage vor, dass wir jetzt über die Unfälle auf der A7 sprechen."

„Frau Sommer, ist das wirklich notwendig? Ich bin mir gar nicht mehr so sicher, dass hier überhaupt ein Fremdverschulden vorliegt. Zumal ja die von uns angenommene Systematik der Fälle nun auch nicht mehr haltbar ist, denn dann hätte es ja am letzten Sonntag einen weiteren Unfall geben müssen. Und, hat es den gegeben? Nein, hat es nicht!"

„Aber, Herr Hundertmark", protestierte Kai. „Da haben Sie aber kürzlich noch eine ganz andere Meinung vertreten. Uns wurden doch in Abstimmung mit der Staatsanwaltschaft diese Fälle übertragen, weil die Kollegen der Autobahnpolizei mit ihrem Latein am Ende waren. Denken Sie an die vielen Merkwürdigkeiten, das können doch nicht alles Zufälle gewesen sein. Und dann die Uhrzeiten! Immer zwischen drei und vier. Ferner die durchaus glaubwürdige Erklärung des Herrn Bensen aus Kiel, ihm sei ein Auto mit aufgeblendeten Scheinwerfern entgegengekommen. Dann die Aussage seiner Ehefrau, es sei was gegen die Scheibe geflogen ..."

„Frau Sommer, ich habe darüber auch noch einmal mit der Staatsanwaltschaft gesprochen. Frau Hasenköttel ist ebenfalls der Auffassung, dass wir uns verstärkt um den Mordfall Prechtel kümmern sollten, zumal der in der Öffentlichkeit immer höhere Wellen schlägt."

„Was bedeutet das konkret? Soll die Soko A7 etwa aufgelöst werden?"

„Nein, es bleibt vorerst alles beim Alten. Nur mit dem Unterschied, dass wir der Soko zusätzlich auch die Ermittlungen im Mordfall Prechtel übertragen. Ich meine, das bietet sich ja auch an, schließlich wurde Prechtel dicht an der A7 ermordet, wobei ich nach wie vor nicht davon ausgehe, dass es hier eine Verbindung zu den Autobahnunfällen gibt."

Kai beugte sich angespannt vor. „Wenn ich Sie richtig verstehe, bleibt die Soko A7 also offiziell weiterhin bestehen – hausintern jedoch mit eingeschränkter Funktion, wenn es um die Aufklärung der Autobahnunfälle geht. Denn sollte es zu weiteren Unfällen kommen, was Gott verhüten möge, können wir gegenüber der Öffentlichkeit mit gutem Gewissen darauf hinweisen, dass die für die Aufklärung der Autobahnunfälle gebildete Soko A7 nach wie vor besteht und zu keiner Zeit ihre Arbeit eingestellt hat. Demnach bildet sie so etwas wie eine Alibifunktion ..."

Hundertmark zog die Augenbrauen nach oben, fiel ihr ärgerlich ins Wort: „Frau Sommer, so krass können Sie das nicht sehen. Nach allem sollten wir uns aber auch die Frage stellen, was wir bei den Unfällen auf der A7 noch ermitteln wollen. Wir drehen uns da im Kreis, haben doch alles analysiert, jede Möglichkeit ausgelotet. Und, hat es was gebracht? Nein! Machen wir uns doch nichts vor. Wir tappen hier völlig im Dunkeln, haben nicht den Hauch einer Erklärung, wie es zu diesen Autobahnunfällen kommen konnte ..." Er hob hilflos die Arme, fügte seufzend hinzu: „Aber das sind alles Aussagen, die sich trotz intensiver Ermittlungen nicht bestätigt haben."

6

Freitag, 18.11.

Eis! Tiefgefroren. Hart wie Granit. Riesige Mengen. Bläulich schimmernd. Dazwischen das zynisch grinsende Gesicht von Felix Dornbach, der das Eis in handliche Steine zersägte. Dann eine Nebelwand, die das Szenario in tiefe Dunkelheit hüllte. Auf einmal schien alles friedlich – bis sich mit einem höllischen Krachen ein Eisbrocken wie ein Geschoss in ihre Windschutzscheibe bohrte ...

Kai schreckte auf, schweißgebadet, mit klopfendem Herzen. Sie brauchte Sekunden, um zu begreifen, dass sie gerade aus einem schrecklichen Albtraum erwacht war. Ein paarmal atmete sie tief ein und aus, konnte sich nur langsam wieder beruhigen. Wann hatte sie das letzte Mal so realistisch geträumt? Sie konnte sich nicht erinnern. Vielleicht früher einmal, als sie ihre ersten Fälle als Mordermittlerin bearbeitete – aber nicht in letzter Zeit. Obwohl sie es für Humbug hielt, wäre es doch interessant zu erfahren, wie ein Traumdeuter diesen Albtraum deuten würde, wobei sie sich allerdings nicht vorstellen konnte, dass er ihr im konkreten Fall weiterhelfen würde. Kai kuschelte sich in ihr Bett, zwang sich, nicht mehr an das eben Erlebte zu denken. Doch es fiel ihr schwer, wieder einzuschlafen – in ihrem Kopf schwirrten die Gedanken nur so durcheinander. Sie dachte an die Beziehung zu Thomas, die nun gänzlich eingeschlafen war. Schon mehrmals hatte sie sich gefragt, an wem das gelegen haben könnte. Sicherlich an beiden. Dabei hatten sie sich damals gesucht und gefunden. Beide hatten sie eine gescheiterte Ehe hinter sich, wollten keine feste Beziehung mehr eingehen. Kai erinnerte sich an die letzte Liebesnacht, die sie hier in ihrer kleinen Wohnung auf dem Moritzberg, in dem viel zu schmalen Bett miteinander verbracht hatten. Am Morgen danach hatte sie eine seltsame Leere in sich gespürt, die sie nicht deuten, geschweige denn beschreiben konnte. Kai musste aufpassen, dass die schönen Erinnerungen der letzten Jahre, die es gab und auch immer geben würde –, nicht in eine banale Wahrheit verklärt wurden, was nur allzu leicht geschah. Es war wohl eine Gabe und gesegnete Fähigkeit, die den Menschen geschenkt wurde, all die schönen Dinge in Erinnerung zu behalten und das zu vergessen, was es an Negativem gab. Kai war sicher, dass es Thomas ähnlich ergangen war. Nach dieser Liebesnacht hatten sie sich nicht mehr verabredet – gerade so, als wenn sie das gemeinsam so beschlossen hätten.

Plötzlich drängten sich wieder die aktuellen Fälle in ihr Bewusstsein, verstärkt das Tötungsdelikt Prechtel. Hundertmark meinte, sie müssten den kleinsten Hinweisen nachgehen, was sie ohnehin in jedem Fall taten – insofern fand Kai diese Anmerkung ihres Vorgesetzten völlig daneben.

Sie nahm sich vor, nachher gleich das Callgirl Marion Donata anzurufen, sie zu bitten, zu ihr in die Inspektion zu kommen. Doch sie konnte sich nicht vorstellen, dass zwischen Prechtel und dieser Frau eine Verbindung bestand. Doch warum hatte er dann Polizeikommissar Mohnhaupt um Feststellung ihrer Personalien gebeten? Vielleicht war es sinnvoll, mit ihm noch einmal ein Gespräch zu führen – nicht am Telefon, sondern unter vier Augen in ihrem Dienstzimmer. Nach allem blieben Fragen über Fragen, die Kai noch nicht einmal ansatzweise beantworten konnte. Doch sie würde hierauf Antworten finden, wenn nicht heute, dann morgen oder übermorgen – da war sie sicher.

An Schlaf war nicht mehr zu denken, Kai stand auf und beschloss, sich einen starken Kaffee aufzubrühen. Vor einiger Zeit hatte sie nach einer fast schlaflosen Nacht fast immer zur Zigarette gegriffen, doch das war heute kein Thema mehr, sie rührte keinen Glimmstängel mehr an – und so sollte es auch bleiben, obwohl die Versuchung in Stresssituationen immer noch sehr groß war. Eine Weile musste sie an die Kollegen denken, die kürzlich mit einer qualmenden Elektrozigarette zum Dienst erschienen waren und das in allen öffentlichen Räumen bestehende Rauchverbot umgehen wollten. Doch die Freude auf das ungetrübte Rauchvergnügen währte nur bis zu dem Tag, als die Inspektionsleitung darauf hinwies, dass die E-Zigarette aufgrund der noch nicht erforschten gesundheitlichen Risiken auch unter das existierende Rauchverbot fallen würde. Kai hatte diese Entscheidung begrüßt, zumal die eingeatmeten Aromen Ethanol, Glyzerin und andere chemische Zusätze enthielten. Etwas scherzhaft hatte sie dann noch gemeint, dass ihnen bei der Verbrechensbekämpfung ein wichtiger genetischer Spurenträger fehlen würde, wenn alle Menschen auf E-Zigaretten umsteigen würden.

Als Kai auf ihrem Mountainbike die Bergstraße nach unten radelte, fiel ihr ein, dass sie ihren Nachbarn Kawilü schon ein paar Tage nicht mehr gesehen hatte. Zwar ging er ihr manchmal ganz schön auf die Nerven, doch wenn er sich gar nicht blicken ließ, war das auch nicht in Ordnung.

Kai begrüßte den Kollegen am Servicepoint, der ihr sogleich anvertraute, dass sie heute wieder einmal die Erste im Fachkommissariat war.

Wie immer verschmähte sie den Fahrstuhl, nahm im Laufschritt die Treppenstufen zum dritten Stock. Im Dienstzimmer warf sie sich auf den Stuhl, legte die Beine auf ihren Schreibtisch und dachte noch außer Atem darüber nach, was an diesem Tag alles erledigt werden musste. Da Brecht bekanntermaßen ein ausgesprochener Frühaufsteher war, beschloss sie, ihn als Erstes anzurufen. Bereits nach dem zweiten Klingelzeichen hob er ab, sagte, dass er zwei Leichen auf dem Seziertisch hätte, Kai sich bitte kurzfassen möge, was sie dann auch tat: „Es geht um den Fall Prechtel. Können Sie mir noch mal sagen, was die gentechnische Untersuchung ergeben hat? In Ihrem Bericht sind Sie ja noch einmal ausführlich auf Todesursache und Todeszeitpunkt eingegangen. Zudem haben wir das genetische Profil und die Blutgruppe des Opfers, die auch in seiner Personalakte festgehalten ist. Für unsere weiteren Ermittlungen ..."

„Frau Sommer, was brauchen Sie denn noch?" unterbrach sie der Rechtsmediziner leicht gereizt. Scheinbar hatte er ihr gar nicht richtig zugehört, war mit seinen Gedanken schon wieder bei seinen Leichen. Kai konnte sich gut vorstellen, wie er mit dem Hörer in der Hand nervös vor seinem Büro stand, dabei abwechselnd auf seine Assistentin Irmtraud Wegener und zum Seziertisch schaute.

Unbeirrt fuhr Kai fort: „... benötigen wir nähere Angaben über die Fremdspuren. Sie wollten sich damit noch einmal beschäftigen. Was ist mit den genetischen Spuren auf der Zigarettenkippe, die Prechtel in der Tasche hatte? Können wir hier eine Verbindung zum Täter herstellen? Sie sagten, dass Sie eventuell genetisches Material an der zerbrochenen Weinflasche isolieren könnten."

Dr. Brecht sagte nichts. Kai hörte Papier rascheln. Wahrscheinlich hatte er sich jetzt an den Schreibtisch gesetzt, blätterte in seinen Aufzeichnungen. Nach etwa einer halben Minute meldete er sich wieder: „Nach meiner nochmaligen Überprüfung sieht es wie folgt aus: Am Flaschenhals konnten wir lediglich das Fragment eines Fingerabdrucks sicherstellen, aber keine fremde DNA isolieren – tut mir leid. Insofern können wir natürlich auch nicht sagen, ob die DNA an der Zigarettenkippe dem Täter zugeordnet werden kann."

„Kann die Tat auch von einer Frau begangen worden sein? Für die Antwort auf diese Frage interessiert sich besonders Herr Hundertmark."

„Frau Sommer, ich nehme an, Sie denken hierbei an das Fragment des Fingerabdrucks am Flaschenhals, oder?"

„Ja, aber nicht nur.“

„Wir können das nicht gänzlich ausschließen. Wissen Sie, es war äußerst schwierig, das Fragment am Flaschenhals zu isolieren, das viele Blut vom Opfer ... Andererseits muss der Abdruck ja nicht unbedingt was mit dem Tötungsdelikt zu tun haben.“

„Was wollen Sie denn damit sagen?“

„Nun, es kann doch durchaus sein, dass der Täter Handschuhe getragen hat, was bei den Temperaturen ja nicht ungewöhnlich ist. Vielleich stammt der Abdruck vom Eigentümer der Flasche, der sie ins Gebüsch geworfen hat. Möglich ist, dass am Flaschenhals auch noch andere Fingerspuren waren, die der Täter dann mit seinem Handschuh verwischt hat, so dass lediglich nur noch dieses eine Fragment übrig geblieben ist.“

Als Kai nichts sagte, fuhr er fort: „Aber nun zu der Frage, ob Täter oder Täterin: Ja, das könnte durchaus auch eine Frau gewesen sein. Nach meiner Einschätzung müsste sie aber so groß wie das Opfer gewesen sein, also etwa 1,75 Meter – außerdem kräftig gebaut. Doch das ist meine ganz persönliche Meinung, die ich wissenschaftlich nicht belegen kann.“

Nach dem Gespräch mit dem Rechtsmediziner rief Kai Polizeikommissar Mohnhaupt an, bat ihn um ein Gespräch. Danach ging sie in die Teeküche, überlegte bei einer Tasse Kaffee, welche Kollegen sie zum Fleischgroßhandel schicken könnte. Sie mussten Dornbach noch einmal nachdrücklich befragen, zumal die Bestätigung seiner Mutter, er sei in der fraglichen Zeit zu Hause gewesen, äußerst fadenscheinig und wenig glaubwürdig war. Kai dachte an Ossenkopp, er war in seiner barschen Art für eine derartige Befragung geradezu prädestiniert. Und nach der altbewährten Vorgehensweise „guter Polizist, schlechter Polizist“ würde sie die besonnene Kollegin Julia Seidel bitten, den etwas raubeinigen Kollegen zu begleiten. Von Vorteil war auch, dass Julia bei der ersten Befragung Dornbachs im Fleischgroßhandel dabei gewesen war. Wie Kai Ossenkopp kannte, hätte er natürlich lieber das Callgirl Marion Donati befragt – doch auf derartige, erotisch motivierte Vorlieben ihres Kollegen konnte sie nun wirklich keine Rücksicht nehmen ... Es klopfte, ein uniformierter Polizeibeamter stand im Türrahmen. „Mohnhaupt. Frau Sommer, Sie wollten mich sprechen. Ich nehme an, es geht noch mal um Herrn Prechtel.“

Kai nickte, zeigte auf einen Besucherstuhl, kam gleich zur Sache: „Herr Mohnhaupt, ist Ihnen inzwischen eingefallen, warum sich Ihr ehemaliger Kollegen für Frau Donati interessiert hat? Denn das muss er ja wohl, sonst würde das mit der Halterfeststellung keinen Sinn geben."

„Tut mir leid, ich weiß es wirklich nicht. Ich habe mir das Hirn zermartert, muss auch jetzt noch ständig daran denken. Vielleicht hätte ich mich weigern sollen, zumindest aber beharrlicher hinterfragen sollen. Doch nachher ist man ja immer schlauer ..."

„Herr Mohnhaupt, Sie haben über zwanzig Jahre mit ihm zusammengearbeitet, waren ihm freundschaftlich verbunden, wie Sie selber gesagt haben. Sie kennen auch seine Ehefrau, mit der er viele Jahre verheiratet war. Es würde mich daher interessieren, wie er zu anderen Frauen stand, hier speziell zu Prostituierten. Mit anderen Worten: Hat Ihr ehemaliger Kollege seine Frau hin und wieder betrogen?"

Mohnhaupt wiegte den Kopf hin und her, meinte schließlich: „Konkret kann ich Ihnen dazu nichts sagen, man soll ja auch über Tote nicht schlecht reden ..."

Kai schlug mit ihrer flachen Hand ärgerlich auf den Tisch: „Darauf kann ich nun wirklich keine Rücksicht nehmen! Ich erwarte von Ihnen, dass Sie meine Fragen nach bestem Wissen und Gewissen beantworten. Immerhin geht es hier um die Aufklärung eines Verbrechens. Also?"

Mohnhaupt rutschte unruhig auf seinem Stuhl hin und her, schien zu überlegen, meinte dann zögernd: „Er hat mir erzählt, dass er mehrmals die Dienste einer Prostituierten in Anspruch genommen hätte, als seine Frau zu einer Kur in Bad Tölz war. Aber das liegt schon mindestens zehn oder zwölf Jahre zurück. Ich musste ihm damals hoch und heilig versprechen ..."

„Geschenkt!" Kai winkte ab. „Können Sie sich vorstellen, dass er auch eine Verabredung mit dieser Marion Donati hatte? Schließlich war seine Frau bei ihrer Schwester in Bad Grund. Also eine fast ähnliche Situation wie damals, als seine Frau in Bad Tölz war. Vielleicht hat das Callgirl ihn mit dem Audi zu Hause abgeholt, sie sind dann irgendwo zu einem Schäferstündchen gefahren, wurden sich über den Preis nicht einig, der Streit eskalierte und ..."

„Trauen Sie das der Dame zu?"

Kai zuckte mit den Schultern. „Warum nicht? Schließlich ist Frau Donati kein unbeschriebenes Blatt. Wie ich ihrer Akte entnommen habe, hat sie wegen einer ähnlichen Tat schon vor Gericht gestanden – allerdings ging es da nicht um ein Tötungsdelikt, sondern um Beischlafdiebstahl in Tateinheit mit schwerer Körperverletzung."

Freitag, 18.11.

Kai fragte – nicht ohne einen Anflug von Ironie –, ob sie es jetzt, kurz vor zehn Uhr, schon riskieren konnte, das Callgirl anzurufen, zumal Leute aus diesem Gewerbe erfahrungsgemäß einen ganz anderen Tagesrhythmus hatten. Sie zog die Handynummer aus ihren Unterlagen, wählte und hatte Glück. Eine rauchige Stimme meldete sich: „Hier ist Marion Donati, was kann ich für Sie tun?“ Die brummenden Nebengeräusche ließen vermuten, dass sie sich in einem fahrenden Auto befand.

Kai nannte ihren Namen, den Grund ihres Anrufs, was augenblicklich dazu führte, dass die Freundlichkeit aus der Stimme der Angerufenen verschwand. Auf ihre Frage, ob sie verpflichtet sei, der polizeilichen Aufforderung nachzukommen, antwortete Kai betont höflich: „Frau Donati, es liegt nichts gegen Sie vor. Ich möchte Ihnen nur ein paar Fragen stellen. Und es wäre doch auch nicht in Ihrem Interesse, wenn wir mit unserem Streifenwagen vor Ihrer Wohnung im Zooviertel auftauchen würden, oder?“

Marion Donati wirkte zunehmend kooperativer – scheinbar hatte der Hinweis gewirkt. „Ich bin ganz in Ihrer Nähe, auf dem Weg zu einem Geschäftstermin, der sich bis etwa zwölf Uhr hinziehen wird. Wenn es Ihnen passt, kann ich danach bei Ihnen vorbeikommen, um fünfzehn Uhr müsste ich dann allerdings wieder in Hannover sein. Wo muss ich mich denn melden?“

„Polizeiinspektion, Schützenwiese 24. Wenn Sie aus Richtung Hannover kommen, das mehrstöckige Gebäude auf der rechten Seite. Biegen Sie vor oder hinter der Polizeiinspektion rechts ab, da finden Sie immer einen Parkplatz. Am Servicepoint werde ich eine Nachricht hinterlassen, man wird Sie dann zu mir bringen.“

Kai nahm einen Schluck von ihrem Kaffee, der inzwischen kalt geworden war. Sie lehnte sich zufrieden zurück. Das ging ja schneller, als sie gedacht hatte. Um sich auf das Gespräch vorzubereiten, würde sie noch einmal den Polizeicomputer befragen, sich auch die Homepage der Dame ansehen. Doch zuvor hatte sie die etwas schwierige Aufgabe, ihren Kollegen Ossenkopp davon zu überzeugen, dass er allein dafür qualifiziert war, den Verdächtigen Felix Dornbach erneut zu vernehmen.

Marion Donati war pünktlich. Es war Viertel vor zwölf, als der Kollege vom Servicepoint den Besuch meldete. Kai bat ihn, die Dame nach oben zu bringen. Scheinbar konnte sie den Geschäftstermin, wie sie ihn nannte, doch schneller beenden, als ursprünglich angenommen. Kai hatte sich in den Polizeicomputer eingeklinkt und das erfahren, was sie bereits wusste. Donati war mehrmals mit dem Gesetz in Berührung gekommen. Unterschlagung, Beischlafdiebstahl in Tateinheit mit schwerer Körperverletzung waren die herausragenden Delikte ihrer kriminellen Vergangenheit. Die letzte Straftat lag allerdings schon ein paar Jahre zurück, ihre Weste war sauber, sie stand auch nicht mehr unter Bewährung. Kai wusste aus Erfahrung, dass das nicht viel bedeuten musste. Vielleicht hatte sie munter so weitergemacht – war nur nicht erwischt worden.

Ihre Homepage verriet den potenziellen Kunden, was sie servicemäßig zu bieten hatte. Da waren zunächst ihre persönlichen Daten: Alter 38 Jahre, Größe 1,75 m, 67 kg, Oberweite 75 D, Konfektionsgröße 38, Haare lang und blond, Augenfarbe blau. Danach folgte eine Auflistung der sexuellen Praktiken. Am Schluss der Rubrik wurde darauf hingewiesen, dass Marion Donati von 10 Uhr bis 22 Uhr zu erreichen war und ab 20 Uhr auch für Haus- und Hotelbesuche zur Verfügung stehen würde.

Kai konnte sich gut vorstellen, dass die Dame viel zu tun hatte – doch welche Motive gab es für eine Prostituierte, einen ihrer Kunden umzubringen? Man schlachtet doch nicht die Kuh, die einem Milch gibt, ging es Kai durch den Kopf ... Ein lautes Pochen an der Tür unterbrach ihre Gedankengänge. Der Kollege vom Servicepoint brachte die Besucherin. Kai stand auf, zeigte auf den Besucherstuhl. „Frau Donati, vielen Dank, dass Sie so schnell kommen konnten. Darf ich Ihnen etwas anbieten? Wasser, Kaffee?“

„Danke, ein Glas Wasser wäre gut.“

Marion Donati war eine auffallend hübsche Frau, mit langen blonden Haaren und blauen Augen – genau so, wie sie sich auf ihrer Homepage präsentiert hatte. Sie trug einen kurzen, fellgefütterten Mantel aus feinstem Leder. Unter einem schwarzen Pulli aus Kaschmirwolle und einer schwarzen Hose konnte man unschwer den üppigen Busen, die breiten Hüften ihres wohlgeformten Körpers erkennen. Auf dem ersten Blick eine sehr attraktive Frau, ging es Kai durch den Kopf, charmant und sinnlich. Aber auch stark und skrupellos genug, einen Freier zu töten? Marion Donati hatte mittlerweile ihren Mantel ausgezogen, ihn achtlos auf den Fußboden gleiten gelassen. Sie bedankte sich für das Wasser, nahm einen kleinen Schluck, schlug die Beine übereinander, sah Kai fragend an: „Nun, was kann ich für Sie tun, Frau Sommer?“

„Ich habe Sie hierher gebeten, weil ich Ihnen ein paar Fragen stellen möchte.“

„Gut, dann stellen Sie. Ich nehme an, ich brauche meinen Anwalt nicht anzurufen, oder?“ kam es leicht ironisch zurück.

„Nein, das wird nicht nötig sein. Mich würde vor allem interessieren, wo Sie sich am 6. November, frühmorgens zwischen drei und vier Uhr aufgehalten haben. Das war Sonntag vor einer Woche.“

„Sicherlich dort, wo sich alle rechtschaffenen Leute um diese Zeit aufhalten – nämlich im Bett.“

„Kann das jemand bestätigen?“

„Nein, Frau Sommer, ich lebe allein, habe derzeit keinen Freund, das wäre mir auch zu stressig – Sie wissen ja, mit was ich meinen Lebensunterhalt verdiene.“ Marion Donati lachte hart auf, ergänzte spöttisch: „Und mit einem Freier würde ich garantiert nicht die ganze Nacht verbringen.“

„Ihren Worten entnehme ich, dass Sie zwar mit den Männern Ihr Geld verdienen, aber ansonsten nicht viel von ihnen halten.“

Sie ließ sich Zeit mit der Antwort, nahm einen Schluck von dem Wasser, stellte sorgfältig das Glas auf die Schreibtischplatte: „Das sehen Sie völlig richtig. Wissen Sie, ich war zweimal verheiratet, weiß daher, wovon ich rede. Neunzig Prozent aller Kerle kann man in die Tonne treten, wozu natürlich auch die meisten Freier gehören.“ Sie machte eine wegwerfende Handbewegung, fügte verächtlich hinzu: „Mir kommt es bei denen manchmal so vor, als hätte ihnen der liebe Gott nicht genug Blut gegeben, um ihr Gehirn und ihren Pimmel gleichermaßen zu versorgen. Und wenn die Idioten dann versuchen, beides gleichzeitig zu benutzen, oh je! Ich sage Ihnen, das ist dann eine einzige Katastrophe.“

„Das ist schon ein sehr düsteres, bedrückendes Männerbild, was Sie da haben. Ich kann mir vorstellen, dass das nicht alle Ihre Kolleginnen so sehen. Doch noch einmal zurück zu den frühen Morgenstunden des 6. November. Sie haben also demnach kein nachprüfbares Alibi.“

„Verflucht, ich war im Bett. Allein! Wie oft soll ich Ihnen das noch sagen?“

Kai zuckte mit den Schultern. „Ich werde das so protokollieren müssen.“ Sie hielt inne, ließ die Worte auf Marion Donati wirken, kam ihr entgegen: „Meinen Sie nicht auch, dass es besser wäre, wenn Sie einen Blick in Ihren Terminkalender werfen würden – nur, um ganz sicher zu sein?“

Donati griff in eine Tasche ihres Ledermantels, zerrte einen rot eingebundenen Terminkalender hervor, sagte dann seufzend, während sie blätterte: „Wenn Sie meinen.“ Nur diese drei Worte, sonst nichts.

„Tut mir leid, ich kann hier nichts finden.“

„Frau Donati, ich will es kurz machen: Sie sind am 6. November um drei Uhr fünfzig in eine Verkehrskontrolle geraten, können daher nicht in Ihrer Wohnung gewesen sein. Also noch mal: Wo waren Sie? Wo kamen Sie her?“ Die letzten Worte klangen hart, fordernd. Von der anfänglichen Freundlichkeit war nichts mehr zu spüren.

Auch in der Prostituierten war eine Veränderung vorgegangen. Sie druckste herum: „Okay, okay! Es kann natürlich sein, dass ich vergessen habe, den Termin einzutragen. So was kommt hin und wieder mal vor. Ich nehme an, Ihnen ist das auch schon passiert ...“

„Frau Donati, sagen Sie mir endlich, bei wem Sie etwa ab drei Uhr waren!“

„Warum wollen Sie das denn wissen? Brauche ich etwa ein Alibi oder so was? Sie haben mir doch vorhin am Telefon gesagt, dass nichts gegen mich vorliegt. Und jetzt kommen Sie mir so ... Vielleicht hätte ich doch meinen Anwalt mitbringen sollen.“

Kai wechselte das Thema: „Kennen Sie einen Herrn Willibald Prechtel aus dem Stadtteil Drispenstedt?“

„Nie gehört! In dem Stadtteil habe ich keine Kunden, das ist mir da alles zu bürgerlich. Alles nur Spießer, wenn Sie verstehen, was ich meine. Die Leute würden sich das Maul zerreißen, wenn ich mit meiner schwarzen Limousine da auftauchen ...“ Marion Donati stockte, fasste sich an das Kinn: „Moment! Wenn ich mich recht entsinne, hatte ich da bis vor ein paar Wochen doch nen Kunden. Ein komischer Kauz ... Das war ein richtiger Sonderling! Sie können sich nicht vorstellen, was ich mit dem erlebt habe. Jede Menge Wünsche, aber knauserig bis zum geht nicht mehr. Er hat mich dann auch nicht mehr gebucht, wahrscheinlich ist ihm das Geld ausgegangen. Ich wäre da ohnehin nicht mehr hingefahren. Auf solche Typen bin ich echt nicht angewiesen, wenn die jemand zum Vögeln brauchen, sollen sie sich eine von der Straße holen.“

„Name, Anschrift? Frau Donati, wir werden auch diese Angaben überprüfen."

„Da er ohnehin nicht mehr mein Kunde ist, können Sie die gern haben." Sie griff erneut zu ihrem roten Terminkalender, meinte dann: „Der Typ heißt Ingo Platschke."

„Und, welche Straße?"

Marion Donati warf erneut einen Blick in ihr rotes Notizbuch: „Reimannstraße ..."

Kai stutzte, blätterte in der Akte auf ihrem Schreibtisch, schüttelte leicht den Kopf. „Das ist die Straße, in der Prechtel wohnte."

„Was ist denn mit diesem Prechtel?" wollte Marion Donati wissen.

Kai ging nicht auf ihre Frage ein, sah sie nur mit großen Augen an. „Was für ein Zufall ... Und Sie kennen Herrn Prechtel wirklich nicht? Kann es sein, dass er Sie auch schon mal gebucht hat, es Ihnen nur entfallen ist?"

Marion Donati beugte sich ärgerlich vor. „Verdammte Scheiße noch mal! Nein und nochmals nein! Ich kenne diesen Kerl nicht. Kann ich jetzt endlich gehen?" fluchte sie wenig damenhaft, runzelte dann die Stirn, hinterfragte neugierig: „Was ist denn nun mit diesem Prechtel?"

„Er ist tot, ermordet."

„Auch das noch! Doch damit habe ich nichts zu tun", protestierte Donati ungehalten, schaute auf ihre edelsteinbesetzte Rolex. „Wie ich Ihnen schon am Telefon sagte, habe ich noch einen Termin. Ich müsste jetzt los."

„Sie können gern gehen. Aber vorerst verraten Sie mir bitte noch, was Sie am 6. November, so frühmorgens ab drei Uhr gemacht haben – es wäre gut, wenn Sie ein nachprüfbares Alibi hätten."

„Sie glauben also, dass ich etwas mit dem Mord an diesem Prechtel zu tun habe? Unglaublich ... Aber den Namen meines Kunden kann ich nicht verraten. Datenschutz, da bin ich wie ein Priester, Sie verstehen? Auch in meinem Gewerbe gibt es so was. Und ob Sie es nun glauben oder nicht, bei mir geht es nicht immer nur um das eine. Es kommt häufig vor, dass die Kunden einfach nur erzählen wollen, einem Dinge anvertrauen, über die sie mit ihrer Ehefrau niemals reden würden. Oft fühle ich mich dann wie ein Therapeut oder Beichtvater. Und mit meinem Kunden, den ich in der besagten Nacht besucht habe, verhält es sich ähnlich. Natürlich will er mit mir schlafen, keine Frage, oft will er aber auch nur reden. Ich musste ihm von Anfang an hoch und heilig versprechen, mich hier äußerst diskret zu verhalten. Nicht auszudenken, wenn die Öffentlichkeit von dieser Beziehung erfährt – es würde ihm seine Ehe und Karriere kosten. Und daran dürfte Ihnen doch auch nicht gelegen sein."

„Natürlich nicht. Ich nehme an, es handelt sich hier um einen Politiker."

„Um eine sehr bekannte Persönlichkeit der Stadt Hildesheim. Damit sollten wir es aber bewenden lassen. Ich habe ohnehin schon zu viel gesagt."

„Frau Donati, wir haben nichts gegen Sie in der Hand. Sollte sich jedoch im Laufe unserer Ermittlungen etwas anderes ergeben, werde ich Sie wohl noch einmal befragen müssen – dann aber nicht als Zeugin, sondern als Beschuldigte. Deshalb sollten Sie sich auch die Sache mit dem Alibi noch einmal überlegen, sich die Frage stellen, ob es für Sie nicht doch besser wäre, den Namen Ihres Kunden preiszugeben."

Während Marion Donati zu ihrem Mantel griff, beteuerte sie noch einmal: „Von mir erfahren Sie den Namen nicht – doch ich werde es mir überlegen." Im Türrahmen drehte sie sich noch einmal um, hob lächelnd die Hand, verließ das Zimmer, ohne die Tür hinter sich zu schließen.

Freitag, 18.11.

Kai verzichtete auf das Mittagessen, das sie hin und wieder oben in der Kantine einnahm. Sie legte ihre Beine auf den Schreibtisch, dachte über das Gespräch nach, das sie gerade mit Marion Donati geführt hatte. Sicherlich war sie eine geschäftstüchtige Frau, wie alle aus diesem Gewerbe, die mit ihrem Körper ihren Lebensunterhalt verdienten. Doch würde sie einen Freier verletzen oder gar töten, wenn er ihre finanziellen Forderungen nicht erfüllte? Verletzen? Ja! Das hatte sie schon einmal getan, und ziemlich brutal. Doch das war Schnee von gestern. Der Richter hatte sie dafür zu einer Haftstrafe verurteilt. Aber töten? Nein, so weit würde sie nicht gehen, zumindest konnte es sich Kai nicht vorstellen ... Allenfalls im Affekt, wenn man sie demütigte, ihre Wut entfachte, sie bis aufs Messer reizte. *Da werden Weiber zu Hyänen*, hätte an dieser Stelle der ehemalige Oberstaatsanwalt von Waltershofen aus Schillers Glocke zitiert, dabei theatralisch seine Arme gehoben. Kai war froh, dass sie seine Zitate und

Sprüche nicht mehr ertragen musste. Doch nach allem würde sie ihre Hand für Marion Donati nicht ins Feuer legen – sie stand weiterhin im Fokus ihrer Ermittlungen.

Kai griff zum Telefonhörer, wählte die Nummer von Meiberg, gab ihm ein paar Daten von Marion Donati und meinte abschließend: „Peter, alles, was du noch von ihr brauchst, findest du im Computer. Von den früheren Straftaten haben wir garantiert auch ihre Fingerabdrücke und ihr genetisches Profil. Vergleich bitte alles mit dem Fragment des Fingerabdrucks auf dem Flaschenhals und dem Material, das ihr auf der der Kippe gefunden habt. Die Laborergebnisse liegen ja vor ..."

„Was für eine Kippe?"

Kai verdrehte die Augen, bemühte sich, weiterhin freundlich zu bleiben: „Peter, ich meine die halb aufgerauchte Zigarette aus der Hosentasche von Prechtel."

Kai wartete die Antwort nicht ab, knallte den Hörer auf die Konsole. Stimmen vom Flur lenkten ihren Blick zur Tür, die gerade von Heinz Ossenkopp geräuschvoll geöffnet wurde – natürlich wieder ohne anzuklopfen. Bevor Kai das wieder einmal monieren konnte, hatte er sich schon schwungvoll auf einen Besucherstuhl fallen lassen, der unter seinem Gewicht bedrohlich zu knarren anfing. Er beugte sich vor, fragte scheinheilig, obwohl er die Antwort wusste: „Mir ist da vorhin eine blonde Frau entgegengekommen. Alle Achtung! Meine Kragenweite, mit der würde ich gerne mal ... War sie das?"

Kai musste innerlich grinsen. Gern hätte sie ihm erzählt, was für eine Meinung Marion Donati von Männern allgemein und insbesondere von Freiern hatte. Für Ossenkopp, der immer gern in diesem Milieu ermittelte, wäre das sicherlich ein furchtbarer Schock gewesen. Sie beschloss, ihm das heute nicht anzutun. Stattdessen verzog sie ironisch die Mundwinkel, als er ergänzte: „Ich meine, diese Donati? Die ich nicht befragen durfte. Das war sie doch, oder? Hat es wenigstens was gebracht?"

„Nicht wirklich. Heinz, ich werde auf der nächsten Dienstbesprechung ausführlich über das Gespräch berichten. Sonst muss ich alles noch mal erzählen ... Du warst ja mit Julia bei Felix Dornbach. Wie ist dein Eindruck? Glaubst du, dass er was mit den Unfällen auf der A7 zu tun hat?"

Ossenkopp zuckte mit den Schultern. „Der Bursche ist verdammt schwer einzuschätzen. Wir haben ihn auf sein fadenscheiniges Alibi angesprochen, darauf hingewiesen, dass seine Mutter noch nicht mal Kamillentee im Haushalt hatte – den sie ihn ja angeblich wegen seiner schlimmen Magenschmerzen in der besagten Nacht gemacht hatte. Er meinte nur lapidar, er würde sich mit dem Zeug nicht so auskennen, es müsse dann wohl Pfefferminztee gewesen sein. Auffällig nervös wurde er, als wir ihn auf die Eisblöcke angesprochen haben, die er ja in einer Kühltasche regelmäßig mit nach Hause nimmt, um damit irgendwelche Getränke und Speisen zu kühlen. Ich bitte dich! Wer tut denn so was? Und dann noch im Winter! Wir haben das auch dem Geschäftsführer erzählt. Angeblich wusste er davon nichts. Clausen meinte nur, das seien zwar nur Peanuts, dennoch könne man so etwas nicht durchgehen lassen. Er wolle sich daher Dornbach so richtig zur Brust nehmen ..." Ossenkopp stockte. „Ich habe mir vorhin mit Julia zusammen noch mal seine Akte angesehen, auch mit den Kollegen vom FK 2 gesprochen. Demnach ist er ja seit einiger Zeit sauber oder besser gesagt, nicht mehr erwischt worden. Doch mein Bauchgefühl sagt mir, dass mit ihm etwas nicht stimmt."

„Heinz, deine Gefühle in Ehren. Aber deswegen können wir ihn nicht gleich unter Generalverdacht stellen, frei nach dem Motto: Einmal Straftäter, immer Straftäter. Ich meine, auch Dornbach hat eine zweite Chance verdient, selbst wenn sein Umfeld und seine häusliche Situation es ihm dabei verdammt schwer machen. Vielleicht hat er ja wirklich eine weiße Weste."

Ossenkopp sah sie skeptisch an. „Dann erkläre mir doch bitte einmal, warum seit einiger Zeit speziell in der Nordstadt vorwiegend bei Luxuslimousinen die Reifen zerstochen werden? Wie mir die Kollegen vom Einsatz- und Streifendienst gesagt haben, ist der Täter von einigen Anliegern beschrieben worden. Und, was meinst du, was die für eine Person gesehen haben wollen? Du ahnst es sicherlich ... Sie haben einen jungen Mann beschrieben, der nach Größe und Gestalt doch sehr unserem Felix Dornbach ähnelt. Was sagst du nun?"

„Dann frage ich mich natürlich, warum wir ihn noch nicht vorgeladen haben."

„Das Problem ist, dass es andere Zeugen gibt, die den Täter wesentlich kleiner beschreiben, einer meinte sogar, der Mann sei so um die fünfzig. Wie dem auch sei. Ich meine, wir sollten Dornbach im Auge behalten. Denkbar ist natürlich auch, dass hier Autohasser unterwegs sind, die es sich zum Ziel gesetzt haben, alle Wagen der oberen Klassen plattzumachen."

Kai dachte an das Gespräch mit Frau Dornbach, die voller Sorge war, dass Felix alle teuren und großprotzigen Luxusautos hassen würde, weil ein Fahrer mit einem derartigen Auto vor ein paar Jahren seine geliebte Schwester Sarah überfahren hatte. Sie hatte aber auch gesagt, dass das endlich aufhören müsse, man nicht ewig hassen könne – Worte, die Kai sehr beeindruckt hatten.

Sie wandte sich wieder an Ossenkopp: „Aber Dornbach hat doch selbst ein Auto, oder?"

„Ja, einen Opel, aber uralt, bestimmt über zwanzig Jahre alt. Das erklärt natürlich, warum er die Reifen nur an Luxusschlitten zersticht, wenn ..."

„... er denn was damit zu tun haben sollte", beendete Kai den Satz ihres Kollegen.

Sonntag, 20.11.

Karin und Dr. Jens Petersen freuten sich auf den Besuch bei Karins Eltern in Kassel, die an diesem Sonntag zur Silberhochzeit eingeladen hatten. Alles in allem würde es ein anstrengender Tag werden. Um zehn Uhr wollten sie gemeinsam in die Kirche gehen, danach in einer Gaststätte zu Mittag essen, später Kaffeetrinken und den Tag mit einem festlichen Abendessen ausklingen lassen. Die Nacht würden sie dann aber in Kassel verbringen, erst am Montagmorgen wieder nach Flensburg zurückfahren, wo Karin und Jens in einem Krankenhaus arbeiteten. Gern wären sie schon am Samstag angereist, doch Dr. Petersen musste für einen plötzlich erkrankten Kollegen einspringen.

Da sie unbedingt an dem Gottesdienst teilnehmen wollten, waren sie schon vor Mitternacht von zu Hause losgefahren, hatten kurz hinter Hamburg in einer Raststätte einen Kaffee getrunken. Zwei Stunden später beschlossen sie, eine weitere Pause einzulegen. Sie stoppten auf dem Autobahnparkplatz zwischen Hannover und Hildesheim, vertraten sich die Beine. Da es kalt und regnerisch war, setzten sie sich schon nach wenigen Minuten wieder in ihr Auto, hörten im Radio den Wetterbericht, der keine wesentliche Änderungen versprach – es sollte regnerisch bleiben, doch etwas kälter werden. Jens schaute auf die Armaturen und meinte: „Nach dem Tageszähler haben wir jetzt 330 Kilometer hinter uns, sind etwa vier Stunden unterwegs, was bei dem Sauwetter gar nicht mal so schlecht ist."

„Du bist ja auch anständig gefahren“, lobte Karin ihren Ehemann, der jetzt auf dem Beifahrersitz Platz genommen hatte.

„Na ja, es ist wenig Verkehr auf der A7, besonders erfreulich ist natürlich auch, dass kaum Lastwagen unterwegs sind.“

Karin startete den Motor, schaute auf Jens, der sich gähnend auf den Beifahrersitz rekelte. „Was meinst du, wie lange brauchen wir noch?“

„Wenn alles gut geht, müssten wir spätestens um fünf Uhr da sein. Bis zum Kirchgang können wir uns dann noch ein paar Stunden ausruhen.“

Kaum hatte Karin sich eingefädelt, wurde sie von einem weißen Mercedes überholt, der es offensichtlich sehr eilig hatte. Jens schüttelte den Kopf. „Wie kann man nur so rasen? Der hat doch bestimmt hundertfünfzig drauf, wenn nicht noch mehr ... und das bei nasser Fahrbahn.“

„Die meisten Autos passen sich aber den Straßenverhältnissen an, fahren höchsten hundert, so wie wir.“

Die A7 war fast leer, die Rücklichter des Rasers waren schon lange nicht mehr zu sehen. Ein paar Kilometer hinter ihnen waren lediglich die schwachen Scheinwerfer eines einzelnen Autos zu sehen – nur auf der Gegenfahrbahn hatte der Verkehr etwas zugenommen. Als vor ihnen die Abfahrt Hildesheim – Drispenstedt auftauchte, fing es leicht an zu nieseln. Karin schaltete die Scheibenwischer an, schaute lächelnd auf Jens, der gerade ein kleines Nickerchen machte, nun aber vom Quietschen der Scheibenwischer aufschreckte. Und dann passierte es! In wenigen Sekunden! Vor ihnen tauchten Scheinwerfer auf, schienen aus dem Nichts zu kommen! In Panik beugten sich Karin und Jens nach vorn, kniffen die Augen zusammen, starrten auf das grelle Licht, das auf der feucht glänzenden Fahrbahn wie ein Ungeheuer auf sie zurollte, zunehmend größer wurde, sie schmerzhaft blendete. Karin öffnete den Mund, wollte schreien, doch es kam kein Laut über ihre Lippen. Jens griff ihr reflexartig ins Lenkrad, brüllte mit sich überschlagender Stimme: „Da, das Auto! Mein Gott, der kommt direkt auf uns zu ...“ Seine Worte gingen unter in einem Quietschen, Bersten, Krachen, als das Auto an der Leitplanke entlangschrammte und nach etwa fünfzig Metern funkensprühend zum Stehen kam. Danach wurden sie eingehüllt von einer Stille, die fast wohltuend wirkte. Nur auf der Gegenfahrbahn waren die monotonen Geräusche der wenigen Autos zu hören, die an diesem frühen Sonntagmorgen um drei Uhr fünfundfünfzig ihren Zielen entgegensteuerten. Das Geschehen auf der anderen Seite ließ sie unbeeindruckt, zumal die meisten davon nichts mitbekommen hatten. Karin und Jens hockten nahezu unverletzt, aber zitternd und geschockt auf ihren Sitzen. Nur langsam wurde ihnen klar, dass ihr neues Auto sicherlich nur noch Schrottwert hatte – sie aber mit dem Leben davongekommen waren. Jens versuchte mit schmerzverzerrtem Gesicht den Sicherheitsgurt zu lösen, was ihm aber nicht gelang. Genervt gab er es schließlich auf, beugte sich nach links hinüber zu seiner Frau. Sie hatte Tränen in den Augen, starrte ihn mit bebenden Lippen an. Jens strich ihr zärtlich über die Hände, wollte ein paar tröstende Worte sagen, hielt aber inne, als es an der Fensterscheibe pochte. Ein älterer Mann öffnete vorsichtig die Tür, fragte besorgt: „Kann ich Ihnen helfen?“ Er wartete die Antwort nicht ab, sondern redete gleich weiter: „Wie konnte das denn passieren? Sie sind doch höchstens achtzig gefahren ... Kann es sein, dass Sie kurz eingenickt sind?“

Karin schüttelte den Kopf, schnauzte ihn an: „Nein, das sind wir nicht!“

Kaum hatte sie die Worte ausgesprochen, bereute sie ihre heftige Reaktion. Jens beugte sich vor, meinte beschwichtigend: „Entschuldigen Sie bitte, aber das ist alles ein bisschen viel für uns ... Aber Sie haben doch sicherlich auch das Auto gesehen, das uns gerade entgegengekommen ist, wir mussten ausweichen, sonst wären wir mit dem Wagen direkt zusammengestoßen.“

Karin hatte sich wieder etwas beruhigt, sah den älteren Mann fragend an. „Das Auto müssen Sie doch auch gesehen haben ... Sie waren doch direkt hinter uns. Es kann sich doch nicht in Luft aufgelöst haben.“

Der Mann schüttelte den Kopf, schaute sie dabei entgeistert an. „Tut mir leid, aber mir ist kein Wagen entgegengekommen. Sie müssen sich da wohl getäuscht haben, denn wenn so ein Geisterfahrer unterwegs gewesen wäre, hätte ich den ja auch gesehen. Aber, wie schon gesagt, da war nichts.“

7

Sonntag, 20.11.

Diese schrecklichen Albträume! Sie waren kaum noch zu ertragen. Er hatte gedacht, dass sich das im Laufe der Jahre ändern würde, doch alle paar Wochen wurde er eines Besseren belehrt. Oft fragte er sich, warum er keine psychologische Hilfe in Anspruch genommen hatte – damals, als das mit dem Unfall passierte? Im Großen und Ganzen gab es zwei Kategorien von Albträumen, die ihn ständig marterten: In dem einem Fall heulten die Motoren von Luxuslimousinen auf, wurde lauter und lauter. Er hielt sich krampfhaft die Ohren zu, konnte den schmerzenden Höllenlärm nicht mehr ertragen, versuchte wegzulaufen – doch die Autos folgten ihm, rückten plötzlich aus allen Richtungen an, kamen näher und näher, überrollten ihn. Er spürte keine Schmerzen, doch unter ihm bildete sich eine Blutlache, die zusehends größer wurde, in der er zu ertrinken drohte ... In dieser Traumphase wachte er immer auf. Müde und gerädert stand er auf, öffnete schlaftrunken das Fenster, schreckte dann aber heftig zurück, als ihm von der nahen Autobahn nervtötende Motorengeräusche entgegenschlugen, die ihn gerade im Traum gemartert hatten, ihm nun wie teuflisches Hohngelächter erschienen. In solchen Situationen flüchtete er in sein Refugium. Hier war er allein, abgeschirmt von dem, was außerhalb des Hauses passierte.

Doch der andere Albtraum hatte eine völlig andere Dimension. Es fiel ihm schwer, ihn zu beschreiben, denn im eigentlichen Sinne war das, was ihn da peinigte, zwar auch ein Traum, zugleich aber auch bittere Realität – zumal vor seinem geistigen Auge die Bilder und Geschehnisse abrollten, die ihn psychisch krankgemacht, sein Leben aus dem Ruder geworfen hatten. Es war fast immer das gleiche Szenario: Er sah sich zusammen mit seiner Mutter in einem Polo auf der Bundesstraße zwischen Holle und Hildesheim. Sie waren aus Ulm gekommen, hatten dort den sterbenskranken Bruder seiner Mutter besucht, der wohl das Weihnachtsfest nicht mehr erleben würde. Seit Stunden waren sie unterwegs, befanden sich nun auf dem Rückweg – noch etwa acht Kilometer bis Hildesheim. Er stellte das Radio ein. Der Wetterbericht. Der Nachrichtensprecher kündigte weiterhin kaltes und nebliges Wetter an, danach kam eine Musiksendung. Es war zwanzig nach drei, der erste Sonntag im Dezember. Eine Weile kam es ihnen so vor, als wären sie allein unterwegs. Doch dann tauchten im Rückspiegel Scheinwerfer auf, kamen bedrohlich näher. Der Fahrer des offenbar PS-starken Fahrzeugs blendete mehrmals auf, setzte zum Überholen an, obwohl ein Fahrzeug entgegenkam. Reflexartig riss er das Lenkrad nach rechts – an mehr konnte er sich nicht erinnern. Als er Tage später im Sankt Bernward Krankenhaus aufwachte – desorientiert und völlig durcheinander –, standen zwei uniformierte Polizeibeamte an seinem Bett, bohrten in seinen Erinnerungen, wollten wissen, wie es zu dem Unfall gekommen war. Fragen, die er nicht beantworten konnte. Einzelheiten erfuhr er erst Tage später. Demnach hatte ihn eine Mercedes Limousine 300 von der Straße gedrängt, worauf der Fahrer geflüchtet war, bis heute nicht ermittelt werden konnte.

Im Sankt Bernward Krankenhaus sagte man ihm, dass er erst eine Stunde nach dem Unfall von einem Rettungswagen auf die Intensivstation gebracht worden war, sie bei ihm mehrere Knochenbrüche und schwere innere Verletzungen diagnostiziert hatten. Nebenbei hatte er dann auch noch erfahren, dass er über die äußerst seltene Blutgruppe AB Rhesus negativ verfügen würde. Und da er fast ausgeblutet war, hätte sein Leben nur durch eine Konserve der Blutbank Springe gerettet werden können. Stunden später versuchte man ihm schonend beizubringen, dass seine Mutter, mit der er seit dem frühen Tod seines Vaters zusammenlebte, den Unfall nicht überlebt hatte. Es war ein Schicksalsschlag, der ihn fast verzweifeln ließ, zumal die Ärzte ihm versicherten, dass seine Mutter noch leben könnte, wenn sie früh genug ins Krankenhaus gebracht worden wäre. Das war mehr, als er ertragen konnte. Die Ärzte eröffneten ihm, dass auch sein Leben mehrmals auf Messers Schneide gestanden hätte und nur durch die Blutspende gerettet werden konnte. Daraufhin versprach er, seinen seltenen Lebenssaft zu spenden. Seitdem ging er regelmäßig zum Blutspendedienst des Roten Kreuzes, aus Dankbarkeit und weil er es versprochen hatte, wobei die dafür gezahlte Aufwandsentschädigung ein angenehmer Nebeneffekt für ihn war. Doch mit den regelmäßigen Blutspenden, die seine Erinnerungen an den schrecklichen Unfall ständig wachhielten, war sein Hass auf die motorisierten Blechkisten zunehmend größer geworden, hatte mittlerweile eine für ihn nicht mehr zu beherrschende Dimension angenommen.

Um den Schmerz halbwegs ertragen zu können, versuchte er ihn in Alkohol zu ertränken, was dazu führte, dass diese Droge für ihn zu einer notwendigen Medizin wurde, von der er sich aus eigener Kraft nicht mehr befreien konnte. Da er wieder in ein normales Leben zurückkehren wollte, nahm er noch während seines Aufenthaltes in der Rehaklinik freiwillig an einer Entziehungsmaßnahme statt, der sich eine mehrmonatige Entwöhnungsbehandlung anschloss. Doch dann bekam er völlig unerwartet die Kündigung seiner Firma, die ihn in ein tiefes Loch warf, aus dem er nicht mehr herauskam – und später auch nicht mehr herauskommen wollte. Er fühlte sich unendlich müde, wollte nur noch schlafen, nicht mehr kämpfen. Als er Monate später in sein leeres Haus zurückkam, wurde ihm abermals bewusst, dass seine Mutter noch bei ihm sein könnte, wenn dieser verdammte Autofahrer schnelle ärztliche Hilfe geholt hätte. Zu seiner schmerzenden Einsamkeit gesellte sich sehr schnell wieder der dröhnende Lärm der nahen Autobahn, der an seinen Nerven zerrte, ihn in den schlaflosen Nächten an die vielen skrupellosen Fahrer erinnerte, die mit ihren schweren Luxuslimousinen ohne Sinn und Verstand über die Straßen rasten und auch seine Mutter auf dem Gewissen hatten. Ständig fragte er sich, was für ihn misslicher und unerträglicher war: die ihm aufgezwungene Einsamkeit oder der Hass auf die Lärmverursacher der nahen Autobahn – doch eigentlich machte das für ihn keinen Unterschied mehr, zumal er mittlerweile auch keinen klaren Gedanken mehr fassen konnte.

Obwohl er die Sonntage wie die Pest hasste, brachten einige von ihnen auch so etwas wie klammheimliche Freude in sein tristes Dasein. Am Vortag hatte er sich noch maßlos über den amtlichen Bescheid geärgert, der nun erneut auf seinem Küchentisch lag, nachdem er ihn erst zerknüllt und dann wieder wütend aus dem Mülleimer gefischt hatte. Nun glättete er das Schreiben sorgfältig, vertiefte sich in das amtliche Pamphlet noch einmal, obwohl er die wesentlichen Passagen kannte. Eigentlich reichte es, wenn er nur den einen Satz las. Da stand: „Nach erneuter sorgfältiger Überprüfung müssen wir Ihnen leider mitteilen, dass wir keine Möglichkeit sehen, Ihrem Antrag auf Erneuerung oder Verstärkung des vorhandenen Lärmschutzwalles zu entsprechen ...“ Er las nicht weiter, geiferte ärgerlich: „Bla, bla, bla!“ Er zerfetzte das behördliche Schreiben – von denen er mit ähnlichem Wortlaut schon Dutzende erhalten hatte –, und warf es in den Abfallbehälter. Danach setzte er sich auf den Küchenstuhl, hielt sich die Ohren zu, wiegte den Kopf hin und her, brummte kaum hörbar vor sich hin. Nur wenn er so da saß, die Hände gegen den Kopf presste und dunkle Töne ausstieß, blieb er von dem Lärm da draußen verschont. Das monotone, seine Nerven tötende Brummen der Autos war sein ständiger Begleiter, nur des Nachts und an den Sonn- und Feiertagen etwas schwächer, aber immer noch hörbar.

Und was taten die Behörden? Nichts! Er hatte schon Dutzende Anträge gestellt, Briefe geschrieben – gerichtet an die Stadt, an verschiedene Ämter, Ministerien und sich auch persönlich an Politiker gewandt. Einige hatten es noch nicht einmal für nötig befunden, ihm zu antworten. Wahrscheinlich hielten sie ihn für bekloppt, für einen Spinner, der Langeweile hatte, sich alles nur einbildete. Dabei hieß es doch immer, Behörden und Politiker hätten stets ein offenes Ohr für den Bürger. Das entsprach nicht den Tatsachen, war eine dieser verdammten, heuchlerischen Unwahrheiten, mit denen die Leute ruhiggestellt werden sollten. Aber nicht mit ihm! Eigentlich wusste er auch gar nicht, warum er immer wieder erneut Anträge gestellt, Briefe geschrieben hatte – wohl wissend, dass alle seine Bemühungen vergeblich waren. Wo er nun mit allen Aktionen gescheitert war, konnte er mit gutem Gewissen das rechtfertigen, was er vor einigen Wochen begonnen hatte. Von jetzt auf gleich war es ihm wie Schuppen von den Augen gefallen, dass die Bürokraten in ihren ruhigen, abgeschirmten Amtsstuben sich für seine Gesundheit einen Dreck interessierten. Als ihm das klar geworden war, hatte er sich gesagt, wenn die da oben ihm nicht halfen, würde er selbst das Zepter in die Hand nehmen und das tun, was getan werden musste. Um seine Gesundheit zu schützen, war ihm jedes Mittel recht! Er würde es denen da oben zeigen. Eine innere Stimme, die immer bohrender und fordernder wurde, sagte ihm, dass er das zerstören müsse, was ihn zerstören wollte. Und wenn da eine krankmachende und frühzeitig zum Tod führende Lärmquelle war, gehörte es seiner Meinung nach zu den ersten Bürgerpflichten, hiergegen etwas zu unternehmen – er war dazu bereit. Der Zwang des Handelns war über ihn gekommen.

Montag, 21.11.

Dienstbesprechung der Soko A7. Erstmals war auch Staatsanwältin Dr. Eleonore Hasenköttel dabei. Kai nahm an, dass sie sich für die morgige Pressekonferenz kundig machen wollte.

Martin Breuer berichtete über den gestrigen Unfall auf der Autobahn, der sich kurz vor vier Uhr ereignet hatte: „Ein Volkswagen Touareg war aus unbekannten Gründen von der Fahrbahn abgekommen, gegen die rechte Leitplanke geprallt, dann schwer beschädigt auf der rechten Standspur zum Stehen gekommen. Die ...“

„Wo genau?“ fiel ihm Hundertmark ins Wort, der sich offensichtlich nicht wohl in seiner Haut fühlte.

„Dort, wo auch die anderen vier Unfälle passiert sind.“

„Was ist mit den Fahrzeuginsassen?“ wollte Dr. Hasenköttel wissen, die sich wie Hundertmark eine andere Antwort erhofft hatte.

„Darauf wollte ich gerade kommen, Frau Staatsanwältin“, sagte Breuer leicht pikiert. „Das Ehepaar aus der Region Flensburg hatte Glück. Außer einem Schock, einer leichten Schulterprellung bei der Frau und einem verstauchten Handgelenk des Ehemannes, ist ihnen nichts passiert. Das ist aber allein darauf zurückzuführen, dass sie auf der nassen Fahrbahn mit mäßiger Geschwindigkeit unterwegs waren. Ich mag gar nicht daran denken, was passiert wäre, wenn der Unfall sich bei einer höheren ...“

„Herr Breuer, das sind Spekulationen, bringen uns nicht weiter“, mischte sich erneut die Staatsanwältin ein. Kai fragte sich, warum sie auf einmal so bissig reagierte? Eigentlich war das nicht ihre Art, doch da fuhr sie schon fort: „Wurde das Ehepaar befragt, konnte es erklären, wie es zu dem Unfall gekommen ist? Ich nehme an, der Fahrer war übermüdet.“

Breuer wandte sich an Kai: „Vielleicht sollte hierüber Kollegin Sommer berichten, sie hat mit beiden am Sonntagmorgen ein ausführliches Gespräch geführt.“

„Gleich nach dem Unfall wurde das Ehepaar Karin und Jens Petersen von einem Rettungswagen vorsorglich in die Notaufnahme des Klinikums gebracht, konnte aber nach der ärztlichen Untersuchung und Versorgung bereits eine Stunde später wieder entlassen werden. Vorsorglich hatte ich noch im Klinikum Kontakt mit dem Ehepaar aufgenommen, sie dort dann in einem Nebenraum befragt. Sie baten mich dann noch, ihnen einen Mietwagen zu beschaffen, was ich dann auch getan habe.“ Kai seufzte, fügte hinzu: „Die Polizei, dein Freund und Helfer ...“

„Wieso haben Sie das veranlasst?“ empörte sich Dr. Hasenköttel. „Ich meine, wir hätten sie doch noch gemeinsam befragen können, was jetzt aber wohl nicht mehr möglich ist.“

„Wie bitte?“ entfuhr es Kai verärgert. „Frau Staatsanwältin, mit welcher Begründung hätte ich sie denn festhalten sollen?“ Kai schaute auf Hundertmark, der leicht irritiert den Kopf schüttelte, wandte sich dann aber wieder an Dr. Hasenköttel, die sich Notizen machte: „Doch ich kann

Sie beruhigen. Ich habe von den beiden alles erfahren, was unfallrelevant war. Ihre Aussagen sind auch durchaus glaubwürdig, decken sich mit dem, was die Kollegen vor Ort ermittelt haben. Kurz vor dem Unfall hatte das Ehepaar auf dem ein paar Kilometer zurückliegenden Rastplatz im Flurbereich der Ortschaft Hotteln eine Pause von etwa zehn Minuten eingelegt, um sich die Beine zu vertreten. Hier haben sie sich dann auch am Lenkrad abgelöst. Da ein leichter Nieselregen einsetzte, sind sie mit mäßiger Geschwindigkeit weitergefahren – nach den Angaben des Ehepaars mit etwa achtzig Kilometern in der Stunde, wie auch der hinter ihnen gefahrene Autofahrer bestätigen konnte. Beide haben übereinstimmend ausgesagt, dass ihnen plötzlich wie aus dem Nichts ein Geisterfahrer entgegengekommen sei. Um einem Frontalzusammenstoß zu vermeiden, hätte sie, also Karin Petersen, das Lenkrad dann nach rechts gerissen und ihr Auto gegen die Leitplanke gelenkt ...“

Ossenkopp mischte sich ein: „So eine ähnliche Aussage hat doch auch Henry Bensen gemacht, der vor vierzehn Tagen den Unfall hatte.“

„Ganz genau“, pflichtete Kai bei, „auch er sprach von einem Auto, das ihm mit aufgeblendeten Scheinwerfern entgegengekommen ist.“

„Die Ermittlungen vor Ort haben allerdings ergeben, dass es so nicht gewesen sein kann“, beharrte Hundertmark. „Es gibt nicht den geringsten Hinweis ... Die Erfahrung lehrt nun einmal, dass ein auf der falschen Seite fahrendes Fahrzeug Spuren hinterlässt. Kollege Breuer wird das bestätigen können. Aber dafür gibt es hier keinerlei Anhaltspunkte. Das ist nun mal Fakt. Auch im Fall Bensen konnte keiner die Sache mit dem Geisterfahrer bestätigen. Um Himmels willen, wo soll denn dieser geheimnisvolle Wagen hergekommen sein? Wo ist er abgeblieben? Kurzum: Diese Sache mit dem Geisterfahrer können wir vergessen, sie ist ein Hirngespinst, eine Fata Morgana.“

Kai konnte sich erneut nur wundern, wie schnell ihr Vorgesetzter seine Meinung geändert hatte, allen Glauben machen wollte, dass es sich hier um simple Verkehrsunfälle handeln würde und dann auch noch ohne jegliches Fremdverschulden.

Die Staatsanwältin riss Kai aus ihren kritischen Überlegungen. „Frau Sommer, da gab es doch diesen Autofahrer, der hinter dem verunfallten Volkswagen angehalten hat. Hat der denn etwas von einem entgegenkommenden Fahrzeug mitbekommen?“

„Nein, er konnte die Aussage des Ehepaars Petersen nicht bestätigen.“

Hundertmark nickte selbstgefällig: „Da sehen Sie es! Alles Fantasiegebilde, Halluzinationen ..."

Erdal Freiberg unterbrach Hundertmark, was er mit hochgezogenen Augenbrauen zur Kenntnis nahm: „Was ist denn mit der Aussage von Frau Bensen, die doch zu Protokoll gegeben hat, dass ihnen etwas gegen die Windschutzscheibe geflogen sei?"

Martin Breuer beantwortete die Frage. „Kollege Freiberg, dafür haben sich keinerlei Anhaltspunkte ergeben. Weder auf der Fahrbahn noch im Auto selbst – auch keine Steine oder sonstige Gegenstände."

„Es sei denn, es handelt sich hier um einen Fremdkörper, bei dem sich der Aggregatzustand schon nach wenigen Minuten ändert, wenn die äußeren, klimatischen Verhältnisse das zulassen." Kaum hatte Kai den Satz ausgesprochen, wusste sie, wie geschraubt er klingen musste.

Julia Seidel brachte die Worte in eine allgemein verständliche Form: „Kai meint, dass der Täter auch einen Eisbrocken gegen die Windschutzscheibe geschleudert haben könnte."

„Wie kommen Sie denn auf so etwas Abenteuerliches?" wollte Staatsanwältin Dr. Hasenköttel wissen.

„Nun, so weit hergeholt ist das gar nicht", bemerkte Ossenkopp.

Kai griff den Faden auf, berichtete, dass im Fokus ihrer Ermittlungen auch ein gewisser Felix Dornbach stehen würde, der vor einigen Jahren schon einmal wegen ähnlicher Delikte aufgefallen sei, jetzt aber in einem Fleischgroßhandel eine Arbeit gefunden hätte.

„Und es ist schon sehr auffällig", ergänzte Ossenkopp, „dass dieser Dornbach für das dortige Eis zuständig ist, hin und wieder auch backsteingroße Stücke von dem tiefgefrorenen Material mit nach Hause nimmt, um damit Getränke und Fleischteile zu kühlen."

Wechler fügte kopfschüttelnd hinzu: „Sehr bedenklich ist auch, was wir in der elterlichen Wohnung bei der Überprüfung seines Alibis vorgefunden haben. Im oberen Bereich seines Zimmers und auch an der Decke hat er Zeitungsausschnitte und Bilder von zerbeulten, verunfallten Autos ohne Ende. In dem Zimmer ist uns dann auch eine Kühltasche aufgefallen, mit der er die tiefgefrorenen Eisstücke befördert. Wenn man die Bilder der zerstörten Autos sieht, könnte man schon zu dem Schluss kommen, dass Dornbach ein regelrechter Autohasser ist. Das kann sicherlich auch Frau Sommer bestätigen."

Kai nickte, sagte zögernd: „Ja, da ist was dran ... Zumindest können wir es nicht ganz ausschließen. Die Einschätzung, es könne sich bei ihm um einen dieser fanatischen Autohasser handeln – besonders, wenn ich hier an den tragischen, sinnlosen Tod seiner kleinen Schwester Sarah denke ...“

Hundertmark unterbrach sie: „Frau Sommer, gibt es da etwas, was ich wissen sollte, aber noch nicht weiß?“

„Wir haben davon auch erst vor ein paar Tagen von seiner Mutter erfahren.“ Kai berichtete über das, was ihnen Frau Dornbach über den Unfalltod Sarahs erzählt hatte, sagte zum Schluss: „Demnach hat Felix sehr an seiner Schwester gehangen. Und irgendwie kann ich daher auch seinen Hass auf rasende Autofahrer und milde urteilende Richter verstehen – gleichwohl könnte ich es natürlich nicht billigen, wenn er da seinen Rachegefühlen freien Lauf lässt, zur Selbstjustiz greift. Doch das sind nur Hypothesen, wir haben gegen Felix Dornbach nichts in der Hand.“

Ossenkopp ergänzte: „Ins Bild würde auch passen, dass in seinem Stadtteil schon seit Wochen immer wieder die Reifen von Autos zerstochen, Antennen abgebrochen, Scheinwerfer eingeschlagen werden – und auffällig ist, dass es sich hier fast immer um Neuwagen der oberen Klassen handelt. Es gibt zwar Zeugenaussagen über einen eventuellen Täter, doch die sind widersprüchlich, reichen für eine Gegenüberstellung nicht aus.“

„Davon erfahre ich heute zum ersten Mal“, bemerkte die Staatsanwältin leicht verstimmt, wobei der Vorwurf in ihrer Stimme nicht zu überhören war.

Dann musst du eben regelmäßiger an unseren Dienstbesprechungen teilnehmen, dachte Kai und wandte sich an ihren Vorgesetzten: „Um hier weiterzukommen, wäre es durchaus sinnvoll, wenn wir in dem Bereich einen zivilen Streifendienst einsetzen würden.“

„Frau Sommer, ich werde mir das überlegen. Allerdings weiß ich nicht, wo ich das Personal dafür hernehmen soll.“ Dann sagte Hundertmark: „Bevor wir unsere heutige Dienstbesprechung beenden, möchte ich Ihnen mitteilen – sofern es sich nicht schon herumgesprochen hat –, dass ich mit Wirkung vom 1. Dezember zum LKA Hannover versetzt werde, dort eine Aufgabe im Bereich der politisch motivierten Kriminalität übernehme, wobei ich mich verstärkt um die Aufklärung rechtsradikaler Straftaten kümmern werde – ein Bereich, der auch in Niedersachsen viele Jahre stiefmütterlich behandelt wurde." Er betonte zum Schluss, dass er gern mit allen zusammengearbeitet hätte, er daher die Polizeiinspektion Hildesheim mit einem weinenden Auge, aber im Hinblick auf die neuen Herausforderungen mit einem guten Gefühl verlassen würde. Auf dem Weg zu seinem Dienstzimmer fragte Kai ihn mit leiser Stimme: „Können Sie mir sagen, was mit der Staatsanwältin los ist? So schlecht gelaunt wie heute habe ich die noch nie erlebt. Ist da irgendetwas vorgefallen? Immerhin muss ich noch eine Weile mit ihr zusammenarbeiten, möchte nicht noch einmal das durchmachen, was ich mit unserem hochverehrten Oberstaatsanwalt von Waltershofen erlebt habe."

Hundertmark blieb stehen, senkte vertraulich seine Stimme: „Was ich Ihnen jetzt sage, Frau Sommer, ist mir auch nur gerüchteweise zugetragen worden. Wie es aussieht, ist ihre langjährige Beziehung zu einer Ärztin in einem Hildesheimer Krankenhaus in die Brüche gegangen. Der Grund lag wohl darin, dass ihre Lebenspartnerin sich unbedingt outen wollte, was in der heutigen Zeit ja kein Problem mehr ist. Frau Hasenköttel soll wohl strikt dagegen gewesen sein – so ist es mir zugetragen worden." Hundertmark zuckte mit den Schultern: „Wie gesagt, es ist nur ein Gerücht. Ob das tatsächlich der alleinige Grund ist, kann ich Ihnen nicht sagen. Ich weiß nur, dass sich unsere Staatsanwältin zurzeit in einer tiefen Krise befindet, hoffen wir, dass sie da bald wieder rauskommt."

Dienstag, 22.11.

Pressekonferenz im großen Besprechungsraum. Hundertmark hatte dazu um sechzehn Uhr eingeladen, und wie immer waren einige Redakteure schon früher gekommen, saßen in der gegenüberliegenden Kantine, tranken Kaffee, telefonierten, lasen Zeitung oder diskutierten mit Kollegen. Andere standen an den Fenstern, genossen das fantastische Panorama, das sich ihnen hier aus dem sechsten Stock bot: links das Berghölzchen, davor der Moritzberg mit der Mauritiuskirche, daneben ein Friedhof, der spitze Turm der Christuskirche, das Förderzentrum im Bockfelde, dazwischen mehrere Kleingärten, Sportanlagen, sonstige Grünflächen.

Nach und nach verließen die Zeitungsleute die Kantine, gingen über den Flur in den Besprechungsraum, der sich langsam füllte. Die Pressekonferenz begann um sechzehn Uhr zehn. Kai ließ ihre Blicke über die

Journalisten gleiten. In der hinteren Reihe hockte Thomas Dreyer von der *Hildesheimer Allgemeinen* dicht neben seiner rothaarigen Kollegin Christiane Wagner, ob das seine Neue war? Wie dem auch sei – Kai gönnte es ihm. Doch wenn sie tief in sich hineinhorchte, war da aber noch so etwas wie der Hauch einer leichten Eifersucht, besonders, wenn sie daran dachte, dass seine neue Freundin über zehn Jahre jünger war als sie und verdammt gut aussah: Mitte bis Ende zwanzig, kurzes, rotes Haar, klare, blaue Augen. Ihre Figur hatte sie in Klamotten gehüllt, die nur schwer zu beschreiben waren, irgendwie eine Kreation aus Jägerloden, gemischt mit einem dieser edlen Stoffe von Louis Vuitton, sicherlich sehr teuer, doch auch gewöhnungsbedürftig. Kai fand, dass das ein sehr ausgefallenes Outfit für eine Journalistin war, doch es betonte an den richtigen Stellen ihre femininen Körperteile – was ja wohl auch der Zweck dieser zusammengestoppelten Schöpfung war. Das alles hieß aber nicht, dass Kai noch irgendwelche Gefühle für Thomas hegte ...

Kriminaldirektor Hundertmark erörterte in epischer Breite das Themenspektrum, über das sie sprechen wollten. Kai hatte das Gefühl, dass er es heute besonders ausführlich machte, wieder verbunden mit der irrigen Hoffnung, dass die Zeitungsleute ihm dann weniger Fragen stellen würden. Endlich kam er zum Schluss seiner Ausführungen: „Meine Damen und Herren, Staatsanwältin Doktor Hasenköttel, Kriminalhauptkommissarin Sommer, Pressesprecher Kugies und natürlich auch ich stehen Ihnen nun für Ihre Fragen zur Verfügung. Bitte ...“

Wie nicht anders erwartet, stellte Stefan Burger auch wieder die erste Frage, die keine war, sondern nur den Vorwurf enthielt, dass die heutige Pressekonferenz schon viel früher hätte stattfinden müssen, schließlich habe die Öffentlichkeit ein Recht auf umfassende Information, das jedoch in diesem Fall wieder einmal mit Füßen getreten worden sei. Somit habe die Polizeiinspektion Hildesheim mit ihrer Verzögerungstaktik erneut gegen das Pressegesetz verstoßen und so weiter und so fort ... Kai hatte auf Durchzug gestellt – schließlich war es immer wieder das gleiche Theater, das der penetrante Sensationsjournalist vor jeder Pressekonferenz veranstaltete. Wahrscheinlich wollte er damit wieder einmal seinen jüngeren Kollegen imponieren, die Macht der schreibenden Zunft demonstrieren, die Polizei vorführen, ihren Ruf schädigen – andere Gründe fielen ihr nicht. Bei früheren Konferenzen hatte er auch noch gebetsmühlenartig Passagen aus dem Pressegesetz zitiert, was er aber heute unterließ, da

Hundertmark sich schon lange nicht mehr auf diese Spielchen einließ. Auch heute ersparte sich Hundertmark einen Kommentar, tat so, als hätte er die provozierenden Bemerkungen Burgers gar nicht gehört.

Danach kamen die Fragen in schneller Reihenfolge: „Herr Hundertmark, wie ist der Sachstand im Mordfall Prechtel?“ wollte Hanna Meiser vom *Kehrwieder* wissen. „Gibt es Festnahmen oder zumindest einen Tatverdächtigen?“

„Diese Frage wird Ihnen gern Frau Sommer beantworten, sie ist für die operativen Ermittlungen in allen Tötungsdelikten zuständig. Bitte, Frau Sommer.“

„Frau Meiser, wir stehen hier erst am Anfang unserer Ermittlungen. Fest steht, dass Herr Prechtel in den frühen Morgenstunden am Hoogewegstieg – das ist ganz in Nähe der dort vorbeiführenden A7 – mit einem Schlag auf dem Hinterkopf getötet wurde. Bei dem Tatwerkzeug handelt es sich um eine Weinflache, mit der ihm der Täter dann auch noch das Gesicht zerschnitten hat.“

„Antje Gerges, *Leine-Deister-Zeitung*: Hat der Täter irgendwelche Spuren hinterlassen?

„Wir konnten am Hals der Weinflasche das Fragment eines Fingerabdrucks sicherstellen, können aber nicht mit absoluter Sicherheit sagen, ob er dem Täter zugeordnet werden kann. Es ist allerdings die einzige tatrelevante Spur, die wir derzeit haben.“

Burger lachte meckernd auf. „Warum sagen Sie uns nicht die Wahrheit? Sie tappen doch völlig im Dunkeln, haben rein gar nichts in der Hand. Können Sie uns wenigstens sagen, was der ehrenhafte Herr Prechtel da um diese Zeit gemacht hat? Wie ich gehört habe, handelt es sich bei ihm um einen pensionierten Polizeibeamten, der Beziehungen zu einer kriminellen Nutte gehabt haben soll ...“

Kai fiel ihm scharf ins Wort: „Stopp, Herr Burger! Ich weiß nicht, woher Sie das haben. Ihre Vermutung ist schlichtweg falsch, eine Beleidigung für seine Ehefrau, mit der er viele Jahre glücklich verheiratet gewesen war.“

„Ich kann Sie nur warnen, solche infamen Verleumdungen in Ihrer *Boulevardzeitung* zu veröffentlichen“, mischte sich nun auch Staatsanwältin Hasenköttel ein, hob dabei drohend ihren dürren Zeigefinger.

Imke Kaußner, Journalistin vom *Hildesheimer Huckup*, wiederholte die Frage, die ihr Kollege Burger gestellt hatte: „Frau Sommer, auch mich würde interessieren, was Herr Prechtel da mitten in der Nacht gemacht hat? Kann es sein, dass er dort eine Verabredung hatte?“

Christiane Wagner, Thomas’ neue Flamme bohrte weiter: „Auffällig ist auch, dass gerade zu dieser Zeit Frau Prechtel bei Ihrer Schwester in Bad Grund weilte. Herr Prechtel war demnach also Strohwitwer, konnte machen, was er wollte.“

Kai zuckte mit den Schultern. „Leider haben wir bis jetzt noch nicht herausfinden können, was er da in der Nacht gemacht hat – doch wir arbeiten daran, werden es herausfinden, die Ermittlungen laufen. Ich bitte deshalb um Verständnis, wenn ich mich zum jetzigen Zeitpunkt nicht an Spekulationen beteilige ...“

„Aber, Sie haben doch sicherlich eine persönliche Meinung“, warf Renate Gröger vom *Sarstedter Kleeblatt* leicht provozierend ein.

„Natürlich habe ich die, doch auch das kann nur eine Hypothese sein, die uns nicht weiterhilft. Die einfachste Erklärung ist natürlich, dass Herr Prechtel nicht schlafen konnte, sich die Beine vertreten hat, einen Spaziergang machen wollte, zumal es von seinem Wohnhaus zum Tatort nicht sehr weit ist. Dafür würde auch sprechen, dass er unter seiner Bekleidung lediglich einen Schlafanzug trug, nichts dabei hatte. Aber, wie schon gesagt, das sind alles nur Spekulationen.“

Stefan Burger ergriff erneut das Wort: „Das mit der Schlaflosigkeit und dem nächtlichen Spaziergang können Sie vergessen! Herr Prechtel wurde nicht zufällig überfallen – er war also nicht zur falschen Zeit am falschen Ort, wie es immer so schön heißt. Nein, ganz und gar nicht! Meiner Meinung nach war das eine Beziehungstat. Er wurde ja nicht nur so einfach getötet, sondern ihm wurde auch mit dieser zersplitterten Weinflasche das Gesicht verunstaltet ...“ Burger ließ den Satz in der Luft hängen, wechselte dann abrupt das Thema, ohne sich um die Proteste seiner Kollegen zu kümmern: „Bei diesen schleppenden polizeilichen Ermittlungen muss natürlich auch die Frage erlaubt sein, ob der ehrenwerte Herr Prechtel nicht auch mit diesen ungeklärten Autobahnunfällen etwas zu tun hatte? Es ist ja kein Geheimnis, dass die Ruheständler oft mit ihrer Freizeit nichts anfangen können, sich dann die seltsamsten Sachen einfallen lassen. Fakt ist nun einmal, dass Herr Prechtel in der Zeit, als er sein Leben lassen musste, ganz in Nähe des Unfallgeschehens auf der A7 war – denn in dieser Stunde hat es ja diesen Unfall mit den zwei Schwerverletzten aus Kiel gegeben. Ich meine, das kann doch kein Zufall sein ...“

Hundertmark fiel ihm ärgerlich ins Wort: „Herr Burger, was Sie da von sich geben, ist ungeheuerlich! Zunächst diskreditieren Sie einen verdienten Polizeibeamten, unterstellen ihm eine Beziehung zu einer kriminellen Prostituierten, und nun setzen Sie Ihre Verleumdungskampagne mit diesem hanebüchenen Verdacht fort, er könne auch etwas mit den Unfällen auf der A7 zu tun haben. Ich fordere Sie nachdrücklich auf, diese unqualifizierten und ehrabschneidenden Äußerungen ab sofort zu unterlassen." Hundertmark hatte sich in Rage geredet. Burger grinste nur süffisant, sagte aber nichts mehr.

Kai ergriff das Wort, bemüht, die Wogen zu glätten: „Gibt es weitere Fragen?"

Christiane Wagner meldete sich erneut: „Kann es sein, dass die vom Kollegen Burger angesprochene Prostituierte etwas mit dem Mord an Herrn Prechtel zu tun hat? Wie man hört, soll sie vor ein paar Jahren einen ihrer Kunden übel zugerichtet haben. Es liegt daher auf der Hand ..."

Kai unterbrach sie: „Frau Wagner, bevor Sie Ihren Faden weiterspinnen, sollten Sie Folgendes wissen: Es gibt nicht den geringsten Hinweis darauf, dass Herr Prechtel etwas mit einer Prostituierten zu tun gehabt hat. Das ist Fakt! Und solange das so ist, halte ich es für wenig hilfreich, über vergangene Straftaten dieser Dame zu diskutieren."

„In den letzten Wochen sind in der Nordstadt und auch im Bereich der Innenstadt bei mehreren Luxusautos die Reifen zerstochen worden", stellte Imke Kaußner einleitend zur nächsten Frage fest, wandte sich dann an Kai: „Frau Sommer, sehen Sie hier eine Verbindung zu den Unfällen auf der A7? Es ist doch denkbar, dass hier Psychopathen unterwegs sind, die alles plattmachen, was mit Autos zu tun hat. In einigen europäischen Ländern gibt es ja diese Zusammenschlüsse von sogenannten Autohassern, die sich vehement gegen eine Expansion des Autoverkehrs einsetzen, am liebsten auch alle Wagen mit großvolumigen Motoren abschaffen wollen. Es könnte doch sein, dass sich hier in Hildesheim nun auch so eine Clique gebildet hat, oder?"

„Frau Kaußner, es gibt keine Anzeichen dafür, dass wir es hier mit organisierten Autohassern zu tun haben. Wir tippen bei diesen Sachbeschädigungen eher auf Jugendliche, die ihren Frust abbauen wollen." Kai schüttelte unmerklich den Kopf, ergänzte skeptisch: „Hier eine Verbindung zu den herbeigeführten Unfällen auf der A7 zu konstruieren, halte ich doch für abenteuerlich, zumal es bei diesen Eingriffen schon mehrere

Tote und Schwerverletzte gegeben hat – es sich also um Kapitalverbrechen handelt, die strafrechtlich ganz anders zu beurteilen sind."

Burger mischte sich ein: „Ihren Ausführungen entnehme ich, dass Sie davon ausgehen, dass die Unfälle auf der A7 bewusst herbeigeführt wurden. Dann können Sie uns sicherlich auch Details nennen."

Hundertmark legte seine Hand auf Kais Unterarm, antwortete Burger und stellte mit seinen Worten das in Frage, was Kai gerade gesagt hatte: „Gewisse Anhaltspunkte deuten darauf hin, dass ein Fremdverschulden nicht gänzlich ausgeschlossen ist. Unsere Soko ist gerade dabei, verschiedenen Hinweisen in dieser Richtung nachzugehen. Bis hier allerdings konkrete Ergebnisse vorliegen, müssen Sie sich noch etwas gedulden. Ich bitte daher ..."

Burger fiel ihm ins Wort: „Herr Hundertmark, mir ist zugetragen worden, dass die Soko A7 faktisch ihre Arbeit eingestellt hat, weil es unmöglich erscheint, diese seltsamen Unfälle aufzuklären."

Hundertmark warf Kai einen kurzen Blick zu, sagte dann ärgerlich: „Herr Burger, das ist völliger Unsinn! Ich weiß nicht, wo Sie das herhaben? Wir haben die Soko A7 ja gerade wegen dieser mysteriösen Unfälle eingerichtet – wie Sie unschwer auch an ihrer Bezeichnung erkennen können. Es wäre daher nicht zu verantworten, wenn wir sie zum gegenwärtigen Zeitpunkt auflösen würden, zumal die Unfälle ja nach wie vor ungeklärt sind. Nehmen Sie bitte auch zur Kenntnis, dass die Kollegen der Soko A7 neben ihren ursprünglichen Aufgaben natürlich auch im Tötungsdelikt Prechtel ermitteln. Allerdings bitte ich um Verständnis, dass wir zum gegenwärtigen Zeitpunkt keine weiteren Ermittlungsergebnisse publik machen können."

Obwohl Kai über die Ausführungen ihres Vorgesetzten immer noch verärgert war, musste sie leicht grinsen. Es war schon erstaunlich, wie Hundertmark sich den Gegebenheiten anpassen konnte. Fast wie ein Chamäleon. Mit einem Mal standen die Unfälle auf der A7 wieder mit einer höheren Priorität im Fokus der Ermittlungen, als der Fall Prechtel, obwohl das gestern auf der Dienstbesprechung noch ganz anders geklungen hatte.

Kai konzentrierte sich wieder auf Hundertmark, der seine Blicke über die Zeitungsleute gleiten ließ, sich räusperte und sagte: „Ich nehme an, dass wir Ihre Fragen nun zufriedenstellend beantwortet haben. Zum Schluss möchte ich noch bekannt geben, dass die heutige Pressekonferenz in der Polizeiinspektion Hildesheim meine letzte war. In ein paar Tagen ..."

„Gott sei Dank!“ zischte Burger verhalten, aber noch gut hörbar.

Hundertmark sprach unbeirrt weiter: „... werde ich im Landeskriminalamt eine neue Aufgabe übernehmen.“ Er machte eine kleine Pause, fügte dann mit einem wehmütigen Lächeln noch hinzu: „Es fällt mir nicht leicht, aus dem beschaulichen Hildesheim wegzugehen, zumal ich in den letzten Jahren mit Ihnen, den örtlichen Pressevertretern, immer sehr gerne zusammengearbeitet habe. Ich möchte Ihnen daher auch von dieser Stelle aus noch einmal danken – auch dafür, dass Sie uns in vielen Fällen mit Ihren Veröffentlichungen, Fahndungsaufrufen und Phantombildern tatkräftig unterstützt haben. Ich erinnere nur an einen der jüngeren Fälle, als einem Kollegen von uns vorgeworfen wurde, er habe mehrere Frauen überfallen und vergewaltigt – und sich dann herausstellte, dass der Täter kein Polizist war, sondern lediglich ein Mann in Polizeiuniform. Oder denken Sie an die spektakuläre Jagd nach dem in Niedersachsen gesuchten Pferdemörder, die hier in Hildesheim erfolgreich zu Ende gegangen ist. Ohne Ihre tatkräftige Mitwirkung, meine Damen und Herren, hätte die Aufklärung dieser Fälle wahrscheinlich sehr viel länger gedauert.“

Die Presseleute standen auf, applaudierten – nur Burger blieb sitzen, tat so, als ginge ihn das alles nichts an.

Donnerstag, 24.11.

Nach langer Zeit war Kai wieder einmal in die Kantine gegangen, hatte sich mit einem Becher Kaffee zu Ossenkopp an das Fenster gesetzt.

Eine Weile schauten sie wortlos auf das vor ihnen liegende Panorama, das sich durch den leichten Schneefall völlig verändert hatte. Schließlich brach Ossenkopp das Schweigen: „Kennst du den Neuen?“

„Nein, Harald Buchner kenne ich nicht, nur seinen älteren Bruder Jürgen. Er war mein direkter Vorgesetzter bei der Polizeidirektion Hannover, bevor ich hier nach Hildesheim versetzt wurde. Ich erinnere mich nur ungern an ihn. Er kam direkt aus dem Innenministerium, hatte daher von der Praxis null Ahnung. Ich nehme an, dass er dennoch eine steile Karriere gemacht hat, vielleicht ist er inzwischen Leitender Kriminaldirektor. Ich nehme an, dass auch Harald Buchner kaum Ahnung von praktischer Polizeiarbeit hat. Wie mir Hundertmark verraten hat, kommt er von der Polizeiakademie Nienburg, war dort mehrere Jahre als Dozent tätig. Welche Fächer er da abgedeckt hat, weiß ich nicht."

Ossenkopp winkte ab. „Praxiserfahrung ist ja nicht unbedingt erforderlich, die haben wir ja zur Genüge. Ich meine, viel wichtiger ist, dass er sonst in Ordnung ist, sich nicht laufend in unsere Ermittlungen einmischt."

Kai nahm ein Schluck von ihrem Kaffee. „Das sehe ich auch so. Ich hoffe nur, dass der Neue nicht so ein arrogantes Arschloch ist wie sein Bruder. In ein paar Stunden wissen wir mehr. Wie ich Hundertmark verstanden habe, will er Harald Buchner heute noch den Leitern der Fachkommissariate vorstellen."

Ossenkopp wechselte das Thema: „Was unternehmen wir gegen die Reifenstecher?"

„Du redest im Plural. Glaubst du, es sind mehrere?"

„Einiges spricht dafür, zumal ja nicht nur die Nordstadt davon betroffen ist, sondern auch andere Bereiche der Stadt. Mittlerweile geht es ja nicht nur um zerstochene Reifen, was ja schon schlimm genug ist, sondern um erhebliche Sachbeschädigungen. Es fehlt nur noch, dass Autos abgefackelt werden, so, wie vor ein paar Wochen in Berlin und ganz extrem in Paris."

„Das kannst du nun wirklich nicht miteinander vergleichen", monierte Kai.

„Mein Gott, eigentlich ist das ja gar nicht unser Bier. Genau so wenig wie diese Unfälle auf der A7, zumal ja Hundertmark noch zu glauben scheint, hier läge nicht unbedingt ein Fremdverschulden vor, obwohl er vor ein paar Tagen noch eine etwas andere Meinung vertreten hat."

„Das wird er aus rein taktischen Erwägungen gemacht haben, denn wenn sich herausstellen sollte, dass die Unfälle bewusst verursacht wurden, steht er auf der sicheren Seite."

Ossenkopp trank seinen Kaffee aus. „Was hältst du von der Donati? Kannst du dir vorstellen, dass sie was mit dem Fall Prechtel zu tun hat?"

Kai zuckte mit den Schultern: „Schwer zu sagen ... Ich würde es ihr zutrauen. Keine Frage! Sie verkörpert zwar auf den ersten Blick das Bild eines verführerischen Vollweibes, andererseits scheint sie aber auch skrupellos zu sein, trotzt geradezu vor Kraft. Bei unserem Gespräch machte sie zwar einen zivilisierten Eindruck, aber die Frau ist gefährlich ..." Kai sprach nicht weiter, ihr Handy klingelte. Hundertmark wollte ihr Kriminaloberrat Harald Buchner vorstellen.

Fünf Minuten später stand Kai vor dem Dienstzimmer ihres Vorgesetzten, holte tief Luft, klopfte und trat ein. Eigentlich hatte sie sich Harald Buchner ganz anders vorgestellt, war der Ansicht gewesen, er müsse in etwa so aussehen wie sein Bruder Jürgen. Doch Harald Buchner war höchstens 1,70 Meter groß, hatte einen kleinen Bauchansatz, den er mit einem über die Hose fallenden Hemd zu kaschieren versuchte. Der obere Knopf seines Oberhemdes stand offen, er trug keine Krawatte. Wie ihr Hundertmark gesagt hatte, war er Mitte vierzig, wobei sein dunkelblondes, leicht schütteres Haar ihn deutlich älter erscheinen ließ. Ansonsten machte er einen energiegeladenen Eindruck, wie sein Aufstehen bei Kais Eintreten und sein kräftiger Händedruck bewiesen. Kai musste sich eingestehen, dass er wider Erwarten durchaus sympathisch wirkte – zumindest auf den ersten Blick. Sie konnte nur hoffen, dass sie sich nicht täuschte.

Etwas peinlich berührt war Kai, wie Hundertmark ihre Erfolge würdigte, gerade so, als hätte sie die Fälle der letzten Jahre allein gelöst und nicht im Team mit ihren Kollegen. Nur einmal wurde er von Buchner unterbrochen: „Herr Kollege, mir ist Frau Sommer keine Unbekannte. Ich sehe sie zwar heute zum ersten Mal, aber mein Bruder Jürgen war ja einige Jahre bei der Polizeidirektion Hannover ihr direkter Vorgesetzter – insofern kenne ich sie ein wenig vom Hörensagen. Er hat sich übrigens lobend über Frau Sommer ausgesprochen. Sie werden meinen Bruder ja kennenlernen, wenn Sie Ihren Dienst im LKA antreten – er ist übrigens vor ein paar Tagen zum Leitenden Kriminaldirektor befördert worden ...“

Kai konnte nicht glauben, was sie da gerade hörte. Die Worte schwirrten ihr durch den Kopf: „... hat sich lobend über sie geäußert ...“ Nein, das konnte nicht sein, war unmöglich, so etwas hätte Jürgen Buchner niemals über sie gesagt. Dafür kannte sie diesen Stinkstiefel nur zu gut, schließlich hatte er bei jeder sich bietenden Gelegenheit ihre Unfähigkeit hervorgehoben, mehrmals betont, dass sie sich für den Kriminaldienst nicht eignen würde ... Kai konzentrierte sich wieder auf das, was Hundertmark sagte.

„... zwei ungelöste Fälle im FK 1, um die sich unter Leitung von Frau Sommer eine Soko kümmert, wobei wir davon ausgehen, dass wir die Fälle bald zu den Akten legen können. Frau Sommer, ich nehme an, dass Sie das auch so sehen, oder?“

Dein Wort in Gottes Ohr, ging es Kai durch den Kopf, doch laut sagte sie: „Wir bemühen uns nach besten Kräften. Im Einzelnen sieht es so aus, dass wir ...“

Hundertmark unterbrach sie: „Frau Sommer, Details sollten wir uns im Augenblick ersparen. Es würde bei diesem ersten Zusammentreffen mit Ihrem neuen Vorgesetzten auch zu weit führen."

Nach zehn Minuten erhoben sich Hundertmark und Buchner, verabschiedeten sich von Kai. Das Gespräch war beendet.

8

Sonnabend, 26.11.

Es war schon mehr als ungewöhnlich, dass Kriminaloberrat Harald Buchner die Mitglieder der Soko A7 am Samstagmorgen, zwei Tage nach seinem Dienstantritt, zu einem Gespräch in das Besprechungszimmer bat.

Er stellte sich kurz vor, erklärte ausführlich, wo er bislang eingesetzt gewesen war und was er in den letzten zwei Jahren auf der Polizeiakademie unterrichtet hatte. Zum Schluss beteuerte er: „Ich habe sehr gerne die Nachfolge des von mir sehr geschätzten Kriminaldirektors Hundertmark angetreten, der ja viele Jahre Ihr Vorgesetzter war und den Zentralen Kriminaldienst hier im Hause mit sehr viel Engagement geführt und ausgebaut hat", und mit Blick auf Kai: „Ihre Frau Sommer habe ich ja schon vor zwei Tagen kennengelernt und den Eindruck gewonnen, dass sie im FK 1 die richtige Frau am richtigen Platz ist. Nach allem hoffe ich, dass wir hier in der Soko weiterhin unser Bestes geben und auch in den nächsten Jahren erfolgreich und vertrauensvoll zusammenarbeiten ..."

So ein Schleimer, ging es Kai durch den Kopf. Wie konnte er sie so positiv beurteilen, er kannte sie doch gar nicht, hatte sich höchstens fünf Minuten im Beisein von Hundertmark mit ihr unterhalten. Na ja, sie hatte nichts dagegen. Vielleicht tat sie ihm auch Unrecht, und er war in Ordnung, und genau das Gegenteil von seinem Bruder Jürgen – die nächsten Wochen würden es zeigen.

Buchner kam zum eigentlichen Grund der Lagebesprechung, wie er nun die morgendliche Dienstbesprechung nannte: „Ich habe mir in den letzten Tagen die Protokolle dieser ungeklärten Autobahnunfälle noch einmal angesehen. Aufgefallen ist mir vor allem die Systematik, die erschreckend und zugleich auch besorgniserregend ist: Dieser wöchentliche Rhythmus, eng verbunden mit der Tatsache, dass die Unfälle sich immer in den frühen Morgenstunden ereignen. Ich will ja meinem Vorgänger nicht zu nahe treten, doch man hätte schon am 23. Oktober, als die drei Studenten aus Lübeck diesen tödlichen Unfall hatten – spätestens aber eine Woche später, als es diese zwei Toten gab –, in geeigneter Weise tätig werden müssen. Vielleicht wäre es dann zu den nachfolgenden Unfällen erst gar nicht gekommen ..."

Während Buchner noch einige Daten präsentierte, ließ Kai ihren Blick über die Kollegen gleiten, die die kritischen Bemerkungen Buchners teilweise mit bedrückten, doch auch mit skeptischen Gesichtern verfolgten. Kai überlegte, ob sie darauf hinweisen sollte, dass sie schon vor ein paar Wochen Hundertmark vergeblich vorgeschlagen hatte, den betreffenden Autobahnabschnitt zumindest an den Sonntagen in den frühen Morgenstunden zu überwachen. Sie wusste nicht, warum er sich vehement dagegen gesperrt, lange Zeit darauf beharrt hatte, dass die Unfälle sich zufällig ereignet hätten. Vielleicht war er damals schon gedanklich im Landeskriminalamt gewesen, befasst mit seinen neuen Aufgaben in der dortigen Abteilung 4 – was allerdings unverzeihlich gewesen wäre. Doch Kai sagte nichts, wollte ihren ehemaligen Vorgesetzten zum Abschied nicht noch in die Pfanne hauen. Nach allem konnte sie sich gut vorstellen, dass Buchner nun die schon lange überfällige Bewachung des Autobahnabschnitts anordnen würde. Seine nächsten Worte bestätigten ihre Vermutung: „Wie schon gesagt, die Systematik ist unverkennbar, zwingt uns dazu, geeignete Schutzmaßnahmen für die Autofahrer zu ergreifen – und zwar unverzüglich. Wenn der oder die Täter den wöchentlichen Rhythmus beibehalten, werden sie am morgigen Sonntag wieder zuschlagen. Da sich die bisherigen Unfälle ausnahmslos südlich der Autobahnüberführung Hildebrandstraße ereignet haben, werden die Täter meines Erachtens auch von diesem Übergang aus wieder agieren – wobei auch für mich nach wie vor völlig unklar ist, wie sie das anstellen.“ Dann wandte er sich an Kai: „Frau Sommer, ich schlage vor, dass wir den gefährdeten Abschnitt zwischen zwei und fünf Uhr lückenlos überwachen. Die Einzelheiten überlasse ich Ihnen. Sie haben bei dieser Maßnahme nicht nur meine, sondern auch die volle Unterstützung der Inspektionsleitung.“

Samstag, 26.11./Sonntag, 27.11.

Kritisch schaute er sich in dem fensterlosen Raum um, ließ seine Blicke über die vielen Bilder und Zeichnungen gleiten, die die Wände fast vollständig bedeckten. Für ihn war dieses kleine Zimmer seit dem tragischen Ereignis von damals zu einem Ort der Ruhe, der Besinnung geworden. Nur er allein kannte diesen Zufluchtsort, der sich hinter dem morschen Wohnzimmerschrank befand, den er leicht zur Seite schieben konnte. Besonders entspannend und befriedigend war es für ihn, wenn er seinen drehbaren Schreibtischstuhl mitten in den Raum schob, sich darauf setzte und ihn im Zeitlupentempo kreisen ließ. Da gab es Bilder mit völlig zerstörten Autos, die auf dem Dach lagen oder sich um einen Baum gewickelt hatten – abgerissene Achsen, nur wenige Meter daneben herauskatapultierte Motorblöcke, gerade so, als würden sie nicht dazugehören. Es gab aber auch Fotos von umgekippten Lastkraftwagen, zerfetzten Motorrädern, nur schwer erkennbar, dass es sich um solche handelte. Abgesehen von den menschlichen Schicksalen, die sich hinter den Tragödien verbargen – den schmerzhaften Verlusten, vielleicht auch bohrenden Vorwürfen, einer nicht enden wollenden Trauer –, hatten sie doch eines gemeinsam: Fast in allen Fällen waren die Fahrer oder Insassen durch ihre Motorfahrzeuge getötet worden. In den Unfallberichten der Polizei stand dann meist menschliches Versagen – sie waren zu schnell gefahren, zu dicht aufgefahren, hatten gesoffen oder sich völlig übermüdet ans Lenkrad gesetzt. Sie alle starben in ihren teuren Autos einen sinnlosen Tod, obwohl diese Blechkisten lediglich Mittel zum Zweck waren – sie nur von A nach B bringen sollten. Für ihn waren besonders die Luxuslimousinen mit der sich ständig fortschreitenden Technik, dem hohen Spritverbrauch, der steigenden Umweltverschmutzung ohnehin nie ein Segen für die Menschen, sondern stets ein Fluch gewesen. Die spektakulären Fotos hatte er aus dem Internet, aber auch aus Tageszeitungen und Illustrierten.

Doch seit einigen Tagen reichten ihm diese Bilder nicht mehr!

Sie ödeten ihn an, waren zu anonym, nicht authentisch genug. Nach und nach würde er diese Bilder durch eigene, aktuelle Fotos ersetzen, in ein paar Stunden würde er beweisen, dass er dazu das nötige Know-how hatte. Das Szenario hierfür konnte er selbst gestalten, nach seinen eigenen Vorstellungen arrangieren. Künftig würde er Regie führen, entscheiden, wann und wo auf der Autobahn diese Tragödien stattfinden würden – in den letzten Wochen hatte er bewiesen, dass er dazu fähig war. Natürlich konnte er nicht verhindern, dass seine gezielten Aktionen auch Unschuldige trafen, die mit ihren Kleinwagen unterwegs waren. Um sein Gewissen zu beruhigen, stufte er sie bei seinem Kampf gegen die hochmotorisierten Luxuslimousinen als Kollateralschäden ein. Er konnte und wollte daran nichts ändern. Es war schon erstaunlich, dass die Ermittlungsbehörden immer noch die irrige Meinung vertraten, die Unfälle auf der A7 wären allein auf menschliches Versagen zurückzuführen. Wenn er das in den Medien verfolgte, empfand er so etwas wie eine klammheimliche Freude. Das alles spornte ihn an, seine Aktionen noch sorgfältiger, effektiver zu planen. Er lachte kurz und hart auf. Sie hatten immer noch nicht gecheckt, dass hier alles vorbestimmt war, methodisch ablief – nach dem von ihm geschaffenen System.

Er konzentrierte sich wieder auf die Bilder an den Wänden, die er nach und nach durch seine eigenen, authentischen ersetzen würde. Seinen Vorstellungen entsprach jedoch die Auflistung, für die er einen fast altarmäßigen Platz geschaffen hatte. Mit schwarzen Druckbuchstaben und makabren Symbolen hatte er dort fein säuberlich folgende Eintragungen vorgenommen: 16.10. Audi A4 Avant ✞✞✞; 23.10. Opel Corsa; 30.10. Porsche 911✞✞; 6.11. Mercedes SL; 20.11. VW Touareg. Darunter hatte er Platz für weitere Eintragungen gelassen. Es fiel auf, dass die drei Todeskreuze hinter dem alten Opel Corsa, mit dem die drei Studenten am 23.10. tödlich verunglückt waren, in der Auflistung fehlten. Er hatte die Kreuze bewusst weggelassen, sie liefen unter Kollateralschäden.

Er warf einen Blick auf seine Armbanduhr. Kurz nach Mitternacht. Zeit genug, um sein weiteres Vorgehen sorgfältig zu planen. Nachdem er in der Zeitung gelesen hatte, dass die Polizei auch seinen bisherigen Autobahnabschnitt überwachen wollte, würde er heute seinen Aktionsbereich verlegen. Ihm blieben noch fast drei Stunden. Da er ohnehin nicht schlafen konnte, setzte er sich vor das Fernsehgerät, zappte durch die Kanäle: eine Komödie, ein amerikanischer Thriller, dazwischen bei den Privaten immer wieder Spots von Frauen mit chirurgisch aufgestockten Brüsten, die gebetsmühlenartig ihre Vorzüge anpriesen, nachdrücklich forderten, eine der eingeblendeten Telefonnummern anzurufen – alles Sachen, die ihn nicht interessierten. Schließlich hatte er Wichtigeres zu tun, eine Mission zu erfüllen. Er schaltete das Fernsehgerät aus, entspannte sich auf dem Sofa. Kurz vor drei Uhr stand er auf, machte ein paar Dehnübungen, streckte sich, fühlte sich voller Tatendrang. Das Adrenalin in seinen Adern hatte ihn in den letzten Stunden wachgehalten, wirkte wie starker Kaffee auf seine Nerven – manchmal auch wie eine aufputschende Droge. Routinemäßig überprüfte er die Utensilien, die er bei seinen nächtlichen Aktionen stets dabei hatte, zusätzlich hängte er sich heute seine Spiegelreflexkamera um den Hals. Mit einer fließenden Bewegung warf er sich seinen tiefschwarzen Regenmantel über die Schulter, prüfte sein Aussehen vor dem Garderobenspiegel – das, was er sah, gefiel ihm. Es erinnerte ihn an Gevatter Tod, der auch einen schwarzen Umhang trug. Er war froh, dass es nicht geschneit hatte, dann hätte er sich für ein helleres Kleidungsstück entscheiden müssen. Um sich etwas zu beruhigen, steckte er sich eine Marlboro an, inhalierte tief – sie schmeckte schal, doch das Nikotin wirkte sofort. Mit der Kippe zwischen den Lippen verließ er seine Wohnung. Bevor er auf den Bürgersteig trat, schaute er angespannt nach rechts und links. Doch da war nichts. Die Straße lag menschenleer vor ihm. Nur das nervtötende Rauschen der A7 dröhnte in seinen Ohren, schwappte zu ihm herüber, hüllte ihn ein, überlagerte alle Geräusche, die sonst in der Nacht zu hören waren. Angewidert spuckte er die Zigarettenkippe auf den Gehweg. Im Schutz der Dunkelheit näherte er sich nun vorsichtig und witternd der Autobahn. Er hatte Zeit, aber auch nicht zu viel, denn der Weg bis zum Ziel war etwas weiter als sonst. Doch das spielte keine Rolle. Schließlich führte er Regie. Er allein bestimmte, wann und wo die Show begann.

Sonntag, 27.11.

Kai warf einen Blick auf die digitale Anzeige im Armaturenbrett ihres Dienstautos: So, 27.11., 02:45 Uhr. Sie hatte den Wagen unauffällig auf dem Parkplatz der Lebenshilfe an der Hildebrandstraße geparkt. Von hier aus konnte sie gut den über die Autobahn führenden Übergang beobachten. Sie hatte den Motor ausgeschaltet, doch schon bald gemerkt, dass auch ihr wattierter Wintermantel sie nicht vor der Kälte schützen konnte. Zum wiederholten Male fragte sie sich, warum der zu Observationen eingesetzte Dienstwagen keine Standheizung hatte. Doch wie bei allem spielte sicherlich auch hier das Geld die entscheidende Rolle. Häufig hatten die Kriminellen eine bessere Ausstattung als die, die sie aus dem Verkehr ziehen sollten – das galt nicht nur für Fahrzeuge, sondern auch für Waffen, Elektronik, Geräte der Kommunikation und vieles mehr. Zunächst hatte Kai sich vorgenommen, die nächtliche Polizeiaktion von ihrem Dienstzimmer aus zu leiten. Doch im Inspektionsgebäude an der Schützenwiese war ihr schon bald die Decke auf den Kopf gefallen. Sie hatte daher bereits eine halbe Stunde nach Beginn der Aktion durchgegeben, dass sie in Nähe des Überwachungsobjektes zu erreichen war. Aus Sicherheitsgründen beschlossen sie, sich ausschließlich über ihre Handys zu verständigen. Freiberg meldete sich flüsternd von der gegenüberliegenden Seite der A7: „Aus Richtung Bavenstedt nähern sich zwei Personen ...“ Er verstummte, gab dann aber nach endlos erscheinenden Sekunden Entwarnung: „Ein Pärchen, sie küssen sich gerade."

Dreißig Minuten später meldete sich Julia Seidel flüsternd von dem parallel zur Autobahn verlaufenden Lärmschutzwall: „Bei mir ist gerade ein älterer Mann mit Hund vorbeigekommen, nähert sich jetzt der Brücke, die über den kleinen Bach führt. Sicherlich wohnt er in einem der Hochhäuser. Er ist harmlos."

Kai kuschelte sich in ihren Mantel, schaute auf den dreistöckigen Wohnblock gegenüber. Das langgestreckte Gebäude lag in fast völliger Dunkelheit – die Fenster erschienen ihr wie schwarze, bedrohliche Augen, die sie unablässig anstarrten. Ihre Blicke wanderten hoch zu einem Gaubenfenster, hinter dem plötzlich Licht aufflammte, nach wenigen Minuten aber ausgeschaltet wurde. Kai überlegte, ob sie kurz den Motor laufen lassen sollte. Ein wenig Wärme würde ihr guttun.

Doch dann unterließ sie es, die Nachbarn könnten sich aufregen. Der Krach, die Abgase. Polizisten sollten sich vorbildlich verhalten, besonders, wenn es um den Schutz der Umwelt ging. Sie wählte die Nummer von Wechler, der direkt unter der Hildebrandstraße hockte, den Verkehr auf der A7 voll im Blick hatte: „Christian, wie ist die Lage?"

„Es sind nur wenige Wagen unterwegs. Zurzeit ist die nach Süden führende Fahrbahn völlig autofrei, auf der anderen Seite sehe ich gerade Scheinwerfer von zwei Autos."

Kai schaute auf die digitale Zeitanzeige. Mittlerweile war es kurz nach vier. Sie schloss die Augen, fühlte Enttäuschung in sich aufsteigen. Wenn sie von einem systematischen Täterverhalten ausgingen, bestand nun nicht mehr die Gefahr, dass er zuschlagen würde. Sie blieb noch eine Weile im Auto sitzen, starrte wieder auf die dunkle Fensterfront des Wohnblocks und beschloss, zurück zur Dienststelle zu fahren. Bis zur Besprechung um fünf Uhr blieben noch dreißig Minuten.

Zehn Minuten später fuhr sie auf den Hof des Inspektionsgebäudes. Ihr Vertreter Ossenkopp saß mit einem Becher Kaffee bereits im Besprechungszimmer, berichtete mit wenigen Worten, dass der Einsatz des zivilen Streifendienstes in den kritischen Bereichen der Stadt ergebnislos verlaufen sei. Kai holte sich ebenfalls einen Kaffee, setzte sich wieder zu ihrem Kollegen, sagte mit müder Stimme: „Auf die nächtlichen Aktionen hätten wir verzichten können, oder?"

„Allerdings. Doch stell dir einmal vor, es wäre wieder etwas auf der A7 passiert."

Kai ersparte sich eine Antwort, nickte schweigend den Kollegen zu, die nach und nach eintrudelten. Einige holten sich aus der Küche einen Kaffee oder Tee, wärmten ihre Hände an dem Getränk, hingen ihren Gedanken nach, schwiegen. Die sonntägliche Frühbesprechung hätten sie sich eigentlich sparen können – die enttäuschten, müden Gesichter sagten mehr als alle Worte.

Montag, 28.11.

Ein kalter Nordwestwind peitschte durch die Straßen der Domstadt, brachte Regen, der sicherlich bald in Schnee übergehen würde. Kai hatte ausgiebig gefrühstückt, danach mit ihrer Mutter in Heidelberg telefoniert, die immer schon ab halb sieben auf den Beinen war. Auch heute ging es um Weihnachten, und wie in jedem Jahr um die Frage, ob sie die Festtage bei ihren Eltern verbringen konnte. Vor etwa vier Wochen hatte sie das ihrer Mutter hoch und heilig versprochen – zumal es ihrem Vater gesundheitlich nicht so gut ging –, doch nun hatte sie Zweifel, ob sie ihr Versprechen halten konnte. Denn wenn sie den Fall Prechtel und die mysteriösen Unfälle auf der A7 nicht in den nächsten Wochen aufklären konnten, war es kaum möglich, über die Weihnachtsfeiertage in Urlaub zu fahren. Nach allem würde es dann wohl eine Urlaubssperre geben. Kai nahm sich vor, sich dafür einzusetzen, dass davon zumindest die Kollegen ausgeschlossen wurden, die kleine Kinder zu Hause hatten.

Umso diplomatischer fiel dann auch die Antwort aus, die sie ihrer Mutter gab: „Mutti, wir gehen hier im Kommissariat davon aus, dass wir die noch anstehenden Fälle bis Weihnachten lösen können. Lass uns in der nächsten Woche noch einmal telefonieren, dann weiß ich sicherlich mehr. Grüß bitte Vater von mir."

Kai legte mit gemischten Gefühlen auf, fragte sich, ob das, was sie gerade von sich gegeben hatte, so etwas wie Zweckoptimismus war. Doch was hätte sie auch sonst sagen sollen? Vielleicht klappte es ja doch! Mein Gott, was hatte sie sich für einen Beruf ausgesucht? Warum war sie nach dem Abitur nicht zur Uni gegangen? Dann wäre sie heute vielleicht Lehrerin, Journalistin, Anwältin, Richterin oder etwas Ähnliches ... Verdammt, es brachte nichts, immer dann über die Familienfeindlichkeit ihres Berufes zu philosophieren, wenn es wieder einmal nicht nach ihren Vorstellungen lief. Kai seufzte. Eigentlich war sie ganz zufrieden mit ihrem Job, auch wenn er zeitweise stressig war, sie bis an die Grenzen ihrer Leistungsfähigkeit forderte.

Die Dienstbesprechung begann pünktlich um acht Uhr. Kriminaloberrat Buchner hatte vor wenigen Minuten mitgeteilt, dass er einen Termin beim Inspektionsleiter hätte und er etwas später kommen würde.

Kai stellte zufrieden fest, dass die Kollegen der Soko A7 vollständig erschienen waren. Sie wollte einige Worte zum gestrigen erfolglosen Einsatz sagen – sich trotz allem bei den Kollegen bedanken –, doch Ossenkopp kam ihr zuvor: „Kai, bevor wir mit der Besprechung beginnen ... Es hat gestern erneut einen Unfall auf der A7 gegeben. Ich habe auch erst vor einer Stunde davon erfahren ..."

„Das kann doch nicht sein!" entfuhr es Kai. „Wir waren doch vor Ort! Mein Gott, wo ist denn das passiert? Und wieso erfahre ich das erst jetzt? Kannst du mir das erklären?"

„Das wollte ich ja gerade, aber du hast mich unterbrochen. Kann ich jetzt vielleicht Erste Untersuchungen haben ergeben, dass der Unfall sich gestern Morgen zwischen halb vier und vier Uhr ereignet hat. Ein Ehepaar aus Bremen, unterwegs mit einem neuen Range Rover V8 ..."

„Aber doch wohl nicht auf dem Abschnitt, wo die anderen verunglückt sind. In der Zeit waren wir ja dort, oder?" fauchte Kai wütend.

„Nein, der Unfall passierte ein paar hundert Meter südlich davon, kurz vor der Anschlussstelle Hildesheim – also nicht unmittelbar in dem Bereich, den wir überwacht haben. Aus diesem Grunde sind die Kollegen der Autobahnpolizei zunächst von einem ganz normalen Unfall ausgegangen, haben gedacht, es gäbe hier keinen Zusammenhang zu den fünf vorangegangenen Unfällen. Aber zurück zum Range Rover: Das verunfallte Auto ist aus ungeklärten Gründen von der Fahrbahn abgekommen, über die Leitplanke geschleudert, dann auf dem Dach liegen geblieben. Für die beiden Insassen kam jede Hilfe zu spät. Ich habe veranlasst, dass unser Gutachter sich das Auto ansieht, vielleicht hatte es ja technische Mängel."

Kai winkte ab. „Das kannst du vergessen. Die werden nichts finden, da bin ich mir ganz sicher."

„Das wäre dann der sechste Unfall in Folge, der sich mehr oder weniger in diesem Bereich ereignet hat", stellte Ossenkopp trocken fest.

Martin Breuer ergriff das Wort: „Wir haben gestern Abend den in Frage kommenden Abschnitt mehrmals nach verdächtigen Spuren untersucht. Ergebnis negativ. Keinerlei Hinweise, die auf ein Fremdverschulden hindeuten. Zudem war die Fahrbahn zum Zeitpunkt des Unfalls trocken, die Sicht gut. Ich gehe davon aus, dass sie sehr schnell unterwegs waren – doch das konnten sie ja auch."

Kai wollte etwas sagen, doch da öffnete sich die Tür. Kriminaloberrat Buchner stand im Türrahmen. Er hatte eine Zeitung unter dem Arm, nickte den Kollegen der Soko zu. Erschöpft ließ er sich auf einen Stuhl nieder, wandte sich an Kai: „Bitte, Frau Sommer, machen Sie weiter. Ich nehme an, Sie haben bereits über den neuen Autobahnunfall gesprochen." Kai fragte sich, woher er das wusste. Sicherlich vom Inspektionsleiter, bei dem er gerade einen Termin hatte – und sie, die Leiterin der Soko A7, die von dem Unfall hätte als Erste etwas erfahren müssen, erfuhr es zuletzt. Na, prima! Vielleicht tat sie den Kollegen, die den Autobahnunfall aufgenommen hatten, auch unrecht. Schließlich war der Range Rover weiter südlich verunglückt, also nicht dort, wo die bisherigen Autos von der Fahrbahn abgekommen waren. Trotzdem hätte man sie in Kenntnis setzen müssen, schließlich wusste jeder, dass schon vor Wochen in dieser Sache eine Sonderkommission eingerichtet worden war. Kai konnte sich gut vorstellen, dass auch die Medien inzwischen davon erfahren hatten. Verdammt, sie musste an der Informationspraxis unbedingt etwas ändern. Je früher, umso besser! Doch im Augenblick gab es Dinge, die wichtiger waren. Sie ließ sich nichts anmerken, sagte betont ruhig: „Wir haben gerade darüber gesprochen, wissen aber noch nicht, wie wir weiter vorgehen sollen. Herr Buchner, vielleicht haben Sie ja eine Idee."

„Zunächst frage ich mich natürlich, ob es hier überhaupt eine Verbindung zu den anderen Unfällen gibt." Als er die skeptischen Blicke sah, winkte er ab: „Also gut, gehen wir davon aus, dass dieser Zusammenhang besteht. Doch dann müssen wir uns allerdings auch die Frage stellen, warum der gestrige Unfall an einer anderen Stelle passiert ist – und nicht in dem Bereich, den wir überwacht haben. Das ist schon seltsam, oder? Man könnte fast glauben, dass der oder die Täter Insiderwissen hatten. Nach allem frage ich mich deshalb auch, ob der Unfall passiert wäre, wenn wir diesen Bereich mit überwacht hätten. Unabhängig von dieser Panne, wie ich sie einmal bezeichnen möchte, habe ich mir gestern die Ermittlungsakten noch mal angesehen. Nach allem komme auch ich zu dem Schluss, dass kein einziger Unfall durch Verschulden der jeweiligen Fahrzeuglenker verursacht worden ist – und das trifft sicherlich auch auf den gestrigen zu. Ich weiß, dass hier bereits alle Eventualitäten in Erwägung gezogen wurden – von einem möglichen Geisterfahrer bis hin zu einer Person, die Steine oder andere Gegenstände auf die Autos wirft. Doch Sie wissen so gut wie ich, dass das alles nur Hypothesen sind. Denn nach wie vor gibt es keinerlei Spuren, die auf derartige Fremdeinwirkungen hinweisen. Felix Dornbach könnte etwas damit zu tun haben. Allerdings ist dieser Verdacht meines Erachtens sehr vage. Trotzdem schlage ich vor, dass wir ihn noch einmal eindringlich nach seinem Alibi fragen. Es wäre schon interessant zu erfahren, was er gestern in den frühen Morgenstunden so getrieben hat, zumal ja sein Alibi für den Unfall Anfang November äußerst fadenscheinig ist. Wenn jemand einen Hass auf Autofahrer und Luxuslimousinen haben könnte, dann ist er es!"

„Das hatten wir ohnehin vor", bemerkte Kai. „Ich meine, eine erneute Befragung."

Buchner entfaltete umständlich die mitgebrachte *Boulevardzeitung*. „Ich nehme an, dass einige dieses Geschreibsel hier schon gelesen haben." Er deutete mit dem Zeigefinger auf einen Artikel, der den Leser regelrecht ansprang. In grellroten Großbuchstaben stand da: *Polizist als Unfallverursacher?*

Kai beugte sich vor, schaute auf das Kürzel: „Natürlich wieder ‚bu' – das war ja nicht anders zu erwarten."

„Kennen Sie den?" fragte Buchner.

„Und ob! Das ist Stefan Burger. Er zählt zu der Sorte von Journalisten, die für eine spektakuläre Story über Leichen gehen. Unser ehemaliger Staatsanwalt von Waltershofen ist schon einige Male gerichtlich gegen ihn und sein Blatt vorgegangen, allerdings mit mäßigem Erfolg. Das läuft da alles unter dem Deckmantel der Pressefreiheit, was leider auch einige Richter so sehen. Und bei seinem Schmierblatt ist Burger der Starreporter, genießt so etwas wie Narrenfreiheit. Mit seinen reißerischen Artikeln sorgt er für steigende Auflagen – denn nur darauf kommt es dem Schmierblatt an, auch wenn die Wahrheit dabei oft auf der Strecke bleibt ... Herr Buchner, auch Sie werden das Vergnügen haben, ihn irgendwann kennenzulernen – spätestens auf der nächsten Pressekonferenz."

Buchner schob die Zeitung zu Christian Wechler hinüber. „Lesen Sie bitte vor, es kann nicht schaden, wenn wir alle noch einmal in den Genuss des Artikels kommen. Frau Sommer hat ja eben schon so einige Anmerkungen gemacht. Es ist übrigens ein Paradebeispiel dafür, wie skrupellose Zeitungsschreiber den Ruf eines toten, unbescholtenen Bürgers ruinieren können – auch noch post mortem, wenn Sie so wollen. Da aber bereits der Aufmacher mit einem Fragezeichen versehen ist, wenn auch einem sehr kleinen, und der folgende Text im Konjunktiv geschrieben ist, haben wir kaum eine juristische Handhabe, dagegen etwas zu unternehmen – insofern kann ich Frau Sommer nur zustimmen." Er wandte sich an Wechler: „Es reicht, wenn Sie die Hälfte des Artikels vorlesen."

Wechler nickte und fing an: „*Kann es sein, dass der ehemalige Polizist Willibald P., der kürzlich unter mysteriösen Umständen ums Leben kam, etwas mit den unaufgeklärten Autobahnunfällen zu tun hatte? Wie sonst ist es zu erklären, dass er nur einen Steinwurf von der A7 entfernt ermordet wurde? Wie sonst ist es zu erklären, dass die Tat gerade in der Zeit passierte, als die Eheleute Rita und Henry B. aus Kiel mit ihrem Mercedes Sportwagen aus scheinbar unerklärlichen Gründen gegen die Leitplanken rasten und dabei schwer verletzt wurden? Wir wissen nicht, welche Beweggründe einen bislang unbescholtenen ehemaligen Polizeibeamten dazu bewegen könnten, sich an derart schrecklichen Szenarien zu beteiligen. Die Gründe könnten vielfältiger Art sein. Vielleicht der Frust, in seiner Karriere nicht so weit gekommen zu sein, wie er es sich erträumt hatte? Oder eine zu geringe Pension, die keine großen Sprünge zuließ, der Hass auf alle die, die sich mehr leisten konnten, ein großes Auto, eine teure Urlaubsreise, kostspielige Hobbys und so weiter. Wir betonen an dieser Stelle ausdrücklich, dass uns nicht daran gelegen ist, den Ruf eines ehemaligen Polizeibeamten zu schädigen – genauso gut kann es auch sein, dass der in Rede stehende Beamte mit diesen Unfällen nichts zu tun hat ...*"

Harald Buchner winkte ab. „Herr Wechler, das reicht! Doch noch einmal zum Fall Prechtel. Glauben Sie allen Ernstes, dass dieses Callgirl etwas damit zu tun haben könnte?"

Kai fühlte sich angesprochen, meinte leicht genervt: „Ich weiß es nicht! Es ist alles wie verhext, wir treten auf der Stelle, uns fehlen immer noch Antworten auf verschiedene Fragen."

„Die da wären?"

„Zunächst einmal die völlig unklare Motivlage. Warum sollte Marion Donati das gemacht haben? Es gibt sicherlich lukrativere Objekte als einen ehemaligen Polizisten mit relativ kleinen Pensionsbezügen. Und wieso sollten sie sich dort an der Autobahn getroffen haben? Unklar ist auch, warum Prechtel nichts dabei hatte, statt Unterwäsche nur einen alten Schlafanzug trug. Wo ist sein Haustürschlüssel abgeblieben, wenn er denn einen dabei hatte? Und, warum hatte er in seiner Tasche diese sorgfältig eingewickelte Zigarettenkippe? Das hat er doch nicht ohne Grund getan. Völlig unklar ist auch, warum er unbedingt über die Halterfeststellung Name und Anschrift des Callgirls erfahren wollte. Und warum hat er das alles gemacht, als seine Frau bei ihrer Schwester in Bad Grund war? Ich glaube ..."

Buchner fiel ihr ins Wort: „Wie ich der Akte entnehmen konnte, könnte man der Donati die Tat aufgrund ihrer Vorstrafen durchaus zutrauen, zumal sie für die Tatzeit kein nachvollziehbares Alibi hat, oder?"

„Sie sagte, sie wäre bei einem prominenten Kunden gewesen, deren Namen sie aber nicht preisgeben könne. Angeblich handelt es sich hier um einen in Hildesheim wohnenden Politiker."

„Glauben Sie ihr?"

Kai zuckte mit den Schultern. „Schwer zu sagen. Doch vorstellbar wäre das schon ..."

„Frau Sommer, reden Sie bitte mit der Dame noch einmal. Und wenn sie tatsächlich bei diesem ominösen Freier gewesen sein sollte, bieten Sie ihr an, den Fall äußerst diskret zu behandeln. Machen Sie ihr klar, dass sie dann mit einem Schlag aus dem Schneider wäre."

9

Dienstag, 29.11.

Die Luxuslimousine auf dem Parkplatz vor dem Novotel an der Bahnhofsallee brannte wie Zunder. Ein Besucher des Hotels hatte das Feuer zuerst bemerkt, mit seinem Handy um ein Uhr nachts die Feuerwehr alarmiert – so die Aufzeichnung des Notrufs bei der Einsatz – und Rettungsleitstelle der Berufsfeuerwehr An der Feuerwache 4.

Da der Brandort keine fünfhundert Meter vom Sitz der Feuerwehr entfernt war, traf Einsatzleiter Jürgen Hagedorn bereits nach vier Minuten am Tatort ein – vorschriftsmäßig mit rotierendem Blaulicht und eingeschaltetem Martinshorn. Noch während sie behände aus ihrem Fahrzeug sprangen, stellte Hagedorn mit geschultem Blick fest, dass das Auto nicht mehr zu retten war, zumal gerade mit einem gewaltigen Knall der Benzintank explodierte. Nach allem konnten sie es nur noch mit einem Schaumteppich überziehen und kontrolliert abbrennen lassen. Mehr war nicht möglich. Doch der schwergewichtige Mann, der gerade mit wehendem Morgenmantel aus dem Hotel auf sie zustürmte, schien anderer Meinung zu sein. Er fuchtelte mit den Armen herum, schnauzte mit sich überschlagender Stimme: „Steh'n Sie da nicht rum! Löschen Sie endlich die Flammen!“

Hagedorn versuchte ihn zu beschwichtigen: „Entschuldigung, aber da ist nichts mehr zu machen.“ Er schüttelte den Kopf, deute auf das blausilbrige Polizeifahrzeug, das gerade mit Blaulicht auf den Parkplatz fuhr. „Das werden Ihnen auch die Kollegen der Polizei bestätigen können.“

„Wissen Sie überhaupt, was mich der Wagen gekostet hat? So viel verdienen Sie in zwei Jahren nicht.“, schimpfte der Schwergewichtige erneut.

Hagedorn zuckte mit den Schultern, meinte betont ruhig: „Ich habe keine Ahnung, was so ein Auto kostet. Und es interessiert mich auch nicht. Sie können das aber gleich den Polizeibeamten erzählen, die werden Ihre Angaben dann protokollieren.“

Hagedorn drehte ihm den Rücken zu. Er hatte keine Lust, sich mit diesem arroganten Arschloch noch weiter zu unterhalten – das überließ er gern den Beamten der Polizei. Er warf noch einmal einen Blick auf seine Kollegen, die das Feuer immer noch mit Schaum eindämmten, damit ein Übergreifen der Flammen auf die in der Nähe parkenden Autos verhindert wurde. Hagedorn kletterte ächzend auf den Beifahrersitz des Leitfahrzeugs, machte folgende Eintragungen: Alarmierung: 29.11.2011, 01:00 Uhr; Brandort: Parkplatz Novotel, Bahnhofsallee 38; Eintreffen am Brandherd: 01:04 Uhr; Geräte: Hilfleistungsfahrzeug HLF1, HI-LF 700, mit 6 Mann Besatzung.

Hagedorn hatte keine Antwort auf die Frage, wie das Feuer entstanden war. Doch die Brandspezialisten würden es herausfinden. Er persönlich schloss allerdings eine Eigenentzündung aus. Hagedorn stieg aus, um sich mit den Kollegen der Polizei abzustimmen, überlegte dabei, wen er von seinen Leuten für ein paar Stunden als Feuerwache zurücklassen sollte – zumindest so lange, bis die Brandspezialisten ihre Arbeit erledigt hatten und ein Spezialunternehmen für die fachgerechte Entsorgung des Schrotthaufens eingetroffen war. Fast andächtig verharrte er eine Weile vor dem unförmigen Klumpen Blech, den die weiße Masse fast vollständig bedeckt hatte, wobei man nur vermuten konnte, was sich darunter befand, der aber nach der Aussage des großkotzigen Typen immerhin einen Wert gehabt hatte, wie er, Einsatzleiter Jürgen Hagedorn, in zwei Jahren nicht verdienen würde. Hagedorn versuchte, überschlagsmäßig die Summe zu ermitteln, unterließ es dann aber – es brachte eh nichts. Und wie er den Geldsack einschätzte, war der Verlust des Autos für ihn keine große Sache, zumal er ganz offensichtlich für seinen Luxusschlitten eine ausreichende Versicherung abgeschlossen hatte, die bestimmt auch Brand und Naturkatastrophen einschloss.

Dienstag, 29.11.

Kai überflog die Berichte der Spurensicherung, Brandspezialisten und der Kollegen, die den Brandschaden vor dem Novotel aufgenommen hatten.

Kriminaloberrat Buchner beugte sich ungeduldig vor. „Frau Sommer, was haben wir? Bitte, kurze Zusammenfassung."

„Unsere Spezialisten haben festgestellt, dass das Feuer mit Hilfe eines Brandbeschleunigers gelegt wurde. Es entstand am rechten Hinterrad, breitete sich dann schnell aus, entzündete den Benzintank, der fast voll war – so auch die Aussage des Fahrzeugeigentümers. Der Halter des Fahrzeugs ist ein gewisser Adolf Langner, Fabrikant aus Offenbach, er hat sich hier im Novotel mit Geschäftsfreunden getroffen. Nicht unerwähnt lassen möchte ich, dass er der Berufsfeuerwehr vorwirft, sie habe nicht schnell genug gehandelt. Seiner Auffassung nach hätte das Auto gerettet werden können ..."

„Und, ist da was dran?"

„Nein, nicht das Geringste. Einsatzleiter Hagedorn war mit seinen Leuten bereits vier Minuten nach der Alarmierung am Ort des Geschehens. Der Wagen stand da schon in Flammen. Sekunden später explodierte der Tank ... Nein, der Vorwurf entbehrt jeder Grundlage, ist völliger Blödsinn!"

„Was war das denn für ein Auto?" fragte Ossenkopp. „Bestimmt eine dieser Luxuslimousinen, oder?"

Kai blätterte in den Unterlagen. „Moment ... Ja, hier haben wir es. Ein Audi R8, Hubraum über 5 Liter, 10 Zylinder Ottomotor, 525 PS, Höchstgeschwindigkeit 316 km/h, Baujahr 2011, Anschaffungspreis 150.000 Euro ..."

„Wow!" entfuhr es Ossenkopp.

Buchner winkte ab. „Das reicht. Es genügt, wenn wir wissen, dass es wieder eine dieser Luxuslimousinen war – Autos, auf die es die Täter offensichtlich abgesehen haben. Wie gehen wir jetzt weiter vor?"

„Ich schlage vor, dass die Kollegen der Soko zunächst die Nachbarn befragen, die in Sichtweite des Parkplatzes wohnen. Vielleicht hat ja der eine oder andere etwas gesehen. Gleichzeitig sollten wir mithilfe der örtlichen Presse einen Aufruf starten. Wir könnten die Bürger bitten, verstärkt auf Personen zu achten, die sich verdächtigerweise an teuren Autos zu schaffen machen."

Buchner nickte. „Frau Sommer, veranlassen Sie das bitte."

„Was ist mit dem Einsatz von Zivilstreifen?" fragte Ossenkopp, ergänzte mit Blick auf Kai: „Vor ein paar Tagen haben wir diesen Vorschlag schon einmal gemacht, dann aber nicht mehr darüber gesprochen, weil Herr Hundertmark meinte, es würden bei dem Einsatz zu viel Überstunden anfallen."

„Darauf können wir nun keine Rücksicht mehr nehmen! Denn das, was sich hier gerade vor unseren Augen abspielt, ist eine Herausforderung, der wir mit aller Härte, allen rechtsstaatlichen Mitteln, die uns zur Verfügung stehen, begegnen müssen ..." Buchner sprach nicht weiter, blätterte in den Akten, wandte sich dann an Kai: „Wie ich den Unterlagen hier entnehme, fing alles relativ harmlos an."

„Ja“, bestätigte sie. „Es begann zeitgleich mit dem ersten Unfall auf der A7 im Oktober. Zuerst ließ man aus den Reifen einiger Luxusautos die Luft heraus, dann wurden Ventile manipuliert. Einige Autofahrer haben das anfänglich gar nicht bemerkt, weil die Täter hier äußerst perfide vorgegangen sind ...“

„Wie meinen Sie das?“ fragte Buchner, der die Tatbestandsschilderung wahrscheinlich in der Akte überlesen hatte.

„Nun, die Täter entfernen zunächst die Schutzkappe von einem Reifenventil, legen einen kleinen Kieselstein in den Stöpsel, schrauben dann die Kappe wieder drauf – dadurch drückt der Kieselstein auf das Ventil und sorgt dafür, dass die Luft ganz langsam entweicht. Das kann natürlich besonders gefährlich werden, wenn die Autos mit hoher Geschwindigkeit unterwegs sind. Wie gesagt, das ist schon sehr arglistig – und weiß Gott kein Dummejungenstreich.“

„Das sehe ich auch so“, meinte Buchner, blätterte erneut in der Akte. „Nach diesen Aktionen ging es weiter mit aufgeschlitzten Reifen, zerkratztem Lack, abgebrochenen Spiegeln und Antennen. Doch das, was heute Morgen auf dem Parkplatz passiert ist, hat eine Qualität, die mit anderen rechtsstaatlichen Mitteln bekämpft werden muss. Wenn wir hierauf nicht reagieren, werden die Anschläge weiter eskalieren. Ich sage nur, wehret den Anfängen! Herr Ossenkopp, machen Sie bitte Vorschläge, wie wir das mit dem Streifendienst hinbekommen. Ich meine, es dürfte reichen, wenn wir hier zunächst die kritischen Zeiten von Mitternacht bis vier Uhr abdecken. Nach allem gehe ich davon aus, dass die Inspektionsleitung das genehmigen wird.“

„Eine ganz entscheidende Frage wird sein, in welchen innerstädtischen Bereichen wir die Streifen einsetzen“, warf Ossenkopp ein.

Kai mischte sich ein: „Verstärkt in den Bereichen, in denen bisher diese Autohasser schon tätig waren. Ich nehme an, dass es sich um solche handelt ...“

„Das kann durchaus sein“, meinte Buchner. „Es gibt ja schon seit Jahren eine internationale Bewegung, die es sich zur Aufgabe gemacht hat, alle gesellschaftlichen Gruppen und Individuen zu motivieren, sich auch mit illegalen Mitteln gegen die Dominanz der Autos und deren Zerstörungen zur Wehr zu setzen – so, oder so ähnlich habe ich das irgendwo gelesen. Aber, Frau Sommer, wir dürfen keineswegs die anderen Fälle aus den Augen verlieren. Neben diesen mysteriösen Autobahnunfällen vordringlich den Mordfall Prechtel, bei dem wir ja auch immer noch auf der Stelle treten. Haben Sie inzwischen noch einmal dieses Callgirl nach ihrem Alibi gefragt?“

„Tut mir leid. Die Dame konnte ich bisher noch nicht erreichen.“ Kai zuckte mit den Schultern. „Da wir so gut wie nichts in den Händen haben, können wir sie auch schlecht zur Fahndung ausschreiben. Wenn wir wenigstens den kleinsten Beweis einer Tatbeteiligung hätten.“

„Was ist mit der Zigarettenkippe, die Prechtel in der Tasche hatte, dem Fragment des Fingerabdrucks auf dem Flaschenhals, Reifenspuren von ihrem Audi in Tatortnähe?“

Kai schüttelte den Kopf. „Negativ! Es gibt keine Reifenspuren, zumindest nicht von dem Audi. Auch mit dem sichergestellten genetischen Material können wir keine Verbindung zu ihr herstellen.“

„Sie könnte natürlich Handschuhe getragen haben“, gab Ossenkopp zu bedenken, „hat damit die Fingerspuren auf dem Flaschenhals verwischt. Vielleicht stammt das Fragment ja auch von einem Unbekannten, dem vielleicht die Flasche gehörte, der aber mit dem Tötungsdelikt nichts zu tun hat. Ähnlich kann es sich auch mit der Kippe verhalten. Wer sagt uns denn, dass die vom Täter stammt? Das sind doch alles nur Vermutungen.“

Kai schüttelte heftig den Kopf. „Wir dürfen bei unseren Überlegungen nicht vergessen, dass Prechtel Polizist war! Was für mich bedeutet, dass er die Kippe nicht aus Jux und Tollerei an sich genommen hat.“

„Das sehe ich auch so“, unterstützte Buchner Kais Auffassung. „Versetzen wir uns doch einmal in die Lage des getöteten Kollegen, betrachten wir den Fall analytisch. Fakt ist, dass er in diesen frühen Morgenstunden unterwegs war, wobei vieles darauf hindeutet, dass er seine Wohnung in großer Eile verlassen hat. Und nun lassen wir die Sache mit dem Callgirl und diese hanebüchene Vermutung der *Boulevardzeitung*, er könne etwas mit den Unfällen auf der A7 zu tun haben, außen vor ... Dann könnte es doch sein, dass er jemanden verfolgt hat. Eine ihm verdächtig erscheinende Person – und wenn diese nun eine halb aufgerauchte Zigarette wegwirft, dann würde ein guter Polizist diese Kippe doch zur Beweissicherung einsammeln, oder?“ Buchner schaute sich fragend um. „Könnte es nicht so gewesen sein?“

„Im Prinzip ja“, stimmte Kai ihm zu. „Es stellen sich dann aber verschiedene Fragen, die wir noch nicht einmal ansatzweise beantworten können. Zum Beispiel, warum er unbedingt den Namen und die Anschrift des Callgirls haben wollte. Und, wenn er da mitten in der Nacht jemanden verfolgt hat, wie ist er auf diese Person aufmerksam geworden?“

Buchner schaute auf die Uhr, murmelte etwas von einem Termin, stand auf. „Wir sollten Frau Bernauer hinzuziehen, zumindest könnte es nicht schaden, wenn sie ...“

Kai unterbrach ihn: „Darüber haben wir schon vor ein paar Tagen mit Herrn Hundertmark gesprochen. Er wollte die Psychologin anrufen, ich weiß aber nicht, ob er noch dazu gekommen ist.“

„Sie kennen Frau Doktor Bernauer?“

„Ja, wir haben schon einige Male mit ihr zusammengearbeitet, zuletzt als wir hinter diesem Vergewaltiger in Polizeiuniform her waren ... Das muss in der Zeit gewesen sein, als gerade ihr Fachbuch ‚Dem Täter keine Chance‘ herausgekommen ist.“

Buchner setzte sich wieder, scheinbar hatte das Thema sein Interesse geweckt. „Ich erinnere mich. Das Buch stand ja einige Zeit im Fokus des Medieninteresses. Ich finde, es war sehr mutig, was sie da geschrieben hat.“

Kai nickte zustimmend, ergänzte zögernd: „Ja, schon. Andererseits hat sie damit nicht nur Berufskollegen, sondern auch einige renommierte Psychiater und Therapeuten gegen sich aufgebracht.“

„Um was ging es denn in dem Buch?“ wollte ein jüngerer Kollege wissen.

Kai fühlte sich angesprochen. „Sie hat besonders mit ihren kritischen Thesen über die Therapiemöglichkeiten Sexualstraftäter viel Staub aufgewirbelt, vehement die Meinung vertreten, dass eine Vielzahl von ihnen nicht in den Maßregelvollzug gehört, sondern in eine Justizvollzugsanstalt. Sie hat das sehr professionell, aber auch allgemein verständlich dargestellt. Ich kann das Buch nur empfehlen. Denn wie viele Kollegen teile auch ich ihre Auffassung. Nach allem halte ich sie für eine sehr kompetente Person, die uns sicherlich auch in diesem Fall eine wertvolle Hilfe sein kann.“

„Dem kann ich nur zustimmen“, meinte Buchner, während er erneut aufstand. „Sie hat übrigens auf der Polizeiakademie in Nienburg schon einige sehr bemerkenswerte Vorträge über ihr Spezialgebiet Profiling gehalten.“

Als Kai fünf Minuten später in ihrem Dienstzimmer war, legte sie aus alter Gewohnheit ihre Beine auf den Schreibtisch, dachte über das nach, was sie gerade besprochen hatten. Die Art und Weise, wie Buchner den

Fall Prechtel gerade analysiert hatte, war ein Ansatz, über den nachdenken könnte. Wenn es wirklich so gewesen sein sollte, müssten sie den Fall von Grund auf neu bewerten. Einer plötzlichen Eingebung folgend, griff sie zum Telefonhörer, wählte die Nummer des Erkennungsdienstes. Meiberg meldete sich. Kai kam gleich zur Sache: „Peter, kannst du dich noch an den ersten Unfall auf der A7 am 16. Oktober erinnern?"

„Natürlich, diese üble Sache mit den drei Toten, ganz schrecklich."

Kai unterbrach ihn: „Peter, mich würde interessieren, ob ihr damals bereits den Streckenabschnitt untersucht habt."

„Ja, zusammen mit Breuer und seinen Kollegen von der Autobahnpolizei. Ergebnis negativ."

„Habt ihr euch auch die Übergänge angesehen, die über die A7 führen, besonders zwischen den Anschlussstellen Drispenstedt und Hildesheim? Ich denke hier zum Beispiel an die Hildebrandstraße, die über die Autobahn führt, dort wo Prechtel ermordet wurde."

„Kai, dazu bestand keinerlei Veranlassung. Eine Überprüfung der Hildebrandstraße fand erst nach den Unfällen am 6. November statt, als das Ehepaar mit seinem neuen Mercedes SL 300 verunglückte."

„Habt ihr auf dem Übergang irgendwelche Spuren gefunden, die damals vielleicht nebensächlich erschienen, heute aber in einem ganz anderen Licht gesehen werden müssen?"

„Worauf willst du eigentlich hinaus?" reagierte Meiberg leicht genervt. „Nach dem Unfall am 6. November konnten wir nichts Auffälliges finden, die Überführung Hildebrandstraße war wie leergefegt. Kein Wunder, kurz nach dem Unfall hatte es geregnet, dann kam dieser heftige Sturm ..." Meiberg sprach nicht weiter, Papier raschelte, offensichtlich blätterte er in seinen Aufzeichnungen. „Eine Überprüfung am letzten Sonntag war ja nicht erforderlich, da hatten wir diese Überwachungsaktion. Eine Woche vorher – also am 20. November – sah die Spurenlage auf der Überführung ganz anders aus. Wir konnten an diesem Tag eine Bierdose, einen Zigarrenstummel, eine Colaflasche und zwei Taschentücher sicherstellen. Ferner eine leere Marlboro-Schachtel, eine halb aufgerauchte Zigarette ..."

„Stopp! Sind die eben aufgezählten Utensilien schon ausgewertet?"

„Noch nicht. Es gab bisher keine Veranlassung dazu."

„Peter, sorge bitte dafür, dass die Fingerabdrücke auf der Schachtel und die genetischen Spuren auf der Zigarettenkippe mit dem Fragment des Abdrucks auf dem Flaschenhals und der Kippe, die wir in der Tasche von

Prechtel gefunden haben, umgehend abgeglichen werden. Ruf mich gleich an, wenn du das Ergebnis hast. Vielen Dank.“

Mittwoch, 30.11.

Der Artikel in der seriösen *Hildesheimer Allgemeinen Zeitung* war auf Seite 18 platziert, direkt über den Veranstaltungshinweisen und dem Programm des regionalen Rundfunksenders *Radio Tonkuhle*. Kai lehnte sich entspannt zurück, begann den Bericht zu lesen, der mit der Überschrift „*Autohasser wieder unterwegs*“ sofort das Interesse des Lesers weckte. Darunter stand: *Die Serie der Anschläge auf Autos reißt nicht ab. Noch während die Kripo mit Hochdruck an der Aufklärung der Sachbeschädigungen arbeitet, schlagen die Autohasser weiterhin mit beängstigender Regelmäßigkeit zu. Doch von den Tätern fehlt weiterhin jede Spur. Zu einem traurigen Höhepunkt dieser sinnlosen Anschläge kam es gestern in den frühen Morgenstunden, als die Täter auf dem Parkplatz des Hotels Novotel an der Bahnhofsallee eine Luxuslimousine in Brand steckten ...*

Kai hörte auf zu lesen und schaute auf den links danebenstehenden Aufruf, den Pressesprecher Claus Kugies in Abstimmung mit dem FK 1 der Zeitung zugeleitet hatte. „*Aufruf der Polizei*“ war da in Großbuchstaben zu lesen und darunter: *Im Zusammenhang mit den seit einiger Zeit stattfindenden Anschlägen auf Luxuslimousinen und dem Brandanschlag vor dem Novotel bittet die Polizei die Hildesheimer Bevölkerung um Mithilfe bei der Beantwortung folgender Fragen: Hat jemand am 29. November in der Zeit zwischen 0:30 Uhr und 1:00 Uhr verdächtige Personen auf dem Parkplatz des Novotels oder in unmittelbarer Nähe des Hotels gesehen? Da das Feuer mit Brandbeschleuniger gelegt wurde, zählen womöglich auch die Personen zum Kreis der Verdächtigen, die durch Brand- bzw. Benzingeruch oder ähnliche Anhaftungen aufgefallen sind ...*

Das Telefon klingelte, Kai schob die Zeitung zur Seite.

Christian Wechler. Kai riss sich zusammen, zwang sich, daran zu denken, dass er ganz offensichtlich aus rein dienstlichen Gründen anrief. Trotzdem spürte sie so etwas wie Schmetterlinge im Bauch – ein Gefühl, das sie schon lange nicht mehr gehabt hatte. Zuletzt sicherlich bei Thomas, doch auch das lag schon eine gefühlte Ewigkeit zurück. Christians betont nüchterne Stimme holte sie in die Wirklichkeit zurück: „Julia Seidel und ich haben die Nachbarn rund um das Hotel befragt. Keiner hat etwas gehört oder gesehen. Den Brand haben die Anwohner erst bemerkt, als das Martinshorn der Feuerwehr ertönte und kurz darauf der Benzintank des Autos explodierte. Allerdings hat sich ein gewisser Edmund Krüger bei uns als Zeuge gemeldet. Er kam von einer Geburtstagsfeier, wollte zu seiner Wohnung an der Richthofenstraße in der Nordstadt. Er hat uns erzählt, dass ihm gegen ein Uhr ein Mann in der Bahnhofsallee – kurz vor dem Übergang zur Kaiserstraße – überholt und heftig angerempelt habe. Fast zur gleichen Zeit hätte Krüger dann hinter sich den Feuerschein des brennenden Autos gesehen, sei sofort zurückgelaufen, wollte den Notruf wählen, unterließ es dann aber, als er das Martinshorn hörte. Höchst verärgert sei er gewesen, weil der Mann so getan hätte, als ginge ihn das alles nichts an. Krüger meinte, der hätte genau gewusst, was sich da hinter ihm auf dem Parkplatz des Novotel gerade abspielte."

„Kann er ihn beschreiben?"

„Krüger hat den Typen ja nur schräg von hinten gesehen. Er meint, er sei so um die dreißig gewesen, etwa 1,90 Meter groß, hätte eine Glatze gehabt – doch beschwören konnte er das nicht."

„Christian, wir sollten trotzdem ein Phantombild anfertigen lassen."

„Okay, machen wir. Schönen Abend noch."

Christian legte auf. Kai fragte sich, ob sie eine Einladung von ihm zu einem Glas Bier, Wein oder sonst was angenommen hätte.

In ihre Gedanken hinein klingelte erneut das Telefon. Polizeipsychologin Eva Bernauer war am Apparat, schien in Plauderlaune zu sein, erzählte ihr, dass sie die Weihnachtsfeiertage auf Mallorca verbringen wollte, da sie alleinstehend sei, ihr in Hannover die Decke auf den Kopf fallen würde. Zum Schluss kam sie auf den eigentlichen Grund ihres Anrufs zu sprechen: „Frau Sommer, Ihr neuer Vorgesetzter hat das Landeskriminalamt um Unterstützung gebeten. Er meinte, es ginge da um einen Mord an einem ehemaligen Kollegen, ferner um mysteriöse Unfälle auf der A7 und etliche Sachbeschädigungen an Luxuslimousinen. Das scheint mir ja eine ganz verrückte Geschichte zu sein – doch ehrlich gesagt, so ganz habe ich das alles nicht verstanden. Ich möchte Sie daher bitten, dass Sie mir alle tatrelevanten Unterlagen möglichst kurzfristig zuleiten. Ich werde mich dann umgehend damit beschäftigen – vielleicht auch so etwas wie ein Täterprofil erstellen ..." Bernauer stockte, fügte dann noch seufzend hinzu:

„Hoffentlich ist die Sache in ein, spätestens zwei Wochen erledigt. Ich habe nämlich keine Lust, auf meinen gebuchten Urlaub zu verzichten."

Dann geht es dir genauso wie mir, ging es Kai durch den Kopf.

Sie schaute auf die Uhr. Kurz vor acht – Zeit, den Tag ausklingen zu lassen. Das Wetter hatte sich geändert. Als sie das Inspektionsgebäude verließ, blies ihr ein mit Schnee vermischter Wind entgegen. Eingehüllt in ihren wattierten Wintermantel genoss sie die kalte, prickelnde Luft, die ihr Gesicht nach der stundenlangen Bürotätigkeit wohltuend erfrischte. Sie war froh, dass sie ihr Mountainbike zu Hause gelassen hatte. So brauchte sie weniger auf den Verkehr zu achten, hatte Zeit und Muße, über die letzten Stunden und Tage nachzudenken. Bewusst machte sie einen Umweg, folgte der Schützenwiese bis zum Dammtor und bog dann rechts in den Bergsteinweg ein.

Kai konnte sich nicht erinnern, jemals einen Fall bearbeitet zu haben, der nach sechs Wochen intensiver Ermittlungstätigkeit immer noch so viele ungeklärte Fragen aufwies. Es war frustrierend, zumal sie sich mittlerweile Tag und Nacht mit den Fällen beschäftigte. Psychologen und andere Therapeuten sagten zwar immer, man müsse abschalten, dürfe die Arbeit nicht mit nach Hause nehmen. Doch das war leichter gesagt, als getan. Und wo, bitteschön, war hier der Hebel zum Abschalten? Diese Frage hatte bislang noch keiner dieser klugen Leute beantworten können, dachte Kai.

Sie war gespannt auf den Anruf von Meiberg, der das genetische Material im Mordfall Prechtel mit dem vom Autobahnübergang Hildebrandstraße vergleichen wollte. Was würde das im Falle einer Übereinstimmung bedeuten? Vielleicht, dass es zwischen dem Mord an Prechtel und den mysteriösen Autobahnunfällen auf der A7 eine Verbindung gab? Nicht unbedingt! Es wäre damit lediglich der Beweis erbracht, dass die beiden Zigaretten von ein und demselben Raucher stammen würden – allerdings konnte es auch eine Person sein, die weder mit dem Mord noch mit den Unfällen auf der A7 etwas zu tun hatte. Die Fingerspuren müssten in diesem Fall jedoch anders beurteilt werden. Denn sollte es zwischen den Fingerabdrücken auf der Marlboro-Schachtel und dem Fragment des Fingerabdrucks auf dem Flaschenhals eine Übereinstimmung geben, könnte schon eher vermutet werden, dass zwischen dem Mord an Prechtel und den Verursachern der Unfälle eine Verbindung bestand. Doch auch damit wäre der Fall noch lange nicht gelöst. Denn nach allem bliebe die bedrückende

Frage, wie es der Täter angestellt hatte, dass sechs Autos gegen die Leitplanken gerast waren. Mit besorgtem Gesichtsausdruck überquerte Kai die Kreuzung in Richtung Bergstraße – in ein paar Minuten würde sie ihre Wohnung erreichen. Sie beschleunigte ihre Schritte, freute sich auf ein heißes Bad, ein Glas Rotwein. Bei diesem Wetter war auch nicht zu befürchten, dass Kawilü vor ihrer Haustür stand, von seinem Kater Heinrich erzählen wollte oder sich irgendwelche fachliche Fragen ausgedacht hatte.

Donnerstag, 1.12.

Wie erwartet rief Meiberg am frühen Morgen an, sagte aber nicht das, was Kai gern von ihm gehört hätte. „Die Marlboro-Schachtel können wir vergessen. Sie war völlig verdreckt, da muss wohl ein Trecker oder so was rübergerollt sein – die Spuren konnten wir nicht mehr auswerten. Bei den Kippen sieht es anders aus. Wir haben hier übereinstimmendes Genmaterial zwischen der aus der Hosentasche von Prechtel und der, die wir auf dem Übergang gefunden haben."

Kai bedankte sich, legte auf. Mit dem Laborergebnis konnten sie nichts anfangen, zumal ihnen Vergleichsspuren fehlten. Von einer nicht erklärbaren Unruhe getrieben, hielt Kai es nicht mehr länger an ihrem Schreibtisch aus. Sie musste sich selbst ein Bild von den Unfallstellen machen. Sie rief Freiberg an, bat ihn, einen Dienstwagen zu besorgen. Zwanzig Minuten später lief sie die Treppe hinunter, grüßte den Kollegen hinter dem Servicepoint, stieg in das Auto, das Erdal Freiberg gerade aus der Garage geholt hatte. Bevor er Fragen stellen konnte, sagte sie: „Wir fahren auf die Autobahn." Als sie seinen ungläubigen Blick sah, fügte sie hinzu: „Nur ein kleines Stück. Wir nehmen die Auffahrt Drispenstedt, verlassen dann die Autobahn über die Anschlussstelle Hildesheim – das dürften ungefähr drei Kilometer sein."

Als sie sich auf dem Kennedydamm befanden, berichtete Kai ihrem Kollegen, was Meiberg herausgefunden hatte. Drei Minuten später lenkte Freiberg den Wagen auf die dreispurige A7, blieb in der rechten Spur.

Kai zeigte nach vorn. „Wir halten vor der Überführung."

„Diesen Abschnitt haben wir doch letzten Sonntag überwacht", entfuhr es Freiberg. „Tagsüber sieht das hier ja völlig anders aus." Er schaltete das Blaulicht ein, setzte den Blinker, hielt scharf rechts auf dem Seitenstreifen.

Kai stieg aus, folgte der Leitplanke bis zu der Stelle, an der am 16. Oktober das Ehepaar mit ihrer dreizehnjährigen Tochter verunglückt war. Jemand hatte dort ein paar Blumen hingelegt, die inzwischen verwelkt waren, vermutlich die Eltern des Ehepaares, die Großeltern des Mädchens. Kai wusste es nicht. Sie wusste nur, dass von jetzt auf gleich an diesem lauten, menschenfeindlichen Ort das Leben einer kleinen Familie ausgelöscht worden war, ohne deren eigenes Verschulden. Und ebenso war es auch den anderen ergangen, wobei einige das Glück hatten, mit dem Leben davongekommen zu sein. Um den Kopf freizuhalten für ihre Ermittlungen, aber auch zu ihrem eigenen Schutz, durfte sie die getöteten Personen, ihre familiären Hintergründe und ihre qualvollen Schicksale jedoch nicht zu dicht an sich heranlassen.

Kai ging weiter, blieb dann aber stehen, als Freiberg sich räusperte. Sie drehte sich um, starrte auf den Autobahnübergang, sagte mehr zu sich selbst: „Verdammt, was hat er da oben gemacht? Oder besser noch: Wie und warum hat er es getan?“ Sie schüttelte bedrückt den Kopf, das alles machte sie wütend und betroffen. Besonders auch, weil sie sich so hilflos fühlte. Genervt wandte sie sich an Freiberg: „Erdal, ich würde viel darum geben, wenn mir diese Fragen jemand beantworten könnte.“

„Kannst du dir vorstellen, dass Felix Dornbach etwas damit zu tun hat? Du hast ja vor ein paar Tagen über diese Eisbrocken gesprochen. Es wäre zumindest eine Erklärung dafür, warum die Kollegen hier auf der Autobahn nichts gefunden haben.“

Kai zuckte mit den Schultern, sagte nur: „Wenn mir jemand so einen Brocken gegen die Windschutzscheibe werfen würde, noch dazu völlig unvermutet ... Ich weiß nicht, wie ich dann ...“ Sie dachte an den schrecklichen Albtraum, den sie vor ein paar Wochen gehabt hatte, meinte dann: „Erdal, wir müssen wissen, ob Felix Dornbach Raucher ist. Aber unabhängig davon soll Kollege Meiberg Dornbachs DNA mit der genetischen Spur im Fall Prechtel vergleichen. Meinetwegen auch mit der Kippe, die er auf dem Übergang gefunden hat. Kümmere dich bitte darum.“

„Haben wir seine DNA?“

„Ich nehme an, in seiner Akte. Sicherlich musste er damals eine Speichelprobe abgeben, als er die Steine auf die Autobahn geworfen hat.“

Sie gingen zurück zum Dienstwagen. Kai setzte sich auf den Beifahrersitz. „Wir fahren jetzt zu der Stelle, wo es am letzten Sonntag zu diesem tödlichen Unfall gekommen ist.“

Minuten später hatten sie ihr Ziel erreicht. Sie stiegen aus, schauten sich um. Kai deutete nach rechts. Der Rest eines flatternden Absperrbandes war nicht zu übersehen, zeigte ihnen den Weg. Genau dort war der Range Rover zum Stehen gekommen, nachdem er sich mehrmals überschlagen hatte. Für das Ehepaar aus Bremen war jede Hilfe zu spät gekommen. Und sie waren ganz in der Nähe gewesen, als das passierte – höchstens einen Kilometer weiter nördlich, wenn überhaupt. Kai wandte sich an Freiberg: „Warum haben wir von dem Unfall nichts mitbekommen? Wir hätten doch etwas hören müssen – zumindest die Kollegen, die auf dem Lärmschutzwall waren."

Erdal Freiberg sagte zunächst nichts, wollte seine Kollegen wahrscheinlich nicht in die Pfanne hauen, doch schließlich meinte er: „Kai, die Entfernung ist zu groß, einen Kilometer vielleicht, wie du ja selbst gesagt hast, da bekommst du nichts mit – besonders, wenn der Wind dann auch noch aus nördlicher oder nordwestlicher Richtung kommt. Allerdings frage ich mich, warum wir uns jetzt im Nachhinein auch noch damit belasten sollen. Was bringt es, wenn wir uns den Kopf darüber zerbrechen, ob die Kollegen da oben auf dem Wall etwas gehört haben oder nicht?"

Kai ersparte sich eine Antwort, zumal sie nur mit halbem Ohr zugehört hatte. Vielmehr fragte sie sich, ob das Ehepaar noch leben würde, wenn sie mit ihrem Geländewagen langsamer gefahren wäre. Die Unfallstelle lag in Sichtweite der Ausfahrt Hildesheim – vielleicht wollten sie abbiegen, hatten es sich in letzter Sekunde dann aber anders überlegt, das Lenkrad verrissen. Doch es gab keine Anzeichen dafür, dass es sich so ereignet hatte und eigenes Verschulden ursächlich für den Unfall gewesen war ...

In ihre Gedanken hinein sagte Freiberg: „Wenn er auch hier seine Finger im Spiel hatte, stellt sich die Frage, von wo aus er das getan hat. Als Überführung gibt es hier nur die Bundesstraße – die ein paar hundert Meter vor uns die A7 überquert ... Wie gesagt, die liegt weit vor uns, nicht hinter uns, kann also vom Täter für seine Aktionen hier nicht benutzt worden sein."

„Dann hat er das eben von einer anderen Stelle aus getan", murmelte Kai kaum hörbar.

Freiberg schaute sich noch einmal um, zuckte mit den Schultern. „Kai, hier gibt es keine Überführungen, die für ..."

„Es gibt hier aber etwas anderes. Du stehst direkt davor und ..." Kai deutete mit dem Kopf auf eine Stahlkonstruktion, die sich mit ihren blauen

Hinweisschildern nur wenige Meter vor ihnen über die Autobahn spannte. Ein nach rechts zeigender weißer Pfeil informierte den Autofahrer darüber, dass er beim Verlassen der Autobahn die Stadt Hildesheim und die Ortschaften Elze und Hohenhameln erreichen konnte. Erdal folgte ihrem Blick, wollte etwas sagen, doch Kai kam ihm zuvor: „An dem stählernen Rahmen befinden sich Leiterstufen – wahrscheinlich, damit man die Schilder bei Bedarf problemlos austauschen kann.“

„Das würde ja bedeuten ...“

„Genau das, Erdal! Ich werde gleich Meiberg anrufen. Er soll sich diese Stahlkonstruktion einmal etwas näher ansehen. Nach allem kann ich mir gut vorstellen, dass unser Mann am letzten Sonntag von hier aus agiert hat. Nach allem bleibt aber immer noch die Frage, wie er es gemacht hat.“

10

Montag, 5.12.

Frühbesprechung. Kai nickte den Kollegen zu, versuchte ein aufmunterndes Lächeln, was ihr aber nicht so recht gelingen wollte. Auch heute glaubte sie den Gesichtern entnehmen zu können, dass das anfänglich vorhandene Engagement nun von einer zunehmenden Mutlosigkeit verdrängt wurde. Trotz aller Bemühungen traten sie immer noch auf der Stelle, glaubten mittlerweile einem Phantom hinterherzujagen. Sie brauchten endlich einen Erfolg! Die Mutlosigkeit bekam auch dadurch neue Nahrung, dass das Weihnachtsfest näher rückte, die Kollegen den lang geplanten Urlaub nur teilweise nehmen konnten – wenn überhaupt. Und alles nur, weil ein paar durchgeknallte Autohasser ihre zum Scheitern verurteilten Vorstellungen verwirklichen wollten. Kai wusste, dass fast alle Kollegen so dachten. Auch sie empfand ähnlich. Doch als Leiterin der Soko A7 musste sie in dieser depressiven Phase vor allem ihre Kollegen motivieren, ihnen den Rücken stärken – auch wenn das nicht immer ganz einfach war.

Kriminaloberrat Buchner hatte Neuigkeiten. Polizeipsychologin Dr. Bernauer wollte in einer Stunde hier sein, an der Dienstbesprechung teilnehmen. Kai hatte Zweifel, ob sie jetzt schon ein umfassendes Täterprofil liefern konnte. Wie sollte sie auch? Kai hatte ihr erst vor ein paar Tagen die tatrelevanten Unterlagen zugeleitet. Dennoch schien die Psychologin es eilig zu haben, wollte sich offensichtlich ihren Weihnachtsurlaub nicht kaputtmachen lassen. Kai konnte es nur recht sein.

Harald Buchner ergriff das Wort: „Frau Sommer, bis zum Eintreffen der Psychologin sollten wir unsere bisherigen Ermittlungsergebnisse noch einmal besprechen. Ich nehme an, dass es am gestrigen Sonntag keine besonderen Vorkommnisse gegeben hat.“

„Das ist richtig, zumindest, was die Unfälle auf der A7 betrifft. Wir haben in der Zeit von zwei bis vier Uhr morgens mit mehreren Kollegen den etwa drei Kilometer langen Autobahnabschnitt zwischen den Anschlussstellen Drispenstedt und Hildesheim überwacht. Es gab keinerlei Auffälligkeiten. Wir können nur hoffen, dass es so bleibt und nicht die Ruhe vor dem großen Sturm ist. Etwas anders sah es allerdings im innerstädtischen Bereich aus. Heinz, vielleicht solltest du kurz ...“

Ossenkopp nickte. „In den frühen Morgenstunden wurde in der Innenstadt bei einem Mercedes 300 mit einem Hamburger Kennzeichen der

Lack zerkratzt, die Außenspiegel abgebrochen, zwei Reifen zerstochen, die Windschutzscheibe eingeschlagen – was dann einen Alarm auslöste. Doch gebracht hat es nichts. Als unsere Leute am Tatort eintrafen, war von den Chaoten nichts mehr zu sehen. Es gab dann auch noch mehrere kleinere Sachbeschädigungen auf dem Gelände des neuen Klinikums. Unter anderem wurden bei einem BMW mit Göttinger Kennzeichen zwei Reifen zerstochen, von einem Audi A4 aus Heidelberg Außenspiegel und Antenne abgebrochen. Ich nehme an, dass es sich hier um Patientenfahrzeuge handelt, die Halterfeststellung läuft noch. Etwas Neues haben sich die Täter vor der Bürgermeisterkapelle einfallen lassen. Ein Audi A8 aus Köln und ein Mercedes aus Düsseldorf wurden mit einer säurehaltigen Brühe übergossen. Unser Labor ist gerade dabei, die ätzende Flüssigkeit zu analysieren. Ich habe mir die Autos angesehen, die Schäden sind erheblich, überall blitzt blankes Blech hervor. Ich bin gespannt, was sie sich als Nächstes einfallen lassen ...“

Kriminaloberrat Buchner unterbrach ihn: „Es fällt auf, dass die Täter fast nur über auswärtige Autos herfallen. Wie auch bei dem Audi des Offenbacher Fabrikanten. Könnte das einen besonderen Grund haben?“

Kai mischte sich ein: „Nein, hat es nicht. Es gibt dafür auch eine einfache Erklärung. Die meisten Hildesheimer haben ihre wertvollen Autos in sicheren Garagen stehen, sind somit unerreichbar für die kriminellen Autohasser.“

Buchner hob die Schultern. „Das leuchtet ein. Vielleicht sollten wir den Hotels vorschlagen, dass sie ihren Gästen bewachte Parkplätze oder Garagen anbieten“, und mit Blick auf Kai: „Frau Sommer, wie sieht es mit dem Phantombild aus?“

„Kollege Wechler hat es nach Angaben des Zeugen Krüger anfertigen lassen. Allerdings glaube ich nicht, dass es uns weiterbringt, zumal wir noch nicht einmal wissen, ob der Mann, der Herrn Krüger angerempelt hat, etwas mit dem Autobrand zu tun hatte. Mit viel Fantasie könnte man sagen, dass die Skizze ein wenig Felix Dornbach ähnelt. Ich habe daher meinen Kollegen Ossenkopp gebeten, Dornbach zu fragen, wo er sich zur Tatzeit am 29. November gegen ein Uhr aufgehalten hat.“

„Frau Sommer, Sie hatten bei unserem Telefonat am Freitag angedeutet, dass Sie auf dem betreffenden Autobahnabschnitt etwas entdeckt haben, das uns vielleicht weiterbringen könnte. Vielleicht sollten Sie dazu etwas sagen. Bis Frau Bernauer kommt, bleiben uns noch ein paar Minuten."

Kai berichte kurz über die Autobahnfahrt zwischen den Anschlussstellen Drispenstedt und Hildesheim, erläuterte, dass sie sich besonders für die Stelle interessiert habe, an der Sonntag vor einer Woche das Ehepaar aus Bremen mit seinem Range Rover den tödlichen Unfall hatte. Zum Schluss sagte sie: „Die vorausgegangenen fünf Unfälle sind ja immer in Nähe der Überführung Hildebrandstraße passiert. Für mich stellen sich da mehrere Fragen: Erstens, warum hat der Täter diesen Bereich am 27. November gemieden? Warum hat er den Range Rover über tausend Meter südlich von seinem eigentlichen Aktionsbereich verunfallen lassen? Er musste also wissen, dass wir lediglich den Bereich Hildebrandstraße überwachen. Doch woher wusste er das? Er konnte das nur aus dem letzten Presseartikel wissen. In dem wurde nämlich berichtet, dass wir verstärkt auch den Abschnitt der A7 überwachen würden – und zwar den Bereich, auf dem sich die bisherigen Unfälle ereignet haben."

Buchner beugte sich ärgerlich vor, schlug mit der flachen Hand auf den Tisch. „Das mit diesem Presseartikel hätte nicht passieren dürfen! Immerhin wissen wir jetzt, warum wir mit unserer nächtlichen Überwachungsaktion keinen Erfolg hatten."

„Sie sagen es", bemerkte Kai trocken. „Aber zurück zu der Aktion des Täters am 27. November. Wir können mit Sicherheit davon ausgehen, dass er bisher immer von einer Überführung aus agiert hat. Eine andere Möglichkeit sehe ich nicht. Allerdings gibt es in dem Bereich, in dem sich der letzte Unfall ereignet hat, keine derartige Überführung ..."

Buchner fiel ihr ins Wort: „Frau Sommer, ich verstehe nicht, warum im Fokus Ihrer Überlegungen ständig diese Überführungen stehen. Vergessen Sie bitte nicht, dass zwei Unfallopfer ausgesagt haben, ihnen sei ein Fahrzeug mit aufgeblendeten Scheinwerfern entgegengekommen. Das sollten wir nicht unbeachtet lassen, wobei es ..."

„... keinerlei Hinweise dafür gibt, dass es so gewesen sein könnte. Entschuldigung, Herr Buchner, aber das ist nun einmal Fakt. Erlauben Sie bitte, dass ich noch einmal auf die Überführungen zurückkomme, die es, wie schon gesagt, in diesem Bereich nicht gibt, die aber für die Aktionen des Täters zwingend erforderlich sind. Allerdings gibt es da etwas anderes!"

„Vielleicht eines dieser Mautüberwachungssysteme“, warf Buchner hoffnungsvoll ein. „Wir sollten Kontakt mit dem Betreiber Toll Collect aufnehmen. Ich glaube, die haben da sogar eine Videoüberwachung. Wenn Sie wollen ...“

„Nein, Herr Buchner, ich muss Sie leider enttäuschen, so eine Anlage gibt es da nicht. Aufgefallen ist mir direkt vor dem Unfallort allerdings eine über die A7 führende Stahlkonstruktion, an dem sich die blauen Schilder für die Ausfahrt Hildesheim befinden. Diese Schilderhalter haben Leitersprossen, über die man bequem nach oben steigen kann. Meiberg und Kollegen haben die Spuren auf der Stahlkonstruktion bereits gesichert – die Auswertung wird allerdings noch ein oder zwei Tage dauern.“

Bucher nickte anerkennend, wollte etwas sagen, doch da klingelte sein Handy. Er entschuldigte sich, nahm das Gespräch an, sagte dann: „Die Besprechung mit Frau Bernauer müssen wir leider verschieben, ihr ist etwas Dringendes dazwischengekommen.“

Dienstag, 6.12.

Kai hatte sich gerade mit einem Becher Kaffee an ihren Schreibtisch gesetzt, als es klopfte und Meiberg und Ossenkopp in ihr Zimmer polterten. Sie lümmelten sich auf die Besucherstühle, und Ossenkopp meinte mit Blick auf Meiberg: „Peter hat mir gerade etwas über die letzten Laborergebnisse erzählt, die auch mich brennend interessieren.“

Kai nahm einen Schluck von ihrem Kaffee, schaute erwartungsvoll über den Becherrand. „Ich nehme an, es geht um die Spuren auf dem Schilderträger.“

Obwohl Meiberg bester Laune zu sein schien, sagte er dennoch leicht klagend: „Ja, allerdings. Ich kann dir sagen, das war eine Heidenarbeit – doch die Mühe hat sich gelohnt.“

„Die Fakten, Peter, die Fakten! Mach es bitte nicht so spannend.“

Es klopfte erneut. Kriminaloberrat Buchner stürmte ins Zimmer, wollte etwas sagen, unterließ es dann aber mit Blick auf die Besucher.

Das ist ja hier wie im Taubenschlag, dachte Kai, sagte dann laut: „Herr Meiberg macht uns gerade mit der neuen Spurenlage vertraut.“

Buchner lehnte sich gegen den furnierten Eichenschrank. „Lassen Sie sich bitte nicht stören.“

Meiberg fuhr mit seinem Bericht fort: „Die meisten Spuren auf dem Schilderträger waren für uns uninteressant. Teilweise gab es überlappende Fingerabdrücke, jede Menge Fragmente, ein Kaugummi, das jemand an den oberen Träger geklebt hatte, ein paar Schuhabdrücke, die wir nicht zuordnen konnten ..."

„Peter!"

„Um es abzukürzen: Es gibt zwei tatrelevante Spuren. Wir konnten einen frischen Fingerabdruck isolieren, der identisch mit dem Fragment auf dem Flaschenhals ist."

Kai beugte sich gespannt vor. „Das würde ja bedeuten, dass die Person, die Prechtel erschlagen hat, auch etwas mit den Unfällen auf der A7 zu tun hat."

„Mit Sicherheit", mischte sich Ossenkopp ein. „Denn was hätte er da sonst auf dem Schilderträger über der A7 tun sollen?"

„Haben Sie die Fingerspur durch das System laufen lassen?" wollte Buchner wissen.

„Das hatten wir ja bereits mit dem Fragment vom Flaschenhals gemacht. Ergebnis leider negativ. Aber es gibt noch etwas, was ich für ebenso wichtig halte. Wir konnten an einer der Schrauben, mit der das Hinweisschild auf dem Querträger befestigt ist, bräunliche Anhaftungen isolieren. Wir haben das zuerst unbeachtet gelassen, weil wir dachten, das sei Fett, ein Mittel gegen Korrosion oder so etwas Ähnliches. Nein, es war Blut! Um auch hier die Sache abzukürzen: Das von dem Blutpartikel abgeleitete genetische Muster ist identisch mit der DNA, die wir aus dem Speichel der Zigarettenkippen entwickeln konnten."

„Bingo!" entfuhr es Ossenkopp.

„Langsam wird so einiges klarer", stellte Kai zufrieden fest. „Wenn wir unser bisheriges Wissen mit den neuen Erkenntnissen ergänzen, zeichnet sich folgendes Bild ab: Der ehemalige Kollege Prechtel hat am frühen Morgen seines Todestages eine für uns noch unbekannte Person verfolgt. Wir wissen nicht, wie er auf sie aufmerksam geworden ist, werden es wohl auch nie erfahren – allenfalls könnte es uns der Täter sagen. Aus irgendeinem Grund ist es dann zwischen den beiden zu einer Auseinandersetzung gekommen – wahrscheinlich wollte Prechtel den Unbekannten daran hindern, etwas zu tun, was den Autofahrern auf der A7 hätte gefährlich werden können. Vieles spricht dafür, dass es so gewesen sein könnte, besonders wenn wir die vorliegenden Indizienbeweise insgesamt betrachten:

Wir haben zum einen die genetischen Spuren von den beiden Kippen – die zudem auch deckungsgleich mit der DNA vom Schilderhalter sind –, zum anderen das Fragment auf dem Flaschenhals, das wiederum mit dem Fingerabdruck auf dem Schilderträger übereinstimmt ..." Kai überlegte, fügte noch hinzu, bevor Buchner etwas sagen konnte: „Ein wichtiger Punkt erscheint mir auch der Zeitfaktor zu sein, denn nach unseren Recherchen wurde Prechtel getötet, als das Ehepaar Rita und Henry Bensen mit ihrem Sportwagen gegen die Leitplanken raste. Nach allem können wir nun festhalten, dass der unbekannte Täter nicht nur den Tod unseres ehemaligen Kollegen verursacht hat, sondern gleichermaßen auch an den Autobahnunfällen beteiligt sein muss – zumindest für die, die sich am 6. und 27. November auf der A7 ereignet haben."

Buchner nickte anerkennend. „Frau Sommer, das war sehr aufschlussreich", und mit Blick auf den Leiter des Erkennungsdienstes: „Herr Meiberg, das war eine gute Arbeit, die Sie spurensicherungstechnisch da mit Ihren Leuten geleistet haben." Buchner wandte sich an Kai: „Ich nehme an, das bringt uns ein Stück weiter, oder?"

„Es rundet zumindest das Bild ab. Aufgrund der Spurenlage wäre es nach allem nun ein Leichtes, den Täter zu überführen – wenn er denn schon einmal auffällig geworden wäre. Doch das ist er leider nicht. Wir haben zwar seine Fingerabdrücke, auch sein genetisches Profil, nicht aber seinen Namen."

„Und, was bedeutet das jetzt für Ihre weitere Ermittlungsarbeit?" fragte Buchner. „Wollen Sie etwa tatenlos abwarten und zusehen, bis weitere Unfälle passieren?"

„Natürlich nicht. Wir werden selbstverständlich weiterhin den betreffenden Autobahnabschnitt überwachen – und peinlich darauf achten, dass unsere Aktionen vorher nicht in den Medien angekündigt werden. Parallel hierzu brauchen wir Hinweise aus der Bevölkerung, verbunden mit der Erwartung, dass dem einen oder anderen verdächtige Personen in Nähe der A7 auffallen oder aufgefallen sind. Ähnliches gilt für die Gruppe der Autohasser, die auch weiterhin verstärkt im Fokus unserer Ermittlungen stehen. Diesbezüglich sind wir ja auch schon einmal in die Presse gegangen. Allerdings mit mäßigem Erfolg. Lediglich in einem Fall konnten wir ein Phantombild anfertigen."

Kai schaute auf Ossenkopp. „Du wolltest doch Felix Dornbach nach seinem Alibi fragen."

„Deswegen bin ich eigentlich hier. Also, Erdal und ich haben ihn uns noch mal so richtig vorgenommen.“

„Ich hoffe, im Rahmen des gesetzlich Erlaubten“, warf Buchner mahnend ein.

„Das machen wir immer“, bemerkte Ossenkopp trocken. „Zunächst hat er behauptet, er sei zu Hause gewesen, was aber keiner bestätigen könne. Angeblich war sein Vater alkoholisiert, hat seinen Rausch ausgeschlafen, und seine Mutter ist in dieser Zeit bei einer Freundin gewesen. Doch als wir ihn dann mit auf die Dienststelle nehmen wollten, wurde er gesprächiger, hat zugegeben, in der fraglichen Zeit im LiNo gewesen zu sein. Er meinte, er habe den Klub an der Wallstraße dann ziemlich besoffen gegen ein Uhr verlassen. An mehr könne er sich nicht erinnern. Von dem Autobrand vor dem Novotel habe er nichts mitbekommen, wisse auch nichts von einer Rempelei. Erinnern könne er sich nur an ein Martinshorn, das er irgendwo hinter sich gehört habe.“

„Was hältst du von seiner Aussage?“ wollte Kai wissen.

„Durchaus glaubwürdig. Wir haben die Bedienung im Klub befragt. Sie konnte sich so in etwa an die Getränke erinnern, die Dornbach an diesem Abend konsumiert hatte. Nach unserer Einschätzung müsste er demnach mindestens zwei Promille gehabt haben, wäre somit überhaupt nicht fähig gewesen, einen derartigen Brand zu legen.“

Buchner wandte sich erneut an Kai: „Frau Sommer, glauben Sie, dass es zwischen den Autohassern und diesen Typen, die für die Unfälle auf der A7 verantwortlich sind, eine Verbindung gibt – es sich vielleicht sogar um dieselben Täter handelt?“

„Durchaus möglich, zumindest sollten wir es nicht ganz ausschließen. Denkbar ist natürlich auch, dass diese sogenannten Autohasser sich nun auch hier in Hildesheim etablieren. Bevor der Brandanschlag vor dem Novotel passierte, war ich der Auffassung, dass es hier keine Verbindung zu den Unfällen auf der A7 geben kann, weil das ja ein ganz anderes Kaliber ist. Mittlerweile bin ich mir da aber nicht mehr ganz so sicher, denn bei dem Autobrand haben die Täter ja auch die Verletzung oder sogar den Tod von Menschen billigend in Kauf genommen. Allein, wenn ich an die Explosion und die herumfliegenden Autoteile denke. Dahinter steckt schon eine ganz erhebliche kriminelle Energie.“

Mittwoch, 7.12.

Endlich hatte der Termin mit Dr. Eva Bernauer geklappt, wenn auch ein paar Tage später, als ursprünglich vorgesehen.

Kriminaloberrat Harald Buchner stellte sie den Mitgliedern der Soko A7 vor, was sich bei einigen erübrigte, da sie schon in früheren Sonderkommissionen mit ihr zusammengearbeitet hatten. Er machte keinen Hehl daraus, dass er die Psychologin schon einige Jahre kannte, ihr erstmals auf der Polizeiakademie in Nienburg begegnet war, sie in dieser Zeit auch schätzen gelernt hatte.

Wie immer, wenn Dr. Bernauer von Dienststellen der örtlichen Polizei um Hilfe gebeten wurde, hielt sie ihren einleitenden Vortrag – zum einen, um ihre Arbeit vorzustellen, zum anderen aber auch, um keine Missverständnisse aufkommen zu lassen. „Liebe Anwesende, vielleicht sollte ich kurz erklären, auch wenn ich das hier sicherlich schon einmal getan habe, was Profiling ist. Lassen Sie mich zunächst sagen, dass ein Mörder, ein Killer, ein Verbrecher, eine menschliche Bestie, ein Monster oder wie immer Sie den gesuchten Straftäter auch nennen mögen, zu neunundneunzig Prozent niemals so aussieht, wie wir ihn uns vorstellen. Und genau da müssen wir ansetzen! Wir dürfen eine bestimmte Person von einer Täterschaft niemals allein schon deswegen ausschließen, weil sie uns sympathisch erscheint, wir ihr eine bestimmte Tat nicht zutrauen. Es kann eine bezaubernd aussehende junge Frau genau so sein, wie ein gut gekleideter Mann mit besten Manieren, hochgebildet, charmant und mit allen sonstigen positiven Attributen, die man sich nur vorstellen kann. Diese Tatsache dürfen wir bei unserer täglichen Ermittlungsarbeit auf der Suche nach dem Täter niemals vergessen. Ich betone: Niemals! Und bei allem müssen wir uns darüber klar werden, dass tief in jedem Menschen so etwas wie eine Bestie lebt, die nur durch die dünnen Fesseln der Zivilisation im Zaum gehalten wird – wobei der Grat zwischen Normalität und Wahnsinn hier oft sehr schmal ist. Bei allen Überlegungen sollten wir uns auch immer wieder die Frage stellen, warum das Böse in den meisten Menschen dauerhaft verborgen bleibt, bei anderen aber hervorbricht – mit all den uns bekannten, verheerenden Folgen. Nach wie vor ist es auch für uns Psychologen ein Phänomen, warum die eine Person ein Verbrechen begeht, die andere aber nicht. Vielfach ist bei meiner Tätigkeit die Fantasie oft wichtiger als das allgemeine Wissen, denn uns allen ist ja bekannt, wie begrenzt das menschliche Wissen ist. Und genau dort setzt das Erstellen von Täterprofilen ein: Ich muss fehlendes Wissen durch Hypothesen ersetzen, wobei dann eine scharf kalkulierte Logik neue Ermittlungsansätze schafft – eine nicht immer einfache Aufgabe. Allerdings gehört zur Profilerstellung und Tatortanalyse mehr, als nur Daten zu sammeln und sie zu besprechen. Ein guter Profiler muss nicht nur ein möglichst breites Spektrum von Beweisen und Daten sammeln, sondern diese auch bewerten. Zudem muss er in der Lage sein, in die Rolle des Täters zu schlüpfen, vielfach auch in die des Opfers." Eva Bernauer ließ die Worte auf ihre Zuhörer wirken, fuhr dann erklärend fort: „Das ist allerdings nur die eine Seite des Profilings. Zur realistischen Einschätzung sollte man fairerweise aber auch sagen, dass allein mit einem psychologischen Profil kaum ein Täter gefasst oder überführt werden kann. So etwas gibt es nur in Kriminalfilmen, besonders in diesen amerikanischen Serien, die tagtäglich im Fernsehen laufen. Andererseits kann aber ein gutes Psychogramm dem Kriminalisten durchaus Denkanstöße geben. Von dieser abstrakten Darstellung nun aber zu den konkreten Fällen. Aus den Berichten der Rechtsmedizin, der Spurensicherung und den Fotos vom Tatort lassen sich eine Menge Rückschlüsse auf die Persönlichkeit des Straftäters ziehen ..." Sie stockte, hob schuldbewusst die Schultern. „An dieser Stelle muss ich Ihnen allerdings sagen, dass ich aus Zeitgründen noch nicht dazu gekommen bin, Ihnen heute schon ein aussagekräftiges Profil mitzubringen ..."

Die Kriminalbeamten waren bislang gebannt und aufmerksam ihren Ausführungen gefolgt, fingen nun aber an zu tuscheln. Einige von ihnen hatten sicherlich gedacht, gleich ein umfassendes Täterprofil präsentiert zu bekommen. Kai konnte die Enttäuschung der Kollegen gut verstehen, denn als sie vor ein paar Tagen mit Dr. Bernauer telefoniert hatte, klang das noch ganz anders – da wollte sie den Fall schnell vom Tisch haben, um ihren Weihnachtsurlaub nicht zu gefährden. Die Psychologin musste daher langsam Gas geben – in siebzehn Tagen war Weihnachten.

Bernauer nahm erneut einen Schluck von dem Kaffee, machte ein zuversichtliches Gesicht, sprach weiter: „Allerdings habe ich Ihnen heute die Kurzfassung eines Täterprofils mitgebracht, die auf den tatrelevanten Daten beruht, die mir Frau Sommer kurzfristig zugeleitet hat. Nach meiner Einschätzung ist für das Tötungsdelikt an Ihrem ehemaligen Kollegen Prechtel der gleiche Täter oder, wenn es sich um mehrere handeln sollte, die gleiche Tätergruppe verantwortlich. Mit anderen Worten: Alle Straftaten, die hier auch sonst noch passiert sind, wie die Unfälle auf der A7 und die Sachbeschädigungen der Luxusautos im innerstädtischen Bereich, gehen meines Erachtens auf das Konto dieser sogenannten Autohasser. Da ich meine, dass es auch bei dieser kriminellen Vereinigung so etwas wie eine Führungsperson gibt, möchte ich zunächst diese Leitfigur in den Fokus meiner Betrachtung stellen. Denkbar ist, dass der Mann – eine Frau scheidet aufgrund der Spurenlage aus ..."

„Wieso scheidet eine Frau aus?" wollte Buchner wissen, obwohl er die Antwort kannte und nur noch eine nachvollziehbare Bestätigung haben wollte.

„Ich nehme an, Sie denken hier an das Callgirl Marion Donati?" Als Buchner nickte, fuhr Bernauer fort: „Gegen die Tatbeteiligung dieser Dame sprechen gleich mehrere Gründe. Der Hauptgrund ist wohl der, dass sie kein Motiv hatte, so etwas zu tun. Zudem können ihr weder das Fragment auf dem Flaschenhals noch die DNA von den Kippen oder die Blutspur auf diesem Schilderträger zugeordnet werden, weil sie eindeutig von einer männlichen Person stammen. Und warum sollte sie sich zu den Autohassern hingezogen fühlen, wo sie doch selbst mit einem Luxusauto herumfährt? Ich meine, wer den Tod so vieler Menschen billigend in Kauf nimmt – es bewusst darauf anlegt, möglichst viele von ihnen zusammen mit ihren Luxuslimousinen aus dem Verkehr zu ziehen –, hat ganz andere Beweggründe, wozu ganz sicherlich nicht käuflicher Sex gehört."

Die Psychologin schwieg eine Weile, trank den Rest ihres Kaffees, der inzwischen kalt geworden war, bekräftigte noch einmal: „Nein, das mit der Donati können Sie vergessen. Sie ist außen vor. Doch zurück zum wirklichen Täter: Der Mann, den wir suchen, leidet an schweren Persönlichkeitsstörungen, die durch irgendwelche Ereignisse in seinem Leben ausgelöst wurden. Dieser schon krankhafte Hass auf Autos der Luxusklasse kommt ja nicht von ungefähr. Ich meine, der Fantasie sind hier keine Grenzen gesetzt. Es können gesellschaftspolitische, soziale wie auch wirtschaftliche Gründe eine Rolle spielen. Einhergehend mit der Wahrnehmung, dass besonders auch in unserem Land die Schere zwischen Arm und Reich immer mehr auseinandergeht, könnte sich der Täter die Frage stellen, warum die da oben – die Schönen und Reichen – in kaum vorstellbarem Luxus leben und er nur ein paar Euros zur Verfügung hat. Denkbar ist auch, dass er sich als Opfer eines Zwanges sieht. Oder anders ausgedrückt: Seine kriminellen Aktionen – also der Mord an Prechtel, das Herbeiführen der Unfälle auf der A7, das Abfackeln oder Beschädigen von Luxusautos – sind für ihn so etwas wie umgesetzte Zwangshandlungen, die ihn immer wieder antreiben und dabei sein Bewusstsein völlig beherrschen."

„Seit einigen Tagen herrscht Ruhe. Glauben Sie, dass er weitere Straftaten begehen wird?" fragte Kai, ergänzte hoffnungsvoll: „Vielleicht liegt es ja an der Adventszeit, dem baldigen Weihnachtsfest ..."

„Nein, Frau Sommer, davon können wir nicht ausgehen. Die besinnliche Zeit berührt ihn in keiner Weise, ist für ihn nichts als Gefühlsduselei. Sie erhöht vielleicht sogar verstärkt seinen Hass auf die, die im Wohlstand leben, mit protzigen Autos durch die Gegend fahren, sich zum Fest wertvolle Geschenke machen können. Um noch einmal auf Ihre Frage einzugehen: Ja, er wird weitermachen, weil er nicht anders kann. Er ist, wenn Sie so wollen, zwangsgesteuert. Seine Taten lösen bei ihm ganz besondere Emotionen aus – die für uns in keiner Weise nachvollziehbar sind. Aus meiner langjährigen Praxis weiß ich, dass viele Täter hier so etwas wie Glücksgefühle bekommen, einige sogar vor Freude weinen."

Buchner beugte sich vor. „Wenn ich Sie richtig verstehe, würde der Täter nach der Festnahme in eine psychiatrische Klinik kommen, oder?"

„Ja, wenn das eben aufgezeigte Krankheitsbild durch ein psychiatrisches Gutachten bestätigt wird, bleibt dem Richter wohl nichts anderes übrig." Dr. Bernauer zuckte mit den Schultern, fügte dozierend hinzu: „Wissen Sie, Menschen mit schweren Persönlichkeitsstörungen, ich unterstelle einmal, dass wir es hier mit solch einem Täter zu tun haben, sind fast gar nicht in den Griff zu bekommen, weil es gegen ihre innere Struktur keine Medikamente gibt. Man kann hier sagen, dass ihre seelischen Defekte und Defizite so gravierend sind, dass sie immer wieder rückfällig werden. Es ist so ähnlich wie bei einem Sexualstraftäter. Unter gewissen Umständen kann hier zwar eine Psychotherapie weiterhelfen, doch die dauert extrem lange und würde auch keine absolute Sicherheit bringen."

„Also, einsperren und Schlüssel wegwerfen, wie ein bekannter Politiker mal gesagt hat", warf Ossenkopp betont flapsig ein.

„Im Prinzip hat er da nicht ganz unrecht. Bei einem Straftäter mit diesem Krankheitsbild gibt es oft keine andere Möglichkeit, als ihn auf Lebenszeit zum Schutz der Bevölkerung wegzuschließen."

„Können Sie aufgrund der bisherigen Erkenntnisse etwas über sein Umfeld, sein Alter sagen?" fragte Kai.

„Wahrscheinlich lebt er allein, hat wenig oder kaum Kontakte zu seinen Nachbarn – verstärkt aber zu Gleichgesinnten, die jedoch erheblich jünger sind als er. Er dürfte zwischen vierzig und fünfzig Jahren alt sein, nahe der Autobahn in einer Wohnung leben, besser noch in einem kleinen Haus."

Wechler mischte sich ein: „Sie haben ja anfangs gesagt, in den Fokus Ihrer Beurteilung zunächst den Haupttäter zu stellen, was Sie ja auch sehr ausführlich getan haben. Aber sicherlich werden Sie mir zustimmen, dass die begangenen Straftaten nicht von einer einzigen Person begangen worden sein können. Dafür sind die Übergriffe zu unterschiedlich."

Dr. Bernauer unterbrach seinen Redefluss: „Herr Wechler, wie Sie gerade schon sagten, habe ich bewusst nur diese eine Person beurteilt, weil ich glaube, dass sie die gravierendsten Straftaten begangen hat. Auch ich bin der Auffassung, dass wir es hier mit einer Clique von Autohassern zu tun haben. Ich kann aber nicht sagen, ob der von mir beschriebene Haupttäter mit dieser Gruppe zusammenarbeitet oder allein agiert. Um es noch einmal deutlich zu machen: Vieles deutet darauf hin, dass es sich bei den Übergriffen auf der A7 um einen hochgradig gestörten Einzeltäter handelt, der zudem wesentlich älter ist als die Personen, die die anderen Straftaten im Stadtgebiet begangen haben – die ich zudem auch nicht für psychisch krank halte. Mit Sicherheit kann ich aber sagen, dass auch ihre Taten von Neidkomplexen getragen werden, verbunden mit der Frage: Warum stehen wir auf der Schattenseite, die anderen aber auf der Sonnenseite des Lebens?"

Donnerstag, 8.12.

Als Kai an diesem Morgen auf dem Weg zu ihrem Dienstzimmer war, kam ihr Ossenkopp entgegen, was sie etwas in Erstaunen versetzte, da ihr Kollege nicht gerade zu den Frühaufstehern gehörte. Meistens erschien er wenige Minuten vor der Besprechung um acht Uhr, wirkte unausgeschlafen, war schlecht gelaunt und abgehetzt. Heute glaubte Kai, einen völlig anderen Menschen vor sich zu haben. Voller Tatendrang, dazu noch frisch rasiert, gut gelaunt. Sie wollte ihn schon scherzhaft fragen, ob er in der Lotterie gewonnen hätte, doch da meinte er nur: „Fast wäre es uns gelungen!" Nur diese paar Worte, weiter nichts.

Wortlos öffnete Kai die Tür ihres Dienstzimmers, ließ sich mit ihrem wattierten Wintermantel seufzend auf den Schreibtischstuhl fallen, sah ihn skeptisch an. „Heinz, ich verstehe kein Wort. Könntest du vielleicht etwas deutlicher werden? Ich kann nämlich keine Gedanken lesen. Was wäre euch fast gelungen?"

Ossenkopp ließ sich betont langsam auf den Besucherstuhl nieder, der trotzdem unter seinen zweihundert Kilo bedenklich ächzte: „Na, einen von diesen durchgeknallten Brandstiftern zu kriegen. Kollegen von der Streife haben ein paar junge Leute dabei überrascht, wie sie gerade vor dem Van der Falk Hotel einen BMW in Brand setzen wollten. Und alles deutet darauf hin, dass dieser Felix Dornbach dabei war. Rede mit der Staatsanwaltschaft, wir brauchen für seine Wohnung einen Durchsuchungsbeschluss. Ich bin sicher, wir finden da etwas."

Kai zog nachdenklich ihren Mantel aus, hängte ihn in den Schrank, sah ihn fragend an. „Wie wollten sie es machen? Ich meine, den Wagen in Brand setzen."

„Mit einer einfachen, aber durchaus sicheren Methode. Sie hatten einen Esbitkocher aus Beständen der Bundeswehr dabei. Die Dinger gibt es für ein paar Euro in jedem Outdoor-Laden, sind zusammenklappbar, passen in jede Hosentasche. Man legt einen Würfel Trockenspiritus auf den Kocher, schiebt ihn unter einen Autoreifen, der sich möglichst dicht am Benzintank befindet, steckt ihn an, geht dann seelenruhig seines Weges. Der Täter kann sich Zeit lassen, denn oft dauert es mehrere Minuten, bis das kleine, doch äußerst wirkungsvolle Feuer den Autoreifen zum Brennen bringt. Ich kann dir sagen, das ist eine äußerst perfide wie auch sichere Methode, zumal der Täter dabei kaum ein Risiko eingeht. Doch gestern hatten wir Glück. Wir konnten den Brand verhindern und den Kocher sicherstellen, auf dem sich mehrere Fingerspuren befinden. Ich bin sicher, dass wir in der Wohnung von Dornbach oder auch in seinem alten Auto belastendes Material finden werden. Deswegen brauchen wir möglichst bald die richterliche Anordnung, bevor er das Zeug verschwinden lässt."

Kai schaute auf die Uhr. „Die Staatsanwältin kann ich erst in etwa einer halben Stunde erreichen. Heinz, ich glaube allerdings nicht, dass uns Doktor Hasenköttel aufgrund deiner vagen Vermutung eine richterliche Anordnung besorgen wird. Du kennst die Dame ja, sie ist da immer ein wenig zögerlich. Wir brauchen mehr. Einen kleinen Beweis seiner Täterschaft, meinetwegen auch ein paar Indizien. Lass doch bitte die Fingerspuren auf dem Kocher mit denen von Dornbach vergleichen, die wir ja in seiner Akte haben. Gleichzeitig sollten wir alle Spuren auch durch das System laufen lassen. Wenn du etwas hast, komm damit bitte gleich in die Dienstbesprechung." Ossenkopp nickte und verließ den Raum.

Kai ging ans Fenster, schaute gedankenverloren hinaus. Sie dachte an die tägliche Ermittlungsarbeit, bei der sich seit ihrer Ausbildung so unendlich viel verändert hatte, die leichter und effektiver geworden war. Allein, wenn sie an die Abnahme der Fingerspuren dachte. Verschmierte Finger von schwarzen Stempelkissen, über die sich so mancher Zeitgenosse oft furchtbar aufgeregt hatte, gehörten schon seit einigen Jahren der Vergangenheit an. Heutzutage wurden die Fingerkuppen bei der erkennungsdienstlichen Behandlung über einen Touchscreen gerollt, das Fingerprofil digital eingescannt und online mit der Datenbank des Bundeskriminalamtes abgeglichen. Kai war immer wieder beeindruckt von dem, was die fünf Mitarbeiter im Labor leisteten. Sie war auch froh darüber, dass vor gut einem Jahr hier in der Polizeiinspektion Hildesheim das kriminaltechnische Labor auf den neuesten Stand gebracht worden war. Eine halbe Million hatte es gekostet, doch langfristig würde es sich bezahlt machen.

Kai setzte sich an den Schreibtisch, dachte noch einmal über den gestrigen Morgen mit der Polizeipsychologin nach. Kriminaloberrat Buchner hatte sie gleich nach der Veranstaltung gefragt, ob das Gespräch ein Erfolg gewesen wäre. Kai hatte das bejaht, darauf hingewiesen, dass es zumindest Denkanstöße gegeben hätte, was ja in erster Linie der Sinn einer solchen Besprechung sein sollte. Aus Erfahrung wusste sie, dass es für ihre Ermittlungsarbeit immer gut war, wenn ein kompetenter Außenstehender die Fälle aus seiner Sicht beurteilte. Doch das alles konnte natürlich nicht die gute, alte, mühselige, frustrierende, oft in einer Sackgasse endende Polizeiarbeit ersetzen. Das war nun einmal ihr Job! Aber dennoch! Kai erinnerte sich daran, dass sie über frühere Fälle gern mit ihrem damaligen Freund Thomas diskutiert hatte, was nicht immer ganz unproblematisch gewesen war. Einerseits, weil es nicht erlaubt war, mit Außenseitern über dienstliche Angelegenheiten zu reden. Andererseits aber auch deswegen, weil ihr Freund damals noch bei der reißerischen *Boulevardzeitung Hannover* beschäftigt gewesen war, einige Jahre sogar mit diesem widerlichen Stefan Burger zusammengearbeitet hatte. Doch Thomas hatte sie nicht enttäuscht. Es war nie etwas nach draußen gedrungen. Er hatte sein Insiderwissen stets für sich behalten, was sicherlich für ihn, den engagierten Journalisten, nicht immer ganz einfach gewesen war ...

Ein Klopfen riss sie aus ihren Überlegungen. Ossenkopp schob seinen beleibten Körper durch die Tür, und Kai fragte sich, warum er gerade angeklopft hatte. Eine Geste der Höflichkeit, die er sonst in Diensträumen der Inspektion für überflüssig hielt. Doch dann sagte er, was sich Kai erhofft hatte: „Kai, wir haben ihn! Neben anderen sind auch seine Fingerabdrücke auf dem Esbitkocher."

„Hast du die anderen durch das System laufen gelassen?"

„Ergebnis negativ."

„Dann holt ihn her! Wen nimmst du mit?"

„Erdal, Christian, Julia, ein paar uniformierte Kollegen vom Einsatz- und Streifendienst."

„Wenn ihr keine Beweismittel in seiner Wohnung findet, durchsucht sein Auto. Ja, und noch etwas: Sollte er nicht zu Hause sein, fahrt zu seiner Arbeitsstelle, diesem Fleischgroßhandel. Wenn er dort auch nicht ist, geben wir ihn in die Fahndung. Okay?"

Ossenkopp nickte, schlug die Tür hinter sich zu, lauter als sonst, doch das nahm Kai ihm heute nicht übel. Sie griff zum Telefonhörer, wählte die Nummer der Staatsanwältin.

11

Donnerstag, 8.12.

Felix Dornbach wurde um fünfzehn Uhr im Sozialraum des Fleischgroßhandels vorläufig festgenommen. Geschäftsführer Friedrich Clausen fiel aus allen Wolken, als er mitbekam, welche Straftaten sein Mitarbeiter begangen haben sollte. Dennoch versuchte er, für ihn Partei zu ergreifen, was durchaus lobenswert, aber auch vergeblich war. Unbeeindruckt von den Argumenten des Geschäftsführers durchsuchten die Polizeibeamten den Spind von Dornbach, fanden jedoch nichts Belastendes. Erst im Kofferraum seines kleinen Autos entdeckten sie das, was sie suchten: Einen Reservekanister, in dem sich aber nicht Benzin für seinen Wagen befand, sondern eine undefinierbare Flüssigkeit, die den ätzenden Geruch von Säure verbreitete. Das Labor würde die Brühe analysieren und herausfinden, ob mit ihr die Lacke einiger Luxusautos zerstört worden waren. Nach etwa dreißig Minuten beendeten die Beamten ihre Aktion, sicherten die Beweise, nahmen Dornbach in Gewahrsam. Zeitgleich durchsuchten mehrere Polizeibeamte sein Zimmer in der elterlichen Wohnung, wurden auch dort fündig. In einer Plastiktüte unter der Matratze seines Bettes entdeckten sie mehrere Esbitkocher mit dem dazu gehörenden Trockenspiritus. Sie beschlagnahmten die Gegenstände, verließen die Wohnung – der Vater von Dornbach hatte von der polizeilichen Aktion wahrscheinlich nur am Rande etwas mitbekommen, wenn überhaupt. Auch heute lag er alkoholisiert auf seinem Sofa, schaute sich einen Pornofilm an, während seine Frau in der Wohnung nicht angetroffen wurde. Das waren die Fakten, die Kai gerade von Heinz Ossenkopp erfahren hatte, mit dem sie auch den vorläufig Festgenommenen verhören wollte.

Bei allen Befragungen gehörte es zu Kais Grundsätzen, sich optimal darauf vorzubereiten – dabei spielte es für sie keine Rolle, ob ihr ein Zeuge oder Beschuldigter gegenübersaß. Fast eine halbe Stunde lang hatte sie mit Ossenkopp auch über die anzuwendende Verhörmethode diskutiert. Sie waren sich aber nicht darüber einig geworden, ob sie sich bei Dornbach für die klassische Verhörmethode entscheiden sollten, die sich in vielen Fällen zwar bewährt hatte, die Kai aber im vorliegenden Fall für nicht angebracht hielt: der böse und der nette Polizist. Der böse drohte, fluchte, schlug mit der Faust auf den Tisch, um den Festgenommenen einzuschüchtern – eine Rolle, für die Ossenkopp geradezu prädestiniert war, die er deshalb auch immer favorisierte. Der nette Polizist dagegen bot dem Verdächtigen einen Kaffee an, schlug einen vertraulichen Plauderton an, erkundigte sich nach seinem Wohlbefinden – ein Part, den Kai in den letzten Jahren stets übernommen hatte. Doch häufig sah die Praxis anders aus, als es in Lehrbüchern beschrieben und auf der Polizeiakademie gelehrt und in Rollenspielen vermittelt wurde. Auch wenn sie sich auf eine bestimmte Vorgehensweise festgelegt hatten, konnte es durchaus passieren, dass sie sich von jetzt auf gleich den gegebenen Umständen anpassen mussten – besonders dann, wenn die Drohungen und gespielten Wutausbrüche des bösen Polizisten den abgebrühten Festgenommenen kaum noch beeindruckten und er nur noch mit einem müden Lächeln reagierte. Im Gegensatz zu Kai war Ossenkopp der festen Meinung, dass nur bei Anwendung seiner favorisierten Methode Dornbach ein Geständnis ablegen würde. Doch trotz aller ausgetauschten Argumente war Kai sich mit Ossenkopp nicht einig geworden. Und nun stand Felix Dornbach vor dem Vernehmungszimmer. Zwei uniformierte Polizisten hatten ihn vor wenigen Minuten aus dem Gewahrsam geholt.

Kai öffnete die Tür, ließ ihn an sich vorbei, zeigte auf den Tisch mit den drei Stühlen, dem Mikrofon. „Herr Dornbach, nehmen Sie bitte Platz."

Sie setzte sich an die Stirnseite des Tisches gegenüber ihrem Kollegen Ossenkopp, der schweigend den jungen Mann fixierte.

Kai ließ sich Zeit, blätterte in der vor ihr liegenden Akte, tat so, als müsse sie sich mit dem Sachverhalt noch vertraut machen, obwohl sie den Inhalt fast auswendig kannte. Unauffällig beobachtete sie den Beschuldigten, registrierte, wie er unruhig auf dem Stuhl hin und her rutschte, seine feuchten Hände an der Hose abwischte. Nach einer Weile hielt Dornbach das Schweigen nicht mehr aus. Er öffnete den Mund, ließ zwei Reihen kaputter gelber Zähne sehen, wollte etwas sagen, doch Kai kam ihm zuvor: „Herr Dornbach, Sie wissen, warum Sie hier sind?"

„Nee, keine Ahnung."

Kai sah ihn nur eine Weile schweigend an, fuhr dann mit monotoner Stimme fort: „Herr Dornbach, bevor wir weiterreden, muss ich Ihnen sagen, dass Sie hier nicht als Zeuge vor uns sitzen, sondern als Beschuldigter. Folglich müssen Sie auch keine Aussagen machen. Nach den Bestimmungen der Strafprozessordnung haben Sie das Recht zu schweigen, doch alles, was Sie nun sagen, kann gegen Sie verwandt werden." Kai machte eine Kopfbewegung zum Mikrofon. „Ich hoffe, Sie haben nichts dagegen, wenn wir unser Gespräch auf Band aufnehmen. Wenn Sie wollen, können Sie auch einen Anwalt hinzuziehen. Haben Sie das verstanden?"

Dornbach nickte, Kai fuhr fort: „Okay. Wie wollen Sie es nun halten? Möchten Sie aussagen oder schweigen? Hätten Sie gern einen Anwalt?"

„Nee, ich sage aus, habe mir nichts vorzuwerfen, einen Anwalt brauche ich schon gar nicht." Er schüttelte den Kopf, ergänzte missmutig: „Ich bin doch nur hier, weil ich vor einigen Jahren schon mal meinen Kopf für irgendwelche Sachen herhalten musste, mit denen ich überhaupt nichts zu tun hatte. Ist es nicht so?"

„Nein, Herr Dornbach, so ist es nicht", stellte Kai richtig. „Sie und Ihre Kumpels sind damals rechtskräftig verurteilt worden, weil sie kleine Steine und Maiskörner auf die Autobahn geworfen haben. Das war kein Dummejungenstreich, sondern auch damals schon ein gefährlicher Eingriff in den Straßenverkehr. Sie können nur froh sein, dass keine Menschen zu Schaden gekommen sind."

Ossenkopp hatte sich die ganze Zeit zurückgehalten. Nun brauste er wütend auf, schlug mit der flachen Hand auf den Tisch. „Herr Dornbach, Sie sind hier, weil wir Sie in den Kreis der Hauptverdächtigen aufgenommen haben!"

Kai musste innerlich lächeln. Wie selbstverständlich übernahm er wieder die Rolle des bösen Polizisten, obwohl sie es nicht abgesprochen hatten. Scheinbar konnte er nicht anders. Und vielleicht war es auch gut so und die einzige taktische Vorgehensweise, die bei Felix Dornbach zum Erfolg führen konnte, wenn überhaupt. Die nächsten Minuten würden es zeigen.

Ossenkopp beugte sich drohend vor, traktierte mit seiner geballten Faust die vor ihm liegende Akte. „Sie sind hier, weil wir Ihnen folgende Straftaten vorwerfen: Brandstiftung in einem besonders schweren Fall und versuchte Brandstiftung – allein dafür gibt es eine Freiheitsstrafe bis zu zehn Jahren."

Dornbach lief rot an, sprang auf, doch der am Türrahmen lehnende Polizist war in Windeseile bei ihm, drückte ihn auf den Sitz des Stuhles.

Ossenkopp redete weiter, unbeirrt und emotionslos: „Hinzu kommen dann noch die sonstigen Sachbeschädigungen an Autos in mindestens zwölf Fällen wie eingeschlagene Windschutzscheiben, zerstochene Reifen, abgebrochene Spiegel, Antennen und so weiter und so weiter."

Dornbach hatte sich halbwegs beruhigt. Er warf dem Polizisten an der Tür einen giftigen Blick zu, wandte sich hilfesuchend an Kai: „Sie glauben doch nicht ernsthaft, dass ich das alles gemacht habe? Wann hätte ich das denn tun sollen? Schließlich arbeite ich den ganzen Tag, muss Geld verdienen ... Frau Sommer, Sie wissen doch, wie das bei uns zu Hause aussieht."

Ossenkopp zog erneut das Gespräch an sich: „Herr Dornbach, wir werfen Ihnen noch viel mehr vor – doch dazu später. Bleiben wir zunächst bei den eben aufgezählten Sachbeschädigungen. Es gibt eindeutige Beweise, dass Sie zumindest einige dieser Straftaten begangen haben. Da gibt es zum Beispiel Ihre Fingerspuren auf dem Esbitkocher, mit dem der BMW vor dem Van der Falk Hotel in Brand gesetzt werden sollte. Mehrere Esbitkocher des gleichen Typs haben wir bei Ihnen zu Hause gefunden. Im Kofferraum Ihres Autos befand sich zudem ein Behälter mit einer ätzenden Flüssigkeit, die Sie ganz offensichtlich über einige Autos geschüttet haben ..." Ossenkopp hob beide Hände, sagte mitfühlend mit leiser Stimme: „Herr Dornbach, da kommen Sie nicht mehr raus." Er beugte sich vor, lächelte aufmunternd: „Nach allem ist nun der Zeitpunkt gekommen, ein umfassendes Geständnis abzulegen. Glauben Sie mir, danach wird es Ihnen besser gehen. Und es wird sich auf jeden Fall strafmildernd auswirken."

Kai schaute erstaunt auf ihren Kollegen, der nun offensichtlich auch den Part des verständnisvollen Polizisten übernommen hatte – was sich aber gleich wieder ändern sollte.

Ossenkopp ließ das Gesagte auf den Beschuldigten wirken, fixierte ihn nun wieder wie eine Schlange.

Aus Dornbachs Gesicht war jede Farbe gewichen. Er kaute auf seiner Unterlippe, schaute dabei wieder hilfesuchend auf Kai, die sich jedoch bedeckt hielt.

Ossenkopp schob seinen massigen Körper über den Tisch, kam dem Beschuldigten bedrohlich näher, schnauzte: „Dornbach, Sie stecken bis zum Hals in der Scheiße! Wenn Sie da halbwegs wieder rauskommen wollen, sollten Sie mit uns kooperieren. Natürlich wissen wir, dass Sie das nicht alles allein gemacht haben und zu Ihrer Clique noch drei oder vier weitere Personen gehören. Nennen Sie uns die Namen!"

Erstmals mischte Kai sich in das Gespräch ein, schlug einen freundlichen, versöhnlichen Ton an, versuchte so etwas wie eine vertrauliche

Gesprächsbasis zu schaffen: „Herr Dornbach, das Angebot meines Kollegen steht. Sie sollten sich das genau überlegen. Auf jeden Fall wird es sich strafmildernd auswirken, wenn Sie mit uns zusammenarbeiten. Immerhin steht für Sie so einiges auf dem Spiel. Sie sind doch ein kluger Mann, wollen doch bestimmt nicht, dass Sie für alle Straftaten den Kopf hinhalten müssen – letztlich wird es darauf hinauslaufen, wenn Sie sich weiterhin stur stellen. Immerhin haben wir eindeutige Beweise, die für Ihre Täterschaft sprechen, es gibt aber auch jede Menge Indizien, die Sie bei einer Verurteilung belasten werden. Und neben der strafrechtlichen Relevanz der Straftaten werden dann natürlich auch zivilrechtliche Forderungen der Geschädigten auf Sie zukommen, die in die Hunderttausende gehen werden. Denken Sie dabei auch an Ihre Mutter und Ihren Vater, die auf Sie angewiesen sind. Schließlich sind Sie nach dem tragischen Tod Ihrer kleinen Schwester die einzige Person, die Ihren Eltern noch geblieben ist. Was wird aus ihnen, wenn Sie zu einer mehrjährigen Haftstrafe verurteilt werden? Auch wenn der Richter für Sie noch das Jugendstrafrecht anwenden sollte – was bei einem Zwanzigjährigen nicht unbedingt der Fall sein muss –, können auch da noch ein paar Jährchen zusammenkommen. Wenn Sie aber mit uns zusammenarbeiten, die Namen der beteiligten Personen nennen, wird sich die Staatsanwaltschaft dafür einsetzen, dass Sie vielleicht noch einmal mit einer Bewährungsstrafe davonkommen. Herr Dornbach, überlegen Sie sich unseren Vorschlag."

Felix Dornbach hatte aufmerksam zugehört. Sein Gesicht war gerötet, das Blut pochte in seinen Adern, die linke Halsschlagader schwoll bedrohlich an. Man konnte regelrecht sehen, wie es in ihm arbeitete. Doch dann schüttelte er heftig den Kopf: „Nee, das kann ich nicht, bin doch kein Verräter!"

Kai nickte enttäuscht. „Gut, das ist Ihre Entscheidung. Spätestens morgen Nachmittag werden Sie dann dem Haftrichter vorgeführt. Sollten Sie es sich noch anders überlegen, können Sie mich bis Mittag in meinem Dienstzimmer erreichen." Kai wollte sich erheben, doch Ossenkopp gab ihr ein Zeichen, sitzen zu bleiben.

Der Beschuldigte schaute verunsichert auf Ossenkopp, der ihn wieder mit diesem kalten Schlangenblick fixierte. Dornbach hasste diesen dicken Polizisten, hätte ihm am liebsten seine Hände um den Hals gelegt, ihm in die Fresse gehauen. Aber er zwang sich, ruhig zu bleiben, versuchte ein freundliches Gesicht zu machen. Felix Dornbach fragte sich, was der Bulle noch von ihm wollte. Dieser Ossenkopp hatte ihn doch schon genug belastet, seltsamerweise aber nicht nach seinen Motiven gefragt. Vielleicht wollte er das jetzt nachholen ...

Endlich bequemte sich Ossenkopp, das zu sagen, was er noch loswerden wollte: „Herr Dornbach, zu Beginn unseres Gesprächs sagte ich Ihnen, dass wir Ihnen auch noch andere Straftaten vorwerfen. Es ist etwas sehr Gravierendes, eine ganz andere Dimension, die über die Sachbeschädigungen weit hinausgeht. Es handelt sich hier um ...“

Dornbach fiel ihm ins Wort: „Was wollen Sie mir denn noch alles anhängen? Ist das mit den Sachbeschädigungen nicht schon schlimm genug?“

„Ich wünschte, es wäre so“, schnauzte Ossenkopp. „Nein, was ich meine, sind diese gefährlichen Eingriffe in den Straßenverkehr, die sich auf der A7 zwischen Drispenstedt und Hildesheim ereignet haben. Wie Sie wissen, verunfallten hier in den letzten Wochen mehrere Autos. Abgesehen von den erheblichen Sachschäden gab es ein Dutzend Tote, mehrere Schwerverletzte. Aber das wissen Sie ja alles! Sicherlich haben Sie das alles fein säuberlich aufgelistet – ist es nicht so? Verdammt, Herr Dornbach, geben Sie es endlich zu! Es gibt da einige Anhaltspunkte, die Sie belasten, zum Beispiel auch die Tatsache, dass Sie in früheren Jahren schon einmal so etwas durchgezogen haben, doch ohne schwerwiegende Folgen. Allerdings gehen wir davon aus, dass bei den Eingriffen auf der A7 noch andere Personen beteiligt waren. Auch in diesen Fällen könnte es sich strafmildernd auswirken, wenn Sie uns den oder die Mittäter nennen würden.“

Dornbach war in sich zusammengesunken, auf seiner geröteten Stirn perlten Schweißperlen, die seinem Gesicht einen grotesken Ausdruck verliehen. Nervös biss er an der Nagelhaut seines Daumens. Schließlich richtete er sich auf, versuchte etwas zu sagen, brachte aber nur seltsame Stotterlaute hervor.

Ossenkopp winkte ab. „Herr Dornbach, Sie brauchen sich dazu jetzt nicht äußern. Ich möchte nur, dass Sie neben den nachgewiesenen Sachbeschädigungen auch über diese weitaus schwereren Beschuldigungen in den nächsten Stunden im Gewahrsam nachdenken. Sie können dort unten in aller Ruhe das Für und Wider abwägen, sich dann überlegen, ob es nicht doch vorteilhafter wäre, ein umfassendes Geständnis abzulegen und mit uns zu kooperieren. Meine Kollegin und ich können Ihnen versichern, dass es Ihre Lage wesentlich verbessern würde."

Kai hatte die ganze Zeit schweigend zugehört, erst erstaunt, dann aber zunehmend wütender. Zunächst wollte sie Ihren Kollegen stoppen, ihm die Gesprächsführung abnehmen, doch dann hatte sie sich doch nicht eingemischt.

Als Dornbach jetzt mit dem uniformierten Kollegen den Vernehmungsraum verlassen hatte, machte sie ihrem Ärger Luft: „Heinz, kannst du mir mal sagen, was du da eben abgezogen hast?"

Ossenkopp sah sie unschuldig an, meinte selbstgefällig: „Das war richtig gut, nicht wahr? Ich glaube, das war die einzig richtige Vernehmungstaktik. Es ist die Sprache, die der Kerl versteht! Der wird morgen früh reden wie ein Wasserfall ..."

Ossenkopp schien nicht begreifen zu wollen. Kai fiel ihm ins Wort: „Das war das letzte Mal, dass ich mit dir eine Vernehmung gemacht habe. Sag mal, was hast du dir dabei gedacht? Du kannst nur froh sein, dass Buchner oder die Staatsanwältin nicht dabei waren. Heinz, das war unmöglich! Und nicht nur, weil wir eine derartige Vorgehensweise nicht abgesprochen haben, sondern auch, weil du einige Male gegen die Vorschriften der Strafprozessordnung verstoßen hast. Allein die Sache mit den Unfällen auf der A7! Kannst du mir mal sagen, was das sollte? Nach unseren letzten Ermittlungen gibt es kaum Hinweise, dass so ein armes Schwein wie Dornbach etwas damit zu tun haben könnte. Du weißt das genauso gut wie ich. Und wieso hast du ihm dann auch noch gesagt, dass wir irgendwelche Anhaltspunkte hätten, die auf seine Mittäterschaft hinweisen würden? Heinz, das war unterste Stufe! Ich hoffe für dich, dass deine Vernehmungspraxis nicht publik wird. Das Gespräch ist damit für mich erledigt." Beim letzten Satz stand Kai abrupt auf, verließ den Raum, ohne Ossenkopp eines Blickes zu würdigen.

Immer noch verärgert ging sie in ihr Dienstzimmer, öffnete weit das Fenster, atmete tief ein und aus. Die eiskalte Luft tat ihr gut. Um sich noch weiter zu beruhigen, holte sie sich einen Kaffee, legte ihre Beine auf den Schreibtisch, verbunden mit der Hoffnung, dass man sie in der nächsten Stunde in Ruhe lassen möge.

Kai fragte sich, was Dornbach gerade machte, was in ihm vorging.

War er bereit, ein Geständnis abzulegen, zu kooperieren? Würde er die Namen seiner Kumpels preisgeben? Kai nahm an, dass sie alle in Felix

Dornbachs Alter oder jünger waren, vielleicht noch unter das Jugendstrafrecht fielen. Doch dazu müsste man sie erst einmal haben. Zumindest würden dann die zahlreichen Sachbeschädigungen an den Autos ein Ende nehmen. Voraussetzung war natürlich, dass sie ihre Taten auch zugaben. Kai würde die ersten Befragungen garantiert nicht Ossenkopp überlassen, eher schon Wechler, Freiberg oder der Kollegin Julia Seidel, die sich mittlerweile zu einer guten Polizistin entwickelt hatte. Kai dachte wieder an Dornbach, der unten im Erdgeschoss im spartanisch eingerichteten Gewahrsam auf der Pritsche hockte, vielleicht in einem gefliesten Haftraum mit einer Klingel zum Aufnahmezimmer. Wahrscheinlich konnte er nicht schlafen, lief nervös hin und her. Weiß Gott, das war kein schöner Platz zum Nachdenken, kalt und unpersönlich, kein Vergleich zu den Hafträumen in den modernen Justizvollzugsanstalten. Daher waren die vorläufig Festgenommenen meistens auch nur wenige Stunden in diesen Räumen, allenfalls bis Mitternacht des folgenden Tages. Bis dahin musste ein Richter entweder Untersuchungshaft anordnen oder den Beschuldigten auf freien Fuß setzen. Vielleicht war es doch nicht so verkehrt, wie Ossenkopp ihn attackiert, eingeschüchtert hatte. Konnte es sein, dass Dornbach die Vernehmung doch nicht so hart empfunden und ihr Kollege die richtige, auch bessere Methode gewählt hatte?

Kai fand darauf in diesem speziellen Fall keine Antwort. Sie wusste nur, dass irgendwie alle Beschuldigten verwundbar waren, wobei es keine Rolle spielte, wie viel ein Kriminalbeamter wusste, wie erfahren er war, wie viele Verhöre er erfolgreich geführt hatte. Man konnte jeden Beschuldigten drankriegen! Man musste nur herausfinden, wo seine Schwachstellen lagen. War es nicht so, dass letztlich der Zweck die Mittel rechtfertigte? Nein, und nochmals nein! Es gab Gesetze, die einzuhalten waren. Vorschriften, an die sich auch ein Herr Ossenkopp zu halten hatte. Schließlich lebten sie in einem Rechtsstaat, der keine Willkür zuließ, für den die freie Willensentscheidung auch eines Beschuldigten ein hohes Gut war. Kai konnte nur hoffen, dass sie bei Dornbach das richtige Rezept angewendet hatten – der morgige Tag würde es zeigen.

Freitag, 9.12.

Schon vor einem halben Jahr hatte Kai den Termin bei ihrem Frauenarzt vereinbart. Einen Augenblick überlegte, ob sie ihn absagen sollte, entschloss sich dann aber, es nicht zu tun. Erfreulich war, dass er quasi vor ihrer Haustür seine Praxis hatte – kaum zwei Minuten von ihrer Wohnung entfernt.

Als sie auf den Bürgersteig hinaustrat, winkte ihr Kawilü von der gegenüberliegenden Straßenseite zu, überquerte dann mit schnellen Schritten die Fahrbahn. Scheinbar wollte er ein paar Worte mit ihr wechseln. Einerseits freute sie sich, ihren Nachbarn wieder einmal zu sehen, andererseits hatte sie es aber eilig. Doch auch eine gute Nachbarschaft war wichtig, zumal Kawilü immer da war, wenn man ihn brauchte. Also blieb sie stehen, erkundigte sich nach seinem Wohlbefinden, fragte nach dem Kater – doch Kawilü ignorierte die Frage, schien etwas anderes auf dem Herzen zu haben: „Frau Hauptkommissarin, ich weiß nicht, ob ich es Ihnen schon mal erzählt habe? Bevor ich zur See gefahren bin, habe ich ja einige Jahre als Krankenpfleger, später auch in einem Labor gearbeitet – aber das ist nun auch schon ein paar Jahrzehnte her. Damals gab es auch noch keinen Vaterschaftstest und all diese anderen neumodischen Methoden. Heute liest man ja auch immer wieder über diese DNA-Untersuchungen ... Können Sie mir mal mit einfachen Worten erklären, wie das mit dieser Analyse funktioniert?"

Kai sah verstohlen auf ihre Uhr, der Termin bei ihrem Frauenarzt rückte näher. Sie überlegte, ob sie sich einige Minuten verspäten konnte, zumal sie erfahrungsgemäß ohnehin immer eine halbe Stunde warten musste, bis sie dann endlich dran kam. Doch als sie den erwartungsvollen Blick in den Augen ihres Nachbarn sah, sagte sie: „Herr Lührs, zunächst muss ich Ihnen sagen, dass das nicht zu meinem Aufgabenbereich gehört, sondern ausschließlich Sache des kriminaltechnischen Labors ist. Da es aber nicht schaden kann, wenn auch die ermittelnden Kriminalbeamten davon etwas verstehen, habe ich vor längerer Zeit in Sachen Gentechnik einen Lehrgang besucht. Aber, wie schon gesagt, ich bin kein Fachmann auf diesem Gebiet, und die Leute aus dem Labor könnten das daher viel besser erklären ... Also, bei dieser Analyse wird das Erbgut untersucht, das sich in jeder menschlichen Zelle befindet und so individuell ist wie ein Fingerabdruck. Es genügt schon ein einziges Haar, winzige Spuren von Körperflüssigkeit, Speichel oder Blut, um solch einen genetischen Fingerabdruck, also ein DNA-Profil, zu erstellen. Für die Analyse werden Teile des Erbmaterials zunächst isoliert und anschließend vermehrt. Entsprechend der natürlichen Zellteilung wird der DNA-Strang dann wie ein Reißverschluss geöffnet und vervielfältigt. Zum Schluss muss nur noch die Reihenfolge der chemischen Bausteine festgestellt werden. Ach ja, während die Fingerabdrücke bei jedem Menschen verschieden sind, haben nur eineiige Zwillinge eine identische DNA – also den gleichen genetischen Fingerabdruck. Alles klar?“

Kawilü schüttelte seufzend den Kopf. „Das ist ja ganz schön kompliziert. Wissen Sie, zu meiner Zeit ...“

Sie unterbrach ihn freundlich. „Herr Lührs, ich muss jetzt aber los, habe nämlich gleich einen wichtigen Termin.“

Als Kai sich dann um halb elf an ihren Schreibtisch setzte, dachte sie nur kurz an die gynäkologische Untersuchung, die für sie immer unangenehm war, die sie aber für zwingend notwendig hielt. Das Telefon riss sie aus ihren Gedanken. Ein Kollege vom Servicepoint: „Frau Sommer, hier ist der Anwalt von Felix Dornbach. Er hat gerade mit seinem Mandanten ein Gespräch geführt, möchte nun aber ...“

„Ich wusste gar nicht, dass er einen Anwalt hat“, fiel Kai ihm verwundert ins Wort. „Wer hat das denn in die Wege geleitet? Ich meine, den Termin mit Dornbach?“

„Der Kollege Ossenkopp. Er hat auch gesagt, dass ich Sie anrufen soll, sobald der Anwalt das Gespräch beendet hat.“

„Gut, bringen Sie ihn nach oben.“

„Er sagt, er kennt den Weg.“

„Wie heißt er?“

„Dogula“, kam es knapp aus dem Hörer, bevor der Kollege auflegte.

„Dogula? ... Dogula ...“, sinnierte Kai. Dann erinnerte sie sich: Dr. Faruk Dogula, ein Strafverteidiger. Obwohl das nun schon ein paar Jahre her war, tauchte er vor ihrem geistigen Auge auf. Damals hatte er Ahmed Erdogan verteidigt, der in Verdacht geraten war, etwas mit den schrecklichen Pferdemorden zu tun gehabt zu haben. Kai öffnete die Tür, schaute in Richtung Treppenaufgang. Dogula kam mit schnellen Schritten auf sie zu, lächelte schon von weitem, machte eine leichte Verbeugung. Er hatte sich nicht verändert, war auch jetzt tipptopp gekleidet: modischer, dunkler Anzug, weißes Hemd, dezent gestreifte, blaue Krawatte. Eine gepflegte Erscheinung. Auch heute gab er sich ausgesprochen höflich, was so gar nicht zum Bild eines gewieften Strafverteidigers passte. Aber er konnte auch anders, sie konnte sich noch gut daran erinnern. Auch seine schweinslederne Collegemappe hatte er wieder dabei, an der allerdings die letzten Jahre nicht spurlos vorübergegangen waren. Damals war sie noch ganz neu gewesen, heute hatte sie viele Kratzer und auch einige dunkle Flecken. Kai staunte, dass sie sich noch an solche Kleinigkeiten erinnern konnte. Ohne Umschweife kam Dogula zur Sache: „Frau Sommer, ich vertrete Herrn Felix Dornbach. Ein gewisser Friedrich Clausen hat mich um Übernahme des Mandats gebeten. Hier ist meine Legitimation ..." Er zerrte ein Schriftstück hervor, drückte es Kai in die Hand. „Herr Clausen ist Geschäftsführer eines Fleischgroßhandels und der Arbeitgeber meines ..."

Kai unterbrach ihn lächelnd, zeigte auf den Besucherstuhl. „Herr Doktor Dogula, ich kenne Herrn Clausen, mir sind auch die Details bekannt. Ich nehme an, Sie wollen nun die Akten einsehen. Der Termin beim Haftrichter ist übrigens um fünfzehn Uhr im Justizzentrum an der Kaiserstraße. Wenn Sie wollen, können Sie sich zur Akteneinsicht in das Besprechungszimmer nebenan zurückziehen. Da sind Sie völlig ungestört."

„Danke, sehr freundlich. Vorab würde ich jedoch gern noch etwas klären. Frau Sommer, mein Mandant hat sich darüber beschwert, dass er bei der gestrigen Vernehmung vornehmlich von Herrn Ossenkopp massiv unter Druck gesetzt worden ist. Zudem finde ich es ungeheuerlich, dass Sie Herrn Dornbach heute noch Verfehlungen vorwerfen, die er vor Jahren als Teenager begangen hat, wie zum Beispiel diese pubertäre Aktion mit den Maiskörnern, die er auf die Autobahn geworfen haben soll ..."

„Hat, Doktor Dogula, hat!" fiel Kai ihm ins Wort. „Seine Beteiligung stand zweifelsfrei fest. Er hat das ja vor dem Jugendrichter auch zugegeben, seine Taten bereut. Er ist daher auch mit einem blauen Auge davongekommen – doch es hätte auch schlimmer kommen können. Herr Dogula, wir haben ihm diese damaligen Eingriffe in den Straßenverkehr auch nicht vorgeworfen, sondern lediglich am Rande erwähnt ..."

„Das ist Haarspalterei! Doch lassen wir das. Viel schwerwiegender erscheint mir, dass Ihr Kollege meinen Mandanten dermaßen unter Druck gesetzt hat, dass er die ganze Nacht nicht schlafen konnte. Es mag ja sein, dass Herr Dornbach die eine oder andere leichte Sachbeschädigung begangen hat, sicherlich aber nicht in dem Umfang, wie Herr Ossenkopp es ihm vorgeworfen hat. Nach allem ziehen wir daher in Erwägung, eine Dienstaufsichtsbeschwerde gegen ihn einzulegen ..."

Das würde uns noch fehlen, ging es Kai durch den Kopf. Sie hatten weiß Gott Wichtigeres zu tun, als sich mit solchen unsinnigen Dingen zu beschäftigen, die nicht nur viel Zeit in Anspruch nahmen, sondern auch höchst unangenehm waren. Denn wenn es dazu kommen würde, müsste sie eine wahrheitsgemäße Aussage machen, die Ossenkopp nur belasten konnte. Kai konzentrierte sich wieder auf den Anwalt, der gerade sagte: „Völlig daneben finde ich auch die Anschuldigung, mein Mandant könne etwas mit den Unfällen auf der A7 zu tun haben. Ich bitte Sie! Ich werde das Gefühl nicht los, dass Sie hier auf Teufel komm raus einen Dummen suchen, dem Sie diese Autobahnunfälle in die Schuhe schieben können. Wie ich den Medien entnehmen konnte, haben Sie ja noch nicht einmal eine Erklärung dafür, wie es zu diesen seltsamen Unfällen gekommen ist."

Kai reagierte schärfer, als sie eigentlich wollte. „Herr Dogula, es bringt absolut nichts, wenn wir hier noch weiter über die Ihrem Mandanten zur Last gelegten Straftaten diskutieren, zumal mir nicht bekannt ist, was er Ihnen noch alles erzählt hat. Ich schlage vor, dass wir die Beurteilung dem Haftrichter überlassen. Nur eines sollten Sie wissen: Ihr Mandant ist nicht der Unschuldsengel, für den Sie ihn vielleicht halten. Vergessen Sie bitte nicht, dass er nachweisbar ein Luxusauto in Brand setzen wollte – eine beabsichtigte Straftat, die nur durch Zufall vereitelt werden konnte. Abgesehen davon gehen auf sein Konto auch noch einige Dutzend Sachbeschädigungen, die wir in der vor Ihnen liegenden Akte aufgelistet haben. Fakt ist auch, dass wir in seinem Kofferraum eine Flüssigkeit sicherstellen konnten, mit der der Lack etlicher Autos zerstört wurde, ganz abgesehen von anderen Indizien, die ihn schwer belasten. Zwar glauben wir nicht, dass er für die verunfallten Autos auf der A7 allein verantwortlich ist – allerdings konnte er für die Tatzeiten bis heute keine hieb- und stichfesten Alibis vorlegen ..."

Dogula hatte zugehört, sich zwischendurch ein paar Notizen gemacht – doch jetzt unterbrach er sie: „Frau Sommer, nennen Sie mir bitte einen einzigen Grund, warum er das alles getan haben sollte."

„Da gibt es gleich mehrere. Der Hauptgrund mag wohl der sein, dass vor einigen Jahren ein offensichtlich betrunkener Autofahrer seine jüngere Schwester mit einem Luxuswagen überfahren hat. Das Kind hätte gerettet werden können, wenn der Unfallfahrer nicht geflüchtet wäre. Auf Anraten seiner Anwälte hat er sich dann zwar einen Tag später gestellt, dabei das Übliche zu Protokoll gegeben, dass er unter Schock gestanden habe und so weiter und so weiter." Kai zuckte mit den Schultern. „Doch wem sage ich das? Sie kennen das ja. Natürlich war es dann nicht mehr möglich, ihm nachzuweisen, dass der seinen Wagen unter Alkoholeinfluss gelenkt hatte. Das Ganze ist von den Medien längere Zeit am Kochen gehalten worden, dann auch noch einmal hochgekommen, als der Fahrer – ein betuchter Geschäftsmann aus Hildesheim – lediglich zu einer lächerlichen Geldstrafe verurteilt wurde. Ich verstehe bis heute nicht, nach welchem Gesichtspunkt der Richter dieses Urteil im Namen des Volkes gesprochen hat. Ich meine, auch das hat dazu beigetragen, dass Felix Dornbach den Tod seiner abgöttisch geliebten Schwester bis heute nicht verkraftet hat. Es ist gut vorstellbar, dass durch diesen Schicksalsschlag sein Hass auf alle Luxusautos und deren Fahrer seinen Anfang genommen hat – auch genährt durch die Tatsache, dass er nie auf der Sonnenseite, sondern stets nur auf der Schattenseite des Lebens stand, um es einmal pathetisch auszudrücken. Und dann kommt da auch noch diese Clique ins Spiel. Gleichgesinnte, junge Leute ohne Zukunftsperspektiven, die ständig zusammenhocken, sich gegenseitig hochschaukeln, besonders, wenn sie sehen, was sich andere leisten können. Herr Dogula, wenn es Ihre Zeit zulässt, sollten Sie die Eltern Ihres Mandanten einmal zu Hause aufsuchen. Sie werden dann schnell mitbekommen, in welch schwieriger, familiärer Lage sich Ihr Mandant befindet ..."

Der Anwalt unterbrach sie lächelnd: „Frau Sommer, ist Ihnen aufgefallen, dass Sie mit den letzten Sätzen geradezu Partei für meinen Mandanten ergriffen haben? Sie wissen schon, dass das mein Part ist und ...?"

„Und Sie wissen so gut wie ich, dass es zu den Aufgaben der Ermittlungsbehörde gehört, nicht nur krampfhaft nach Belastungsmaterial zu suchen, sondern auch entlastende Kriterien aufzuspüren ..." Als er etwas sagen wollte, winkte sie ab: „Ich weiß, ich weiß. Es nicht unbedingt das hehre Ziel aller Kollegen und Staatsanwälte, aber dennoch ist es so in unserem Rechtssystem verankert." Kai schaute auf die Uhr. „Ich glaube, wir sollten unser Gespräch beenden. Nur eine Frage noch: Hat Ihr Mandant gesagt, ob er mit uns kooperieren will? Ich würde dann ein gutes Wort für ihn einzulegen."

„Ja, das will er. Herr Dornbach ist bereit, die Namen seiner Komplizen zu nennen, die er allerdings nicht zu seinen Freunden zählt – auf diese

Feststellung legt er großen Wert. Er meint, die Typen hätten ihn hereingelegt, auch mehrfach bedroht. Insbesondere als er vorhatte, nach den ersten Sachbeschädigungen auszusteigen, spätestens aber, als das Auto vor dem Novotel abgefackelt wurde. Sie haben ihn sozusagen auch gezwungen, mit dem Esbitkocher den BMW vor dem Van der Falk Hotel in Brand zu setzen – was Ihre Leute dann ja verhindern konnten. Zudem hat er mir gegenüber glaubwürdig versichert, an den Unfällen auf der A7 nicht beteiligt gewesen zu sein, was übrigens auch für seine Komplizen gelten würde, mit denen er lediglich die Sachbeschädigungen begangen habe ..." Dogula ließ den Satz in der Luft hängen, scheinbar war ihm etwas eingefallen. Etwas zerstreut schüttelte er den Kopf, zog aus seiner Collegemappe einen Zettel heraus, reichte ihn Kai. „Das sind seine Komplizen, über die wir eben gesprochen haben. Die Anschriften kann ich Ihnen leider nicht liefern."

„Kein Problem."

„Und noch etwas: Es dürfte verständlich sein, dass mein Mandant große Angst vor der Rache dieser Leute hat. Sollte Herrn Dornbach die Untersuchungshaft erspart bleiben und seine Mittäter ebenfalls auf freiem Fuß bleiben, müssen Sie sich zum Schutz meines Mandanten etwas einfallen lassen."

Montag, 12.12.

Dienstbesprechung der Soko A7. Kriminaloberrat Harald Buchner erzählte ausführlich über sein zweitägiges Seminar für Führungskräfte, das er bis Freitag besucht hatte – ein Bericht, für den Kai sich nur am Rande interessierte. Er schloss mit den Worten: „Wissen Sie, so ein Seminar ist immer eine sehr anstrengende Sache, weiß Gott kein Vergnügen, wie so manche glauben. Doch kommen wir zu unseren aktuellen Fällen. Wie ich gehört habe, hat sich in den letzten Tagen so einiges getan. Frau Sommer, vielleicht sollten Sie mich kurz ins Bild setzen."

Kai nickte, berichtete über den Besuch des Anwalts Dr. Dogula und die Beweggründe, die letztlich zur vorläufigen Festnahme Felix Dornbachs geführt hatten. Als sie die Fingerabdrücke auf dem Esbitkocher erwähnte, unterbrach sie Buchner: „Ich kenne die Dinger noch aus der Zeit, als ich bei der Bundeswehr war. Sie gehören auch heute noch zur

Standardausrüstung der Truppe, werden bei jeder Übung mitgeführt. Wir haben mit dem Trockenspiritus so manche Speisen und Getränke warmgemacht. Ich will damit sagen, dass man nicht unbedingt einen Kocher dazu braucht, man kann die Würfel auch zwischen zwei flache Steine legen, darauf dann eine Dose oder auch das Kochgeschirr stellen. Ich wundere mich daher, warum Felix Dornbach extra diesen ausklappbaren Kocher aus Stahlblech benutzt hat, wo es doch auch ohne den geht. Er musste doch wissen, dass er darauf seine Fingerspuren zurücklässt. Wieso ist er dann dieses Risiko eingegangen?"

Kai wollte etwas sagen, doch Ossenkopp kam ihr zuvor: „Wir haben Dornbach diese Frage nicht gestellt, weil wir sie nicht für tatrelevant hielten."

Wechler ergänzte die etwas kurze Erklärung seines Kollegen: „Ich glaube, das hing mit dem Wetter zusammen. Da es in der betreffenden Nacht mehrere Stunden geregnet hatte, konnte der Täter den Trockenspiritus nicht ohne diesen Untersatz in Brand setzen – das Regenwasser hätte die Flamme leicht zum Erlöschen bringen können. Und wenn sie mit dem Brandanschlag Erfolg gehabt hätten, wären die Fingerabdrücke ohnehin nicht mehr feststellbar gewesen."

„Das leuchtet ein", nickte Buchner und wandte sich an Kai: „Gab es Probleme beim Haftrichter?"

„Überhaupt nicht! Doktor Dogula hat sich zwar mächtig ins Zeug gelegt, konnte aber die Anordnung der Untersuchungshaft nicht verhindern. Ich hatte das Gefühl, dass Felix Dornbach damit gerechnet hat, es ihm gar nicht mal so ungelegen kam. Letztlich dürfte das auch in unserem Interesse sein. Denn wie hätten wir ihn vor der Rache seiner ehemaligen Komplizen auch schützen sollen?"

„Wollen Sie damit sagen, dass sich alle drei Komplizen auf freiem Fuß befinden?"

„Nur zwei. Nicht aber Dennis Rubber, einundzwanzig Jahre alt, ohne festen Wohnsitz. Er ist einschlägig vorbestraft, wurde auch von Dornbach schwer belastet. Der Richter konnte gar nicht anders, als für Rubber Untersuchungshaft anzuordnen. Ich gehe davon aus, dass er der eigentliche Anführer dieser Autohasser ist. Den Gerichtssaal verlassen konnten dagegen Markus Hänsel und Jegor Illesch, siebzehn und achtzehn Jahre alt, beide sind arbeitslos, aber nicht vorbestraft. Sie leben bei ihren Eltern, haben somit einen festen Wohnsitz. Allerdings glaube ich, dass auch diese beiden schon so einiges auf dem Kerbholz haben. Wir werden sie auf jeden Fall im Auge behalten. Und sollte es noch einmal zu einem Übergriff kommen, sind sie unsere erste Adresse. Die drei haben wir übrigens an der Steingrube aufgegriffen, als sie vor dem Kiosk herumlungerten."

Buchner nickte zufrieden. „Nachdem wir diese Clique von Autohassern aus dem Verkehr ziehen konnten, können unsere Bürger endlich wieder ruhig schlafen. Hoffentlich tauchen da nicht noch Nachahmungstäter auf. Frau Sommer, ich möchte mich bei Ihnen und Ihren Kollegen für diesen Fahndungserfolg ausdrücklich bedanken."

„Doch der Mörder von Prechtel läuft immer noch frei herum", maulte Ossenkopp, der sich bisher merklich zurückgehalten hatte. „Außerdem wissen wir immer noch nicht, wie es zu den Unfällen auf der A7 gekommen ist."

Buchner rutschte auf seinem Stuhl nach hinten, schlug die Beine übereinander. „Auf das Thema wollte ich gerade zu sprechen kommen. Herr Ossenkopp, Sie haben völlig recht. Trotz intensiver Ermittlungsarbeit ist es so, dass wir hier immer noch auf der Stelle treten. Wir haben nichts, aber auch gar nichts in den Händen!" Er schaute auf Kai, dann auf die Mitglieder der Soko A7, die betreten den Kopf senkten. „Mittlerweile berichten über diese mysteriösen Unfälle auf der A7 nicht nur die überregionalen Medien, sondern auch schon die ausländische Presse ... Wir stehen hier also mächtig unter Erfolgszwang. Wie ich vorhin vom Inspektionsleiter erfahren habe, hat er am Freitag sogar einen Anruf vom Bundesverkehrsministerium erhalten. Erheblicher Druck kommt vom Polizeipräsidenten aus Göttingen, dem Justizministerium aus Hannover, natürlich auch von der hiesigen Staatsanwaltschaft. Und dann die Presse! Allen voran die *Hannoversche Boulevardzeitung*. Der geht es ja schon lange nicht mehr um eine seriöse Berichterstattung, sondern allein darum, die Bevölkerung gegen die Ermittlungsbehörden aufzuwiegeln. Erschreckend auch die Leserbriefe und diese Kommentare von selbsternannten Experten, nach deren Auffassung wir die mysteriösen Autobahnunfälle durch eine lückenlose Überwachung schon lange hätten aufklären können. Sogar eine Therapeutin und Wunderheilerin, die sich nach eigenen Angaben schon Jahrzehnte mit Esoterik und den nicht erklärbaren Erscheinungen zwischen Himmel und Erde beschäftigt, hat uns ihre Hilfe angeboten, natürlich gegen ein entsprechendes Honorar. Sie vertritt die Auffassung, dass die Unfälle durch Erdstrahlungen passieren könnten ..."

„... die immer sonntags zwischen drei und vier Uhr auftreten“, warf Ossenkopp spöttisch ein. „Herr Buchner, ich schlage vor, dass wir uns endlich wieder der Realität und der guten alten polizeilichen Ermittlungsarbeit zuwenden.“

„Das machen wir ab sofort. Und zwar mit uns allen zur Verfügung stehenden Kräften.“ Buchner sagte das, ohne beleidigt zu sein, fügte dann aber noch hinzu: „Ich erinnere nur ungern daran, dass wir in zwölf Tagen Weihnachten haben. Und wenn wir bis dahin keine Erfolge vorweisen können, sind wir gezwungen, unsere Ermittlungsarbeit auch über die Feiertage fortzusetzen.“ Er zuckte mit den Schultern. „Tut mir leid. Aber mir bleibt keine andere Wahl, als vorsorglich schon jetzt eine Urlaubssperre anzuordnen. Ich bitte um Ihr Verständnis.“

Kai biss sich auf die Lippen. Es schien genau das einzutreten, was sie befürchtet hatte. Doch sollte es wirklich dazu kommen, würde sie sich dafür einsetzen, dass zumindest die Kollegen mit kleinen Kindern von dieser Regelung verschont blieben. Ihren eigenen Weihnachtsurlaub in Heidelberg konnte sie natürlich vergessen. Nach den eindeutigen Worten ihres Vorgesetzten war ein bedrückendes Schweigen eingetreten.

Schließlich räusperte sich Freiberg, sagte in die Stille hinein: „Herr Buchner, wieso konzentrieren wir uns nicht zunächst darauf, den Mord an unserem ehemaligen Kollegen Prechtel aufzuklären? Bei den Autobahnunfällen ist ja seit zwei Wochen nichts mehr passiert. Aufgrund dieser Tatsache ist es doch durchaus denkbar, dass es auch so bleibt. Ich meine, müssen wir denn unbedingt die Gründe dieser Unfallserie bis ins letzte Detail aufdecken – auf Teufel komm raus die Wahrheit herausfinden ...“

Buchner unterbrach ihn empört: „Herr Freiberg, was Sie da sagen, kann nicht Ihr Ernst sein! Wenn ich Ihren Gedanken folge, würde das ja bedeuten, die Augen vor etwas zu schließen, was dringend aufgeklärt werden muss.“ Buchner schüttelte den Kopf, warf Kai einen leicht vorwurfsvollen Seitenblick zu, fuhr belehrend fort: „Herr Freiberg, an dem Tag, an dem wir aufhören, nach der Wahrheit zu suchen – die zwar niemals ganz objektiv sein kann, sondern bestenfalls auf Sachlichkeit beruht –, an dem Tag gerät unser ganzes Rechtssystem aus den Fugen. Das bezieht sich jetzt nicht unbedingt darauf, die Autobahnunfälle aufzuklären, sondern auf unsere polizeiliche Ermittlungsarbeit allgemein.“

Freiberg stieg die Röte ins Gesicht, er hatte verstanden und schwieg.

Buchner wandte sich an Kai: „Frau Sommer, wo waren wir stehengeblieben?“

„Beim Tötungsdelikt Prechtel und den Unfällen auf der A7.“

„Richtig! Ich bin nach wie vor der Auffassung, dass es sich hier lediglich um ein einziges Szenarium handelt. Ich will damit sagen, dass der Mord an Prechtel im Zusammenhang mit den Autobahnunfällen gesehen werden muss. Mit anderen Worten: Den Fall Prechtel hätte es nicht gegeben, wenn die mysteriösen Unfälle auf der A7 nicht passiert wären. Nach allem muss es zwischen diesen höchst unterschiedlichen Straftaten eine Verbindung geben – insofern teile ich hier die Auffassung unserer geschätzten Psychologin Frau Bernauer.“

„Die aber fälschlicherweise auch davon ausgegangen ist, dass es hier eine Verbindung zu den Jugendlichen geben könnte, die wir jetzt aus dem Verkehr gezogen haben“, schränkte Kai ein.

Buchner wiegte den Kopf hin und her, sagte aber nichts.

„Doch abgesehen davon teile ich Ihre Auffassung, wie übrigens auch die meisten meiner Kollegen. Wenn wir an dieser These festhalten, sollten wir uns ab sofort auf einen einzigen Täter konzentrieren – also auf eine männliche Person, die gleichermaßen für die Unfälle auf der A7 und das Tötungsdelikt Prechtel verantwortlich ist.“

„Frau Sommer, wie Sie sich vielleicht erinnern, habe ich über diese Theorie schon einmal gesprochen“, warf Buchner ein, „als ich sagte, dass Prechtel vielleicht den Täter daran hindern wollte, eine Straftat zu begehen.“

„Ich erinnere mich. Also Mord zur Verdeckung einer Straftat.“

„So ist es“, nickte Buchner. „Frau Sommer, erörtern Sie noch mal die Spurenlage.“ Als er Kais erstauntes Gesicht sah, fügte er beschwichtigend hinzu: „Ich weiß, ich weiß – es hängt Ihnen langsam zum Hals raus! Aber machen Sie es bitte noch einmal, vielleicht fällt uns dabei ja etwas auf.“

Kai seufzte verhalten, nickte ergeben. „Es deutet alles darauf hin, dass unser Täter ein unbeschriebenes Blatt ist – weder seine Fingerabdrücke noch seine DNA sind in der Datenbank des Bundeskriminalamtes gespeichert. Um noch einmal die tatrelevanten Spuren aufzuzeigen: Wir haben das Fragment eines Fingerabdrucks auf der Flasche, mit der Prechtel erschlagen wurde, ferner einen identischen Abdruck auf dem Schilderträger vor der Autobahnausfahrt Hildesheim. Deckungsgleich sind auch die genetischen Profile von den Zigarettenkippen – also von der Kippe, die

Prechtel in der Tasche hatte, und der, die wir auf dem Schilderträger sicherstellen konnten. Auch die aus der Blutanhaftung vom Schilderträger entwickelte DNA entspricht dem gleichen genetischen Profil. Hieraus können wir schließen, dass der Täter nicht nur am Tatort Prechtel war, sondern auch auf der Autobahnüberführung Hildebrandstraße und dem Schilderträger vor der Ausfahrt Hildesheim. Nach allem besteht somit eine lückenlose Indizienbeweiskette zwischen dem Tötungsdelikt Prechtel und dem Verursacher der Autobahnunfälle – was uns nur noch fehlt, ist eine Person, der wir diese Spuren zuordnen können."

„Vielen Dank für die umfassende Darstellung", lobte Buchner.

Dienstag, 13.12.

Nach langer Zeit hatte Kai wieder einmal beschlossen, es sich an diesem Abend mit einem Trollinger vor dem Fernseher so richtig gemütlich zu machen. Sie belegte eine Scheibe Schwarzbrot mit ihrem französischen Lieblingskäse Géramont, schenkte sich von dem Rotwein ein, der sie mit seiner ziegelroten Farbe, dem intensiven Duft nach süßen Kirschen und Beeren immer wieder aufmunterte und an sonnige und warme Tage im Sommer und Herbst erinnerte. Und obwohl sie es nicht wollte, dachte sie nach dem ersten Schluck daran, dass sie mit ihrem ehemaligen Freund Thomas schon einige Flaschen dieses Württemberger Weins getrunken hatte. Um sich abzulenken, stellte sie das Fernsehgerät an, zappte lustlos durch die Kanäle, blieb dann bei einem Kriminalfilm hängen. Sie versuchte sich auf die Handlung zu konzentrieren, was ihr aber nicht so recht gelingen wollte. Ihre Gedanken schweiften mitten in einer Szene ab, so dass sie nicht mitbekam, wieso der Held in der nächsten Sequenz in eine Scheune einbrach. Ihr war es völlig schleierhaft, was er dort zu finden hoffte. Sie zappte weiter, landete schließlich in einer Sendung, in der eine Boulevardreporterin zu Gast bei den Reichen und Schönen in Hollywood war. Eine der Frauen plauderte, wie sie ihre Zeit mit Shoppingtouren in Paris, Mailand oder New York totschlug, es ihr dabei aber kaum gelang, das Geld ihres vierzig Jahre älteren Mannes auszugeben. Freimütig erzählte sie, dass sie mit ihren fünfundzwanzig Jahren bereits mehrere Schönheitsoperationen hinter sich hatte, als Nächstes plane, sich noch einmal wegen ihrer Cellulitis unter das Messer zu legen. Als die Kamera ihren

Körper gnadenlos heranzoomte, konnte man deutlich ihre makellose Haut sehen – aber auch den Ausdruck in ihren Augen, in denen sich Langeweile, Frust und eine unendliche Leere widerspiegelten. Angeekelt zappte Kai weiter. Eine Talkrunde, die über das Thema Blutspendedienste diskutierte. Der Moderator erörterte gerade, dass das Rote Kreuz die größten Blutbanken in Deutschland betreiben würde. Ein durchaus lohnendes Geschäft! Allerdings gebe es auch kleinere Blutbanken in Krankenhäusern, etwas größere in Universitätskliniken, da das Blut teilweise auch für Versuchszwecke verwendet würde. Auf die Frage einer jungen Frau, ob das gespendete Blut völlig frei von Krankheitskeimen sei, mischte sich der Geschäftsführer einer Blutbank in das Gespräch ein. Mit wohlgesetzten Worten erklärte er ausführlich, dass im Labor nach Feststellung der Blutgruppe, des Rhesusfaktors selbstverständlich eine sehr sorgfältige Analyse erfolgen würde. Dieses sei oberstes Gebot, denn schließlich ginge es hier um die Gesundheit und das Leben vieler Menschen. Vor allem müsse man feststellen, ob sich im gespendeten Blut Krankheitskeime befinden würden, wie zum Beispiel HIV-Erreger. Er fügte hinzu, dass die Blutproben auch einem Strichcode bekommen würden – damit man in jedem Einzelfall den Blutspender feststellen könne. Ein anderer Teilnehmer wollte wissen, wie hoch die Aufwandsentschädigung für das gespendete Blut sei ...

Kai schaltete das Fernsehgerät ab, stellte erstaunt fest, dass von ihrem Lieblingswein nur noch wenig in der Flasche war. Sie trank den Rest, spürte, wie eine wohlige Trägheit von ihr Besitz ergriff. Sie stand entschlossen auf, putzte die Zähne, ging zu Bett. Obwohl sie hundemüde war, lag sie eine Weile wach, während die Gedanken in ihrem Kopf umherschwirrten wie Fledermäuse, die ihre Orientierung verloren hatten. Wie schon so oft in den letzten Tagen dachte sie an ihre ungelösten Fälle. Sie musste ihre Mutter anrufen, ihr schonend beibringen, dass es mit dem Weihnachtsurlaub in diesem Jahr wohl nichts werden würde.

Was war das für ein Mensch, der so etwas tat? Ein Kranker mit einer schweren Persönlichkeitsstörung, wie die Polizeipsychologin Bernauer vermutete? Oder einfach nur ein krimineller, von Neid getriebener Autohasser? Wusste er überhaupt, was er da auf der Autobahn anrichtete? Kai dachte an die Unfallopfer, an die zerschmetterten Körper, das viele Blut ... Sie seufzte, wollte sich nicht mehr erinnern – doch die Bilder ließen sich nicht so einfach wegscheuchen. Kai zwang sich, ihre Gedanken in andere

Bahnen zu lenken, was ihr zunächst nicht gelingen wollte, schließlich schlief sie erschöpft ein.

Mitten in der Nacht schreckte sie hoch, hörte, wie der Wind an den Fenstern rüttelte, die Balken des alten Fachwerkhauses knackten. Sie rang nach Luft, ihr Herz jagte, und es dauerte eine Weile, bis sie sich endlich aus den Fängen des Albtraumes befreit hatte. Sie konnte sich kaum noch an den Traum erinnern – allenfalls bruchstückhaft, wenn überhaupt. Stunden später stand sie auf, fühlte sich unausgeschlafen, gerädert. Sie schlurfte in die Küche, kochte sich einen starken Kaffee. Mit dem Becher in der Hand ging sie zum Fenster, schaute gedankenverloren in das fahle Morgenlicht, versuchte krampfhaft, sich an Teile des Albtraums zu erinnern. Doch da war alles weg. Verschwunden, gelöscht wie von der Festplatte eines Computers. Stopp! Sie erinnerte sich doch noch an etwas, wenn auch schleierhaft ... an eine Blutbank ... ganz offensichtlich ein Bild, das sie aus der gestrigen Talksendung mit in den Schlaf genommen hatte. Wieso hatte sie gerade davon geträumt? Sicherlich gab es schönere, wenn auch unwichtigere Themen. Sie versuchte, sich an die Diskussion zu erinnern. Da war dieser smarte Moderator, der in das Thema eingeführt hatte, dann verschiedene Talkgäste, die Fragen an den grauhaarigen Geschäftsführer einer Blutbank gerichtet hatten ... Kai zermarterte sich das Hirn, versuchte sich an die Antworten zu erinnern ... Da war die Rede von dem Labor, von der Feststellung der Blutgruppe, dem Rhesusfaktor, dem HIV-Test. Aber auch, dass jede Blutspende einen Strichcode erhalten würde – mit dem man in jedem Einzelfall den Spender ausfindig machen konnte. Kai dachte an die Blutanhaftungen, die die Kollegen auf dem Schilderträger gefunden hatten – an die seltene Blutgruppe, über die nur ein Prozent der bundesdeutschen Gesamtbevölkerung verfügen würde. Ihre Gedanken überschlugen sich. Was wäre, wenn ...

Es war einen Versuch wert. Auf jeden Fall! In ihrer Situation mussten sie nach jedem Strohhalm greifen. Kai spürte nichts mehr von der Müdigkeit. Sie musste mit Buchner sprechen, möglichst sofort.

12

Mittwoch, 14.12.

Kai rieb sich die Augen, schaute hinüber zu Julia Seidel, die konzentriert den Dienstwagen lenkte. Für die Hildesheimer Region war eine Unwetterwarnung herausgegeben worden: Heftige Niederschläge, begleitet von starken Windböen, sollten von Ost nach West über das Land ziehen. Kai hatte sehr schnell herausgefunden, dass die örtlichen Blutspenden dem Roten Kreuz in Springe zugeleitet wurden. Sie war froh, dass sie Buchner so schnell von ihrem Vorhaben hatte überzeugen können, der daraufhin gleich tätig geworden war. Was hätte er auch anderes tun sollen? Nach dem Okay der Staatsanwaltschaft hatte er gleich den Geschäftsführer der Blutbank in Springe angerufen, mit dem sie in einer Dreiviertelstunde verabredet waren. Kai schaute besorgt in den Himmel. Das Wetter verschlechterte sich zusehends. Die Front des Tiefs verlief vor ihnen in Höhe des Deisters. Eine gewaltige schwarze Wand, die den Himmel mit einem Mal verdunkelte. Kurz vor Nordstemmen meinte Kai: „Es ist ja noch trocken, lass uns über die Nebenstraßen fahren, also über Eldagsen. Kennst du die Strecke?"

„Im Sommer war ich einige Male im Saupark, auch im Wisentgehege. Wir kommen da gleich dran vorbei."

Sie schwiegen eine Weile. Als sie am Forstamt vorbeifuhren, zeigte Kai nach vorn. „Da ist es, wir fahren da vorn rechts auf den Parkplatz, stellen den Wagen dort ab." Als sie die Straße überquerten, hatten sie Mühe, gegen den Sturm anzukämpfen. Die ersten dicken Regentropfen fielen – doch noch relativ trocken erreichten sie Minuten später ihr Ziel.

Der Geschäftsführer der Blutbank, Professor Dr. Heinz Freudenberg, machte einen sympathischen und durchaus seriösen Eindruck. Er war mittelgroß, hatte graue Haare, trug eine randlose Brille, die gut zu seinen leuchtend blauen Augen passte. Freudenberg begrüßte sie wie altc Bekannte, bot ihnen Kaffee an, den sie dankend annahmen. Kai stellte sich und Julia Seidel vor, sprach kurz über ihr Aufgabengebiet in der Polizeiinspektion, deutete an, dass sie sich über den Weg des Spenderblutes informieren wollten – den eigentlichen Grund ihres Besuchs verschwiegen sie vorerst.

Freudenberg nickte verstehend. „Meine Damen, dann wäre es vielleicht sinnvoll, wenn ich zunächst einen kurzen Überblick über die Aufgaben dieser Einrichtung gebe. Scheuen Sie sich bitte nicht, mich zu unterbrechen und Fragen zu stellen.“

Kai und Julia nickten synchron.

„Vereinfacht dargestellt ist die Blutbank ein Lager für Blutkonserven, in dem sich verschiedene Arten von Konserven befinden, die unterschiedlich behandelt werden müssen. Bestimmte Blutkonserven müssen ständig bewegt werden, andere können eingefroren werden.“

„Ich nehme an, dass die einzelnen Blutspenden vor der Einlagerung einer genauen Kontrolle unterzogen werden“, fragte Kai.

„Das ist zwingend erforderlich. Im Labor wird das Blut des Spenders einer gewissenhaften Analyse unterzogen. Es wird die Blutgruppe festgestellt, der Rhesusfaktor – wir verlassen uns hier keineswegs auf die Angaben des Spenders, obwohl die fast immer richtig sind. Sehr wichtig ist auch die Überprüfung der Antikörper, also Überprüfung des Blutes auf HIV. Die Ergebnisse der Untersuchung werden dann in einem Strichcode festgehalten.“

Julia Seidel beugte sich vor. „Die roten Blutzellen müssen dann ja auch von dem Plasma getrennt werden, oder?“

„Ja, das passiert in einer Zentrifuge.“

„Müssen die Krankenhäuser jede einzelne Blutprobe gesondert anfordern?“ wollte Kai wissen.

„Nein, das wäre viel zu umständlich, auch nicht praktikabel. Die Blutkonserven müssen oft ja kurzfristig zur Verfügung stehen. Um das zu gewährleisten, unterhält jedes Krankenhaus eine kleine Blutbank, um ihren Eigenbedarf zu decken, wobei der Umfang natürlich abhängig ist von der Größe des Krankenhauses und ob es sich um eine Schwerpunktklinik handelt, die häufig Operationen durchführt.“

„Herr Professor, wenn ich Sie richtig verstanden habe, kann man anhand des Strichcodes feststellen, wer das Blut einer bestimmten Blutgruppe gespendet hat oder welches Krankenhaus eine bestimmte Blutgruppe angefordert hat.“

„Ja, so ist es“, betätigte Freudenberg. „Damit wir uns nicht missverstehen: Die Daten, die sich auf dem Strichcode befinden, sind natürlich geschützt, stehen der Öffentlichkeit nicht zur Verfügung, es sei denn ...“

„... es liegt ein richterlicher Beschluss vor, den ich vorsorglich schon mitgebracht habe“, beendete Kai den Satz des Geschäftsführers, der sie entgeistert und ein wenig fassungslos anstarrte. Kai konnte seine Reaktion gut verstehen, mit Recht fühlte er sich getäuscht. Fairerweise hätten sie von Anfang an mit offenen Karten spielen sollen – doch dazu war es jetzt zu spät. Doch erstaunlicherweise schien Freudenberg nicht beleidigt zu sein, zumindest ließ er es sich nach den ersten Sekunden einer leichten Verunsicherung nicht anmerken. Was für eine Persönlichkeit, ging es Kai durch den Kopf. Sie an seiner Stelle hätte garantiert nicht so cool reagiert. Doch er schien über derartigen Dingen zu stehen. Er setzte geistesabwesend seine Brille ab, fing an, sie sorgfältig mit dem Taschentuch zu putzen, prüfte sorgfältig das Schriftstück, sagte dann: „Na schön", aber er wirkte nicht überzeugt, ganz und gar nicht. Schließlich fragte er: „Um welche Blutgruppe geht es denn?"

„AB Rhesus negativ."

„Oh", kam es erstaunt aus seinem Munde. „Ich nehme an, Sie wissen, dass das eine sehr seltene Blutgruppe ist. Schätzungsweise haben die nur ein Prozent der gesamtdeutschen Bevölkerung. Bezogen auf die Vielzahl der anderen Blutgruppen macht das die Sache natürlich etwas überschaubarer."

„Das meinen wir auch", bestätigte Kai mit leicht einschmeichelnder Stimme, bemüht den angeschlagenen Vertrauensverlust etwas zu heilen. Fügte dann noch hinzu: „Wenn wir diese Prozentzahl auf die Stadt Hildesheim übertragen, bedeutet dies, dass etwa eintausend Einwohner diese Blutgruppe haben. Da wir hiervon jedoch die weibliche Bevölkerung, Kinder und noch andere Altersgruppen ausschließen können, uns dann auch noch auf die Bewohner eines bestimmten Stadtteils konzentrieren, bleibt ein leicht überschaubarer Personenkreis."

„Dazu kann ich nichts sagen", bemerkte Professor Freudenberg. „Ich kann nur Auskunft darüber geben, welche Personen in meinem Einzugsgebiet schon einmal diese äußerst seltene Blutgruppe gespendet haben und wann ein Krankenhaus diese Blutgruppe angefordert hat. Würde Ihnen das weiterhelfen?"

„Ich glaube schon. Bis wann können Sie uns die Daten liefern?"

Freudenberg überlegte, schaute auf die richterliche Anordnung, wiegte den Kopf hin und her, meinte schließlich: „Vielleicht in drei, vier Tagen."

„Nein! Herr Professor Doktor Freudenberg, so geht das nicht! Wir geben Ihnen zwei Tage. Bitte versuchen Sie es. Entschuldigen Sie bitte, dass wir hier so unnachgiebig sind. Aber bei uns liegen die Nerven blank! Schließlich müssen wir hier einen verrückten Autohasser aus dem Verkehr ziehen, der bereits elf Menschen auf dem Gewissen hat. Und wir alle wollen, dass es nicht noch mehr werden. Bitte helfen Sie uns!“

Samstag, 17.12.

Die Spannung war kaum noch zu ertragen. Nach dem Besuch der Blutbank in Springe hatte Kai einige Kollegen damit beauftragt, umgehend das zu erwartende Datenmaterial mit dem Ziel zu überprüfen, ob sich darunter eine ins Täterprofil passende Person befinden würde. Doch dazu mussten sie die Daten erst einmal haben! Ungeduldig wartete sie auf die Nachricht aus Springe. Es war auch wenig hilfreich, dass Kriminaloberrat Buchner stündlich bei ihr vorbeikam und sich nach dem Sachstand erkundigte. Nach allem konnten sie nur hoffen, dass die Aktion Erfolg brachte. Nicht auszudenken, wenn ...

Ein Klopfen unterbrach ihre Gedanken. Julia Seidel stand im Türrahmen. „Kai, wir haben das Material. Es scheint allerdings umfangreicher zu sein, als wir erwartet hatten. Sollen wir ...“

In fragendem Ton brach sie ab, Ossenkopp polterte ins Zimmer.

Kai nickte. „Julia, hol die Kollegen zusammen, fangt sofort an.“ Sie wandte sich an Ossenkopp: „Heinz, bist du dabei? Wir brauchen jeden Mann. Besonders aber deine fachliche und organisatorische Erfahrung“, schmeichelte sie, fügte dann noch hinzu: „Ich meine, nach der Selektion dürften nicht allzu viele Personen übrig bleiben – ich hoffe nur, dass unser Täter dabei ist ...“

Das Telefon klingelte. Buchner wollte wissen, ob das Material endlich vorliegen würde. Kai hob die Hand, als Julia Seidel und Ossenkopp den Raum verließen, sagte betont gelassen: „Die Listen werden gerade überprüft. Ich weiß aber nicht, wie lange das dauern wird. Das Datenmaterial scheint umfangreicher zu sein, als wir anfangs dachten.“

„Bitte informieren Sie mich umgehend, wenn Sie ein Ergebnis haben. Glauben Sie, dass dabei was herauskommt?“

Kai wiegte den Kopf hin und her, hob dann die Schultern, unterließ es dann aber, als ihr bewusst wurde, dass Buchner das ohnehin nicht sehen konnte. Verdammt, so weit war es schon gekommen!

„Herr Buchner, ich kann nur das wiederholen, was ich schon vor ein paar Tagen gesagt habe: Es ist nur ein Versuch, mehr nicht – wenn Sie so wollen, der Griff nach diesem überstrapazierten Strohhalm.“

„Schon gut, Frau Sommer, schon gut. Wir können nur hoffen und beten, dass morgen nichts passiert. Was meinen Sie wohl, wie die Presse dann wieder über uns herfällt? Ich habe da ein ganz komisches Gefühl.“

„Herr Buchner, auch am morgigen Sonntag wird der betreffende Autobahnabschnitt lückenlos überwacht. Nach menschlichem Ermessen kann da gar nichts ...“

„Und wenn er an einer anderen Stelle zuschlägt, zum Beispiel weiter südlich, hinter der Bundesstraße oder direkt vor der Börde“, unterbrach er sie heftig.

Kai verdrehte die Augen, antwortete genervter, als sie eigentlich wollte: „Wir können ja nicht die A7 von Hannover bis Kassel überwachen!“

Buchner schien die flapsige Äußerung überhört zu haben. Vermutlich lagen auch bei ihm die Nerven blank. Abrupt beendete er das Gespräch: „Rufen Sie mich an, wenn es was Neues gibt. Und denken Sie daran: Dienstbesprechung morgen früh acht Uhr.“

Kai vertiefte sich wieder in die Akten, konnte sich aber nicht konzentrieren, weil ihre Gedanken immer wieder abschweiften. Etwas wehmütig dachte sie daran, dass sie wohl das Weihnachtsfest wieder einmal hier in Hildesheim verbringen würde. Ihren Eltern in Heidelberg würde das sicherlich nicht gefallen – doch sie war Polizistin. Ihr blieb keine Alternative. Andererseits konnte sie es sich auch kaum vorstellen, friedlich unter dem Tannenbaum zu sitzen, Weihnachtslieder zu singen, mit den Eltern in die Kirche zu gehen – während gleichzeitig ein Psychopath hier auf der A7 mörderische Anschläge verübte. Trotz alledem nahm Kai sich vor, sich über die Weihnachtsfeiertage nicht von morgens bis spät abends in der Inspektion aufzuhalten, sondern zwischendurch auch das Museum und den Weihnachtsmarkt zu besuchen, der auch in diesem Jahr viel zu bieten hatte. Plötzlich nagte in ihr der Gedanke, dass das, was sie mit der Blutgruppe in die Wege geleitet hatte, völlig sinnlos war. Sie ging ein paar Schritte auf und ab, wurde zunehmend ärgerlicher. Abrupt blieb sie vor dem Fenster stehen, starrte in das dunkle Glas, schleuderte ihrem Spiegelbild zischend entgegen: „Verdammt, noch mal! Warum tust du jetzt schon so, als hätte die Fahrt zur Blutbank nichts gebracht? Vertrau deiner Intuition! Er hat Blut gespendet, muss gespendet haben! Folglich haben wir dann auch seine Anschrift! Wissen genau, wo wir ihn finden, ihn festnehmen können ..."

Hinter sich hörte sie ein Geräusch, erkannte im Fensterglas Julia, drehte sich wie ein ertappter Sünder um, wollte etwas sagen, doch Julia kam ihr zuvor: „Es wäre gut, wenn du ins Besprechungszimmer kommen würdest. Wir haben da ein paar Namen herausgefiltert."

Kai war überrascht, so früh hatte sie nicht mit einem Ergebnis gerechnet, zumal erst zwei Stunden vergangen waren. Sie folgte Julia, nickte im Besprechungszimmer den Kollegen zu, die sich bei ihrer Arbeit nicht stören ließen. In stoischer Ruhe überprüften sie weiterhin Personen, die unter Umständen in das Täterprofil passen könnten, wobei sie sich zunächst an Lebensalter und Wohngegend orientierten.

Julia reichte ihr eine Liste, mit einem halben Dutzend Namen, fügte erklärend hinzu: „Das sind Personen, die zwischen vierzig und fünfzig Jahre alt sind, in Nähe der A7 wohnen."

Kai fuhr mit dem Zeigefinger über die aufgelisteten Namen, stockte dann. „Zwei sind hier mit einem Kreuz versehen ... Bedeutet das, dass die verstorben sind?"

Julia schüttelte den Kopf. „Vielleicht hätten wir die anders kennzeichnen sollen ... Nein, es handelt sich da um zwei Männer, die gespendet haben, aber aufgrund einer schweren Operation auch schon einmal eine Bluttransfusion erhalten haben."

Ohne den Blick von der Liste zu nehmen, setzte Kai sich, stutzte plötzlich, schaute Julia groß an. „Sag mal, kommt dir der Name Ingo Platschke nicht auch bekannt vor?"

Ossenkopp mischte sich ein: „Das ist doch der Typ, den diese Donati aus Hannover mehrmals besucht hat."

„Moment", sinnierte Kai. „Auch damals hat mich schon etwas stutzig gemacht ... Jetzt fällt es mir wieder ein, die Straße ... Die Reimannstraße! Nur einen Steinwurf von der A7 entfernt. An dieser Straße befindet sich nämlich auch das Haus des ermordeten Prechtel. Und ausgerechnet da wohnt Herr Platschke mit dieser äußerst seltenen Blutgruppe – ein Freier der Prostituierten Marion Donati." Kai ging zum Fenster, schaute eine Weile hinaus, drehte sich auf dem Absatz um. „Das kann kein Zufall sein, oder?"

Die Kollegen standen schweigend auf, kümmerten sich nicht mehr um das übrige Datenmaterial, sahen erwartungsvoll auf Kai. Ossenkopp unterbrach die Stille: „Du meinst, wir haben ihn?"

Obwohl Kai sich nicht erinnerte, in den letzten Wochen je etwas Schöneres gehört zu haben, dämpfte sie die aufkommende Euphorie: „Verdammt noch mal, ich weiß es nicht! Auf jeden Fall sollten wir Herrn Platschke einen Besuch abstatten, ihn nach seinen Alibis fragen. Und wenn er die nicht hat, holen wir ihn auf die Dienststelle, vergleichen seine Fingerabdrücke und DNA mit dem vorliegenden Spurenmaterial. Es kann natürlich auch sein, dass wir hier auf einer völlig falschen Fährte sind, Platschke ein unbescholtener Bürger ist, der mit allem nichts zu tun hat. Wir sollten daher mit der nötigen Zurückhaltung vorgehen." Sie wandte sich an Wechler: „Christian, mach du das bitte. Aber ohne großes Aufsehen. Nimm zwei oder drei von der Soko mit. Und ein paar Kollegen vom Einsatz- und Streifendienst, die mit ihrem Dienstwagen im Hintergrund bleiben. Noch Fragen?"

„Wann soll es losgehen?" wollte Wechler wissen.

Kai schaute auf die Uhr. „Ihr solltet gegen acht Uhr bei ihm sein. Wir anderen treffen uns ja ohnehin um diese Zeit hier in der Dienststelle."

Kai stand auf, hielt gähnend die Hand vor den Mund. „Bis dahin können wir uns ja noch ein paar Stunden aufs Ohr hauen."

„Du solltest das Spezialeinsatzkommando anfordern!" maulte Ossenkopp, der offensichtlich beleidigt war, dass nicht er, sondern Christian Wechler die Aktion durchführen sollte.

„Heinz, dafür haben wir ...", begann Kai, wurde aber von Ossenkopp mürrisch unterbrochen: „Was sollen unsere Leute denn machen, wenn der Kerl plötzlich ausrastet, mit einer Waffe herumballert? Für solche Fälle haben wir schließlich das SEK! Es ist ja nicht das erste Mal, dass so was passiert. Nachher ist man dann immer schlauer. Sag dann aber bitte nicht, ich hätte dich nicht gewarnt."

„Heinz, dafür haben wir zu wenig in der Hand. Oder besser gesagt, so gut wie nichts. Fassen wir doch noch einmal zusammen: Es gibt nur eine Vermutung, die allein darauf beruht, dass Platschke in Nähe der A7 in der gleichen Straße wie der ermordete Prechtel wohnt und eine äußerst seltene Blutgruppe hat, die identisch mit der ist, die wir auf dem Schilderträger sicherstellen konnten – aber diese Blutgruppe haben auch noch andere Bürger dieser Stadt, wie du dem Datenmaterial da auf dem Tisch entnehmen kannst. Heinz, das ist zu vage! Es rechtfertigt in keinem Fall, hier mit Kanonen auf Spatzen zu schießen und das SEK anzufordern."

Sonntag, 18.12.

Das schrille Klingeln des Telefons riss Kai brutal aus dem Schlaf. Sie konnte gar nicht sagen, wie sehr sie diesen grellen Ton hasste – besonders, wenn er an einem Sonntagmorgen ihre Nerven strapazierte, wie ein Raubtier über sie herfiel. In einer Zeit, in der andere Leute ausschliefen, gemütlich Kaffee tranken, vielleicht auch den Gottesdienst besuchten – eben das taten, was sie in einer arbeitsreichen Woche nicht tun konnten.

Schlaftrunken schlug sie mit der flachen Hand heftig auf den Störenfried, versuchte ihn zum Schweigen zu bringen, hielt dann aber inne, als ihr klar wurde, dass der Apparat nicht ohne Grund klingelte. Während sie zum Hörer griff, schaute sie auf die digitale Uhr, die direkt neben dem Telefon stand: So, 18. Dez, 05:10 h. Na prima! Nach Überprüfung der Blutbankdaten lag sie gerade einmal vier Stunden im Bett. Gähnend meldete sie sich, verbunden mit der Hoffnung, dass sich jemand verwählt hatte und sie weiterschlafen konnte. Doch dem war nicht so! Denn kaum hatte der Anrufer die ersten Worte gesprochen, war ihre Müdigkeit wie weggeblasen: „Hier ist Neumann von der Autobahnpolizei. Frau Sommer, es gibt einen weiteren Unfall auf der A7 ..."

„Aber nicht dort, wo die bisherigen passiert sind!"

„Nein, ein paar Kilometer weiter nördlich, hinter dem Zweigkanal."

„Gibt es Verletzte, Tote? Wann passierte der Unfall?"

„Kurz vor vier Uhr. In dem Auto, einem Mercedes 300, saß nur eine männliche Person. Der Mann ist schwer verletzt, war aber noch ansprechbar."

Kai atmete erleichtert auf, fragte: „Konnte er etwas zum Unfallhergang sagen?"

„Er meint, ihm sei ein Geisterfahrer entgegengekommen. Nach dieser Aussage hat er das Bewusstsein verloren. Er befindet sich auf der Intensivstation des Klinikums."

„Haben Sie die Personalien?"

„Detlev Goldmann aus der Region Oldenburg, zweiundvierzig Jahre alt, Unternehmensberater."

„Herr Neumann, schicken Sie bitte eine Ausfertigung des Unfallprotokolls heute noch zur Soko A7; wir sind um acht Uhr in meinem Besprechungszimmer. Und vielen Dank." Kai überlegte kurz, wählte die Nummer ihres Kollegen Martin Breuer. Erwartungsgemäß war er von dem frühen Anruf nicht gerade begeistert, fluchte verhalten, sie konnte ihn gut verstehen. Kai gab das weiter, was sie gerade von Polizeikommissar Neumann erfahren hatte, sagte dann: „Martin, fahr bitte zur Unfallstelle. Mich interessiert vor allem die Frage, ob es sich um einen normalen Verkehrsunfall handelt oder ob unser Mann wieder seine Hände im Spiel hatte. Deine Einschätzung ist mir wichtig. Du kannst mich jederzeit über Handy erreichen. Ich rufe jetzt gleich die Intensivstation an. Wir treffen uns um acht Uhr in der Inspektion – bis dann."

Sonntag, 18.12.

In der Garage der Einsatzfahrzeuge trafen sie die letzten Vorbereitungen. Christian Wechler informierte seine Kollegen über das weitere Vorgehen, bat sie, ihre Heckler & Koch zu überprüfen, die Schutzwesten anzulegen. Er hielt diese Maßnahmen für übertrieben, doch sicher war sicher. Schließlich konnte keiner wissen, was sie erwartete. Fünf Minuten später fuhren sie vom Hof.

Julia Seidel lenkte den zivilen Einsatzwagen, neben ihr saß Wechler, auf der Rückbank Freiberg – drei Kollegen der Soko A7 waren ausreichend, zumal noch drei uniformierte Beamte des Einsatz- und Streifendienstes in ihrem blausilbrigen Dienstwagen folgten. Mit mäßiger Geschwindigkeit fuhren sie auf den Kennedydamm, am Müggelsee vorbei, bogen rechts ab auf die Ehrlicherstraße. Minuten später waren sie in der Reimannstraße. Absprachegemäß blieb der blausilbrige Dienstwagen in Sichtweite des Hauses stehen, in dem Ingo Platschke wohnte. Zumindest war das seine postalische Anschrift, die sie dem Datenmaterial der Blutbank entnommen hatten.

Julia Seidel ließ den Wagen langsam ausrollen, hielt schräg gegenüber dem Haus, in dem der ermordete Willibald Prechtel gelebt hatte und in dem seine Frau Doris wahrscheinlich immer noch wohnte. Minutenlang blieben sie still im Auto sitzen, schauten auf die Vorgärten, Jägerzäune und Einfamilienhäuser.

Freiberg unterbrach das Schweigen: „Kaum zu glauben, dass wir uns hier in der Großstadt Hildesheim befinden."

Wechler machte eine Kopfbewegung zur Autobahn. „Wenn nicht dieser nervtötende Krach wäre, könnte man fast von einer ruhigen Wohngegend in dörflicher Idylle sprechen ..." Er deutete auf die menschenleere Straße. „Entweder schlafen die alle, sind in der Kirche oder frühstücken gerade."

Julia räusperte sich. „Christian, es ist heute Sonntag, noch dazu der vierte Advent. Warum sollen sie da nicht ausschlafen? Kann es sein, dass du ein bisschen neidisch bist?"

Bevor er antworten konnte, maulte Freiberg: „Mein Gott, wie lange wollen wir hier noch rumsitzen? Auf was wollen wir denn noch warten? Und woher wissen wir, ob Platschke da ist?"

„Er ist anwesend", bemerkte Julia, machte eine Kopfbewegung zum Haus hinüber. „Die Gardine hat sich gerade bewegt."

Wechler griff zum Türgriff. „Gut, dann los! Wir machen es so wie besprochen. Noch Fragen?"

13

Sonntag, 18.12.

Kai schaute auf die Kollegen der Soko A7, die alle einen übernächtigten Eindruck machten. Von der anfänglichen Motivation war kaum noch etwas zu spüren – sie waren an ihre physischen und psychischen Grenzen gestoßen. Für das Stimmungstief sorgte bei einigen auch, dass heute der vierte Advent war, das Weihnachtsfest vor der Tür stand, was besonders die Kollegen belastete, die zu Hause eine Familie mit kleinen Kindern hatten. Kai musste sich eingestehen, dass sie in diesem Jahr die Adventzeit kaum wahrgenommen hatte. Wehmütig dachte sie daran, dass sie sonst immer einen wunderschönen Adventskranz mit vier Bienenwachskerzen in ihrer Wohnung gehabt hatte, doch in diesem Jahr war alles anders ...

Kais Gedanken wurden abgelenkt durch Kriminaloberrat Buchner, der mit bleichem Gesicht in das Besprechungszimmer schlurfte, verhalten grüßte, sich schweigend neben sie setzte. Das ist gerade so, wie auf einer Beerdigungsfeier, ging es ihr durch den Kopf. Nach allem fehlte nur noch, dass ein Pastor zur Tür hereinkam, tröstende und salbungsvolle Worte an sie richtete.

Buchner näherte sich raunend ihrem Ohr: „Frau Sommer, ich habe es geahnt. Bin aber auch froh, dass es nicht auf unserem Abschnitt passiert ist."

„Herr Buchner, wir wissen ja noch nicht mal, ob hier überhaupt ein Fremdverschulden vorliegt." Sie schaute auf die Uhr. „Es ist zwar schon acht Uhr, aber lassen Sie uns bitte noch ein paar Minuten warten, bis Herr Breuer kommt. Ich habe ihn gebeten, sich an der Unfallstelle umzusehen ..." Kai sprach nicht weiter, Breuer erschien im Türrahmen, machte ein ernstes Gesicht, was nichts Gutes bedeuten konnte.

„Können wir nun endlich anfangen?" maulte Buchner, schaute dabei missbilligend auf Kai, die sich flüsternd mit Breuer unterhielt. Buchner schüttelte irritiert den Kopf – auch bei ihm schienen die Nerven blank zu liegen. „Frau Sommer, bevor wir anfangen, wüsste ich gern, wo sich der Rest der Soko befindet?"

Kai ging nicht sofort auf seine Frage ein, berichtete zunächst, dass sie vor wenigen Stunden aus dem Datenmaterial der Blutbank den Namen Ingo Platschke herausgefiltert hatten, der unter Umständen etwas mit den Anschlägen auf der A7 zu tun haben könnte. Zum Schluss sagte sie: „Ich habe daher Herrn Wechler mit ein paar Kollegen zu Ingo Platschke geschickt. Zu einer vorläufigen Festnahme wird es allerdings nur dann kommen, wenn er etwas damit zu tun hat. In dem Fall wird Herr Wechler sich aber umgehend melden."

„Frau Sommer, ich kann nur hoffen, dass Ihr Kollege mit dem nötigen Fingerspitzengefühl vorgeht, ohne großes Aufsehen. Schließlich haben wir den vierten Advent ..."

„Herr Buchner, das wird er! Wir können uns da ganz auf ihn verlassen." Gedanklich fügte sie noch hinzu: Daher habe ich auch Ossenkopp nicht dahin geschickt. Denn wenn es nach ihm gegangen wäre, hätte er noch in der Nacht das SEK angefordert, wäre zumindest aber mit Blaulicht und Martinshorn mit mehreren Dienstwagen zur Reimannstraße gebraust. Doch da sie ihren Kollegen nicht bloßstellen wollte, blieb es bei diesen Gedanken.

Kai wechselte das Thema, kam auf den erneuten Unfall auf der A7 zu sprechen. Sie berichtete über den Anruf der Autobahnpolizei und über das, was ihr Polizeikommissar Neumann am Telefon gesagt hatte, schloss mit den Worten: „Ich habe vorhin noch einmal mit dem zuständigen Arzt des Klinikums gesprochen. Herr Goldmann befindet sich nach wie vor auf der Intensivstation, wurde aufgrund seiner schweren Verletzungen in ein künstliches Koma versetzt, ist also in den nächsten Tagen nicht ansprechbar. Der verunfallte Mercedes wird zurzeit von unserem Gutachter untersucht. Da es sich hier aber um einen Neuwagen handelt, können wir wohl technische Mängel ausschließen. Um das Bild abzurunden, sollte nun Kollege Breuer berichten. Bitte, Martin."

„Die Unfallstelle liegt nördlich von dem Abschnitt, auf dem die bisherigen Anschläge passiert sind, und zwar einige hundert Meter nördlich des Hildesheimer Zweigkanals. Zum Zeitpunkt des Unfalls war die Fahrbahn feucht, aber nicht glatt. Die dreispurig ausgebaute A7 verläuft hier gradlinig, es gibt keine Anzeichen von Wildwechsel, auf der Fahrbahn wurden keine Gegenstände gefunden, die den Unfall hätten verursachen können. Es gibt keinerlei Bremsspuren. Der Wagen ist ohne ersichtlichen Grund plötzlich nach rechts ausgeschert. "

„Wahrscheinlich ist er am Lenkrad eingeschlafen", mutmaßte Buchner. „Der berüchtigte Sekundenschlaf! Immerhin kam er aus der Region Oldenburg, war Stunden unterwegs."

„Wie sieht es mit Übergängen aus?" wollte Buchner wissen.

„Keine im üblichen Sinn.“

Buchner sah ihn irritiert an: „Soll heißen?“

„Keine, über die Fahrzeuge oder Fußgänger die Autobahn überqueren können.“

„Sondern?“ drängte Kai, wobei die Ungeduld in ihrer Stimme nicht zu überhören war.

„Der Unfall ereignete sich unmittelbar vor einer dieser Mautstationen. Wie bei den Konstruktionen für diese Hinweisschilder kann man da auch hochklettern.“

„Meines Wissens haben die eine Videoüberwachung“, warf Buchner ein.

Ossenkopp beugte sich gespannt vor: „Das würde ja bedeuten, dass wir ...“

„Heinz, das können wir vergessen“, winkte Breuer ab. „Das Objektiv der Kamera wurde mit schwarzer Farbe übersprüht, die allerdings noch ziemlich frisch war. Übrigens wollte ich das schon vorhin sagen.“

Kai wandte sich an ihren Vorgesetzten: „Herr Buchner, ich glaube, das ist die Antwort auf Ihre Vermutung, es könne sich hier um einen Sekundenschlaf des Fahrers handeln. Nein, das war eindeutig unser Mann!“ Sie suchte den Blick zu Meiberg: „Peter, es wäre gut, wenn du dir mit deinen Leuten die Mautstation vornimmst. Wenn möglich, heute noch. Wir sollten auf jeden Fall die Farbe analysieren. Und vielleicht haben wir Glück, finden auch noch ne Kippe oder andere Spurenträger.“

Buchner tippte leicht die Zeigefinger aneinander, wollte etwas sagen, doch Kai stand gedankenversunken auf, holte ihr Handy aus der Tasche: „Entschuldigung, Herr Buchner, mir ist da gerade was eingefallen.“ Sie entfernte sich ein paar Schritte, rief Wechler an: „Christian, wie sieht es aus?“

„Das passt jetzt gar nicht ... Wir stehen gerade vor seinem Haus ... Kannst du nicht später ...“

„Christian, auf der A7 hat es einen weiteren Unfall gegeben. Frag ihn bitte, wo er sich heute Morgen gegen vier Uhr aufgehalten hat. Haltet auch Ausschau nach Schuhen oder Stiefel, die nass sind. Hilfreich wäre auch, wenn ihr eine Spraydose mit schwarzer Farbe findet. Warum, erkläre ich dir später. Bis bald.“

Sie betraten das Grundstück, folgten einem mit Unkraut überwucherten Weg, standen dann vor der Haustür, von der die Farbe abblätterte. Wechler beugte sich vor, suchte den Namen des Hausbewohners, murmelte schließlich: „Ingo Platschke." Er drückte kurz auf den Klingelknopf, ließ seine Blicke über die graue Fassade gleiten, die dringend renoviert werden musste. Es rührte sich nichts. Julia Seidel schob sich an ihm vorbei: „Lass mich mal!" Sie drückte auf den Knopf, länger als ihr Kollege, zuckte schließlich mit den Schultern. „Ich glaube, das Ding ist kaputt."

Freiberg meldete sich hinter ihnen: „Versucht es mal mit Klopfen."

„Danke Erdal, da wäre ich nicht drauf gekommen", meinte Wechler ironisch, pochte gegen die Tür. „Herr Platschke, hier ist die Polizei. Machen Sie bitte auf! Wir haben nur ein paar Fragen." Sie hielten den Atem an, lauschten konzentriert, doch hinter der Haustür rührte sich nichts. Wechler wandte sich an Julia: „Vielleicht ist er nicht zu Hause, und du hast dich vorhin getäuscht."

„Nein, verdammt! Er ist da, die Gardine hat sich bewegt. Ich bin doch nicht bescheuert!" Julia drängte sich ärgerlich an ihren Kollegen vorbei, schlug wütend mit der Faust gegen die Haustür. „Herr Platschke, hier ist die Polizei! Wir wissen, dass Sie da sind. Machen Sie endlich auf, sonst brechen wir die Tür auf!"

Wechler zog sie von der Tür weg: „Julia, so geht das nicht! Du weißt so gut wie ich, dass wir das ..." Er sprach nicht weiter, Schließgeräusche waren zu hören, die Haustür öffnete sich spaltbreit: „Was wollen Sie?"

Wechler zog seinen Dienstausweis aus der Tasche, hielt ihn vor den Türspalt. „Wir sind von der Polizei. Ich bin Kriminaloberkommissar Wechler, neben mir stehen meine Kollegen Seidel und Freiberg. Wenn Sie Herr Platschke sind, würden wir gern mit Ihnen reden. Können wir reinkommen?"

„Das passt mir jetzt aber gar nicht. Können Sie nicht auch so sagen, was Sie wollen?"

„Herr Platschke, ich glaube nicht, dass das in Ihrem Sinn ist, wenn wir Ihnen die Fragen hier draußen stellen." Wechler machte eine Kopfbewegung zur anderen Straßenseite, fügte hinzu: „Die Nachbarn da drüben werden schon aufmerksam ..."

„Wir können Sie auch mit auf die Dienststelle nehmen", mischte sich Julia Seidel ungeduldig ein.

„Ich glaube nicht, dass Sie das so ohne Weiteres dürfen“, begehrte Platschke auf.

Ohne auf seinen Protest einzugehen, beschwichtigte Wechler: „Herr Platschke, es sind wirklich nur ein paar Fragen. Und wenn Sie nicht mit uns reden wollen, ist das ja gerade so, als wenn Sie etwas zu verbergen hätten – aber das haben Sie doch nicht, oder?“

„Gut, aber nur ganz kurz.“ Platschke ließ die Beamten an sich vorbei, dirigierte sie zu einer offenstehenden Tür, hinter der sich die Küche befand. Wechler atmete auf. Der erste Schritt war getan. Allerdings fragte er sich auch, was passiert wäre, wenn Platschke sie nicht ins Haus gelassen hätte. Da sie weder einen richterlichen Beschluss hatten noch die Bestimmungen über *Gefahr im Verzug* anwenden konnten, hätten sie ihre Aktion wohl abbrechen müssen. Wechler schaute auf Julia und Erdal, denen sicher Ähnliches durch den Kopf ging. Sie betraten die Küche, ließen ihre Blicke über die Einrichtung gleiten: braun gepolsterte Sitzbank, zwei Stühle, ein ausziehbarer Tisch, darauf Spuren eines spartanischen Frühstücks, Raufasertapeten an den Wänden, über der Sitzbank eine Schwarzwälder Kuckucksuhr, deren Pendel sich nicht bewegte, daneben der eingerahmte Spruch „Macht kaputt, was euch kaputt macht!“.

Auf der rechten Seite eine zweigeteilte Spüle, daneben eine weiße Kaffeemaschine, ein verchromter Toaster, darüber zwei gelbe Hängeschränke. Gut vorstellbar, dass es sich hier um die Restbestände verschiedener Kücheneinrichtungen handelte.

Julia Seidel schob sich unaufgefordert auf die Küchenbank. Wechler blieb an der Tür stehen, Freiberg lehnte sich mit dem Rücken an das Fenster, von dem aus man schräg gegenüber das Haus des ermordeten Prechtel sehen konnte. Ingo Platschke machte einen verunsicherten Eindruck, offensichtlich hatte er schon bereut, sie in die Wohnung gelassen zu haben. Mürrisch wandte er sich an Wechler: „Sagen Sie mir endlich, was Sie wollen?“ Seine Stimme klang belegt und angespannt.

Wechler nickte Julia aufmunternd zu, die Platschkes Frage unbeachtet ließ, nun aber lächelnd ein Gespräch mit ihm begann. Die Freundlichkeit der jungen Kriminalbeamtin schien ihn milde zu stimmen, er ließ sich ihr gegenüber auf einem Stuhl nieder. Während Julia mit ihm plauderte, fragte sich Wechler, ob Platschke wirklich der Mann war, den sie suchten. Schwer vorstellbar. Auf den ersten Blick sah er zumindest nicht wie jemand aus, der es sich zum Lebensziel gemacht hatte, Autofahrer mit ihren

Luxusautos verunfallen zu lassen, dabei billigend auch noch den Tod vieler Fahrzeuginsassen in Kauf nahm. Sah so einer aus, der zehn Menschen und auch ihren ehemaligen Kollegen Prechtel auf dem Gewissen hatte? Wechler schalt sich einen Narren, sich als Kriminalbeamter solche Fragen zu stellen, wohl wissend, dass man keinem Zeitgenossen so etwas ansehen konnte. Dennoch hatten sie bisher nicht den kleinsten Hinweis gefunden, der ihre Anwesenheit hier überhaupt rechtfertigte. Platschke wirkte harmlos, war vielleicht ein Eigenbrötler – doch das war nicht verboten, machte ihn nicht gleich verdächtig. Allenfalls könnte man über den Spruch an der Wand nachdenken: Macht kaputt, was euch kaputt macht! Irgendwie hatte das etwas Revolutionäres. Mit viel Fantasie könnte man da hineininterpretieren, er ließe Autos deswegen verunglücken, weil sie seine Gesundheit zerstörten. Doch war das nicht ein wenig zu überzogen? Wechler lächelte Julia noch einmal aufmunternd zu, die es tatsächlich geschafft hatte, Platschke in ein Gespräch zu verwickeln. Scheinbar hatte er schon lange nicht mehr mit einer Frau gesprochen, ging es Wechler durch den Kopf, vielleicht das letzte Mal mit Marion Donati, die das neben ihren üblichen, bezahlten Dienstleistungen sicherlich auch nur widerwillig gemacht hatte. Denn wenn man Platschke so betrachtete, war er nicht gerade ein Adonis, weiß Gott kein Typ, um den sich Frauen rissen. Er war ein dünner, ausgemergelter Mann mit den großen traurigen Augen eines Hundes in einem runzligen Gesicht. Obwohl er gerade einmal fünfundvierzig Jahre alt war, wirkte er mindestens zehn Jahre älter. Er trug einen grauen Jogginganzug, schwarze Strümpfe und weiße Sandalen.

Wechler konzentrierte sich wieder auf das Gespräch zwischen Julia und Platschke, der gerade schäumte: „Sie können hingehen, wo Sie wollen, überall hören Sie den Krach der Autobahn. Ich habe schon Dutzende Briefe an Behörden geschrieben, damit sie den Schallschutz verbessern, aber nein, die meinen alle, der wäre völlig ausreichend ..."

Freiberg mischte sich erstmals in das Gespräch ein: „Aber Herr Platschke, es gibt doch den aufgeschütteten Lärmschutzwall."

Platschke winkte ärgerlich ab: „Den können Sie vergessen! Wenn der was bringen würde, dürfte man ja hier nichts mehr hören, oder?" Er schüttelte heftig den Kopf. „Die Geräusche von den Autos gehen über den Wall hinweg, dahinter wieder runter, prallen dann direkt auf die Häuser, die hier an der Autobahn stehen ..." Platschke sprach nicht weiter, hielt seine Hand hinter das Ohr. „Hören Sie? Dieser ständige Krach lässt die Menschen nicht schlafen, macht uns alle krank. Und die da oben, denen wir das verdanken, kümmern sich einen Dreck darum, tun so, als ginge sie das alles nichts an. Können Sie mir sagen, warum immer noch diese Luxusautos mit den großen Hubräumen gebaut werden? Das sind nämlich die größten Krachmacher und Dreckschleudern."

Wechler hatte das Gefühl, dass Platschke es genoss, über seine Probleme zu sprechen. Er schien dabei völlig vergessen zu haben, dass die Polizisten ihm hier keinen Höflichkeitsbesuch abstatteten, sondern ihm Fragen stellen wollten. Wechler erinnerte ihn daran: „Herr Platschke, wir sind ja hier, damit Sie uns ein paar Routinefragen beantworten, die wir übrigens auch anderen Leuten stellen ..."

Julia staunte, wie glaubwürdig diese Lüge über seine Lippen kam.

Sie räusperte sich, wandte sich an den Hausherrn. „Herr Platschke, ich müsste dringend mal auf die Toilette."

Platschke zögerte, wusste nicht so recht, wie er sich verhalten sollte. Wahrscheinlich war es ihm peinlich, dass eine fremde Person, noch dazu eine Frau, seinen intimen Bereich betreten wollte. Doch noch bevor Julia ihre Bitte wiederholen konnte, sagte er leicht verunsichert: „Den Flur links hinunter, dann die letzte Tür rechts."

„Wie gesagt", begann Wechler erneut, „es sind einige Routinefragen, die wir gern stellen möchten, ist das okay?" Als Platschke nichts sagte, fuhr er fort: „Wie Sie sich denken können, geht es um den Mord an dem ehemaligen Polizisten Prechtel und um die Unfälle auf der A7, die hier ganz in Ihrer Nähe passiert sind. Ist Ihnen in letzter Zeit hier etwas Verdächtiges aufgefallen? Für uns ist der kleinste Hinweis wichtig."

Platschke schüttelte heftig den Kopf, wobei die längeren Haare am hinteren Teil seines Kopfes hin- und herschwangen.

„Gut, Herr Platschke, dann müssen wir Sie routinemäßig noch fragen, wo Sie sich zum Beispiel am 27. November frühmorgens zwischen drei und vier aufgehalten haben?"

„Warum wollen Sie das denn wissen?" fragte Platschke gereizt.

„An diesem Tag passierte einer dieser letzten unerklärlichen Unfälle, von denen wir bis heute nicht wissen, durch was sie verursacht wurden."

Für den Bruchteil einer Sekunde verzogen sich Platschkes Lippen zu einem zynischen Lächeln – zumindest kam es Wechler so vor, doch er konnte sich auch täuschen, weil es sofort wieder verschwand. Wechler wiederholte seine Frage. Platschke antwortete emotionslos: „Ich habe geschlafen, zumindest habe ich es versucht ... Wie ich vorhin schon sagte, ist das bei dem Krach ja kaum noch möglich. Auf jeden Fall war ich zu Hause."

„Das dachte ich mir schon", murmelte Welcher. „Vor wenigen Stunden hat es erneut einen Unfall auf der A7 gegeben, auch wieder in den frühen Morgenstunden. Ich nehme an, dass Sie auch da zu Hause waren, oder?" Sein Ton war schärfer.

„So ist es", sagte Platschke, schaute dabei unruhig zur Tür, fragte sich wahrscheinlich, was die junge Kriminalbeamtin so lange auf seiner Toilette machte. Er schob den Küchenstuhl zurück, murmelte kaum hörbar: „Ich muss da wohl mal nachsehen ..."

Doch kaum war er aufgestanden, erschien Julia im Türrahmen, fragte scheinheilig: „Herr Platschke, können wir davon ausgehen, dass Sie heute noch nicht das Haus verlassen haben?"

„So ist es!"

„Herr Platschke, können wir uns noch mal auf die Küchenbank setzen?"

Wortlos rutschte er auf den Platz, auf den vorhin die Kriminalbeamtin gesessen hatte.

„Es gibt da nur ein Problem", begann Julia mit Blick auf Platschke, der seine Hände knetete, auf einmal sehr unruhig wurde. „Wenn Sie das Haus nicht verlassen haben, müssen Sie uns aber erklären, warum Ihre Turnschuhe schmutzig und nass in der Dusche stehen. Ich nehme an, Sie wollten sie reinigen, sind aber noch nicht dazu gekommen, weil wir hier bei Ihnen aufgekreuzt sind. Könnte es so gewesen sein?"

Platschke zog die Mundwinkel herunter, leistete sich ein dummes Grinsen. „Das ist mir total entfallen ... Ich war vorhin kurz draußen, habe ein bisschen gejoggt."

Julia schüttelte ungläubig den Kopf. „Und warum haben Sie uns das nicht gleich gesagt?"

„Weil ich das für unwichtig hielt."

„Hat Sie beim Joggen jemand gesehen?"

„Glaube nicht, schließlich haben wir Sonntag, da schlafen die Nachbarn immer sehr lange."

Wechler hatte bisher geschwiegen, meinte nun: „Herr Platschke, Ihnen ist schon klar, dass Sie sich verdächtig gemacht haben?" Er setzte sich ihm gegenüber auf einen Küchenstuhl, musterte ihn scharf, unerbittlich.

„Nehmen wir einmal an, es war so, wie Sie eben gesagt haben. Und nehmen wir weiter an, dass Sie völlig unschuldig sind, dann haben Sie bestimmt auch nichts dagegen, wenn Sie uns eine Speichelprobe geben und wir uns hier bei Ihnen ein bisschen umsehen, oder?“

Ohne Platschkes Entgegnung abzuwarten, mischte sich Freiberg ein: „Haben Sie ein Auto?“

Platschke sah ihn mit hochgezogenen Augenbrauen irritiert an, schwieg ein paar Sekunden. Doch dann sprudelte es stoßweise aus ihm heraus: „Aber nur ein ganz kleines, ein sehr altes, ich hasse nämlich Autos, müssen Sie wissen, besonders diese großen Luxusschlitten, die völlig unnötig sind, großen Lärm machen, die Luft verpesten, aber ab und zu ist man auf diese Blechkisten ja angewiesen, es wäre aber nicht nötig, wenn der öffentliche Nahverkehr ...“

Julia unterbrach die Flut seiner Worte: „Wo steht denn das gute Stück?“

Er sah sie erstaunt an, so, als wäre er aus einem Traum erwacht. „Unter der Pergola, hinter dem Haus. Doch warum wollen Sie das wissen?“

„Wenn Sie nichts dagegen haben, würden wir uns den Wagen gern ansehen“, antwortete Wechler, bevor er Freiberg einen Wink gab, der daraufhin unbemerkt die Küche verließ. Mit einem treuherzigen Lächeln fügte Wechler hinzu: „Doch Sie haben ja nichts zu verbergen.“

Julia runzelte die Stirn, warf ihrem Kollegen einen skeptischen, leicht vorwurfsvollen Blick zu, der offensichtlich verstand, was sie damit sagen wollte – sie bewegten sich hier auf einem Terrain, das alles andere als gesetzeskonform war. Denn was sie hier abzogen, war nicht durch die Vorschriften der Strafprozessordnung gedeckt – besonders was die Befragungsmethoden und vornehmlich die Suggestivfragen betraf. Da sie keinen richterlichen Beschluss hatten, hätten sie sich schon lange verabschieden müssen. Sie konnten nach allem nur froh sein, dass Platschke sich bisher umgänglich gezeigt, sie nicht hinausgeworfen, mit einem Anwalt gedroht hatte. Doch das konnte sich schon bald ändern ...

Als Freiberg einige Minuten später im Türrahmen erschien, unbemerkt den Daumen nach oben streckte, fragte Wechler: „Herr Platschke, dann waren Sie heute sicherlich auch noch nicht mit Ihrem Auto unterwegs, denn Sie haben ja gejoggt ...“

Ärgerlich sprang Platschke auf, beugte seine hagere Gestalt nach vorn, fluchte lauthals: „Natürlich nicht! Was sollen diese Fragen? Sagen Sie mir endlich, was Sie von mir wollen!"

„Die Wahrheit, Herr Platschke, nichts als die Wahrheit! Ich stelle fest, dass Sie uns schon wieder angelogen haben. Denn wie mein Kollege gerade festgestellt hat, waren Sie heute Morgen auch mit Ihrem Auto unterwegs. Sagen Sie endlich die Wahrheit!"

„Ab sofort sage ich überhaupt nichts mehr! Sie drehen mir ja ohnehin jedes Wort im Munde herum, gerade so, wie es Ihnen passt." Er ließ sich erschöpft gegen die Lehne seiner Küchenbank fallen, schwieg mit finsterem Gesichtsausdruck.

Wechler wechselte das Thema, versuchte ihn wieder zum Reden zu bringen: „Herr Platschke, haben Sie eigentlich Ihren Nachbarn Willibald Prechtel gekannt?"

„Sie meinen diesen aufgeblasenen, ehemaligen Polizeibeamten, der sich für was Besseres hielt, überall herumschnüffelte und der ..."

„... brutal erschlagen wurde", beendete Wechler emotionslos den Satz. „Kannten Sie ihn näher?"

Platschke machte eine wegwerfende Handbewegung. „Nee, mit so einem Spinner wollte ich nichts zu tun haben."

Wechler schaute flüchtig zur Küchentür, verbunden mit der Hoffnung, dass Julia dort endlich auftauchte. Doch seine Kollegin schien sich noch weiter im Haus umzusehen. Auch Platschke war nicht entgangen, dass die junge Kriminalbeamtin schon vor einigen Minuten erneut den Raum verlassen hatte. Er wandte sich nun fragend an Wechler: „Wo ist Ihre Kollegin?"

„Bestimmt auf der Toilette. Wenn Sie zurückkommt, verschwinden wir." Um ihn auf andere Gedanken zu bringen, wechselte Wechler erneut das Thema: „Herr Platschke, wie ich erfahren habe, spenden Sie regelmäßig Blut. Ich finde, das ist äußerst lobenswert, besonders, wenn man so eine seltene Blutgruppe hat wie Sie ..."

Julia räusperte sich hinter ihm. Wechler drehte sich um, wollte etwas sagen, doch seine Kollegin kam ihm zuvor: „Christian, kommst du bitte mal? Es ist wichtig!"

Wechler stand auf, drehte sich vor der Küchentür auf dem Absatz um: „Herr Platschke, ich bin gleich zurück, dann reden wir weiter. Mein Kollege Freiberg leistet Ihnen so lange Gesellschaft." Er folgte Julia Seidel in den Flur, dann weiter ins Wohnzimmer. Im Türrahmen verharrte er, schaute erstaunt auf einen Schrank, den seine Kollegin offensichtlich zur Seite geschoben hatte. Er wollte Julia fragen, warum sie das getan hatte, schwieg dann aber, als sie mit dem Kopf auf das deutete, was sich hinter dem Möbelstück verbarg. Erwartungsvoll trat er zögernd näher, schien zunächst nicht zu begreifen, was er sah. Ungläubig schaute er Julia von der Seite an, stammelte: „Mein Gott, was ist denn das?“ Mehrmals schüttelte er den Kopf, konnte sich scheinbar von dem Anblick nicht lösen. Julias Stimme holte ihn in die Wirklichkeit zurück: „Christian, sag bitte den Kollegen vom Einsatz- und Streifendienst Bescheid, sie sollen sofort herkommen. Ich rufe Kai an.“

Sie zerrte ihr Handy aus der Tasche, drückte mit zitternden Fingern auf die gespeicherte Nummer. Kai meldete sich nach dem zweiten Freizeichen, wobei die Geräusche im Hintergrund vermuten ließen, dass die Dienstbesprechung noch nicht beendet war. Julia ließ sich ihre Anspannung nicht anmerken, sagte emotionslos: „Kai, wir haben ihn. Du solltest herkommen, dir selbst ein Bild machen. Informiere bitte die Kollegen der Spurensicherung. Ich kläre Herrn Platschke jetzt über seine Rechte auf, danach bringen wir ihn zur Dienststelle.“

Sonntag, 18.12.

Das Wetter hatte sich geändert, es war kälter geworden. Vielleicht würde es ja doch noch ein weißes Weihnachtsfest geben. Julia Seidel schlug den Jackenkragen nach oben, trat vor das Haus, das Ingo Platschke von seinen Eltern geerbt hatte. Sie schaute die Straße hinunter, auf der rund ein Dutzend Autos hielten, teilweise die Einfahrten zu den Grundstücken versperrten. Fenster wurden geöffnet, Anlieger standen diskutierend auf den Bürgersteigen. Neben den Geräuschen der nahen Autobahn wehten nun auch noch Sprachfetzen empörter Nachbarn zu ihr herüber. Von der großstädtischen Idylle war kaum noch etwas zu spüren, zumal eine hektische Betriebsamkeit die sonntägliche Ruhe gerade vollends zerstörte. Autotüren öffneten sich, spien lässig gekleidete Personen aus, die an ihren Kameras unschwer als Reporter zu erkennen waren. Sie schlugen die Türen krachend zu, ließen ihre Blicke prüfend über die Einfamilienhäuser gleiten, hielten Ausschau nach einer bestimmten Hausnummer. Schließlich zeigte einer von ihnen nach vorn – dorthin, wo Julia gerade stand, auf Kai und die Spurensicherung wartete –, seine Kollegen folgten ihm im Gänsemarsch.

Es war schon erstaunlich, wie schnell sich so ein Ereignis bei den Medien herumgesprochen hatte, wobei Julia nicht glauben konnte, dass sie ihre Informationen nur über den Polizeifunk bekommen hatten.

Nach allem war sie froh, dass die uniformierten Kollegen ein Trassierband um das Gebäude gespannt hatten. Mittlerweile standen die ersten Zeitungsleute vor dem Jägerzaun, fummelten an ihren Aufnahmegeräten herum, drückten auf die Auslöser der Spiegelreflexkameras. Einige von ihnen wollten über den Zaun steigen, um dann ins Haus zu stürmen.

Julia trat dicht an das Absperrband heran, hob die Hand, zeigte ihren Ausweis: „Stopp! Kriminalpolizei. Bleiben Sie bitte hinter der Absperrung." Protestierend folgten sie der Anweisung, brummten so etwas wie Beschneidung der Pressefreiheit.

Julia war nur froh, dass ihre Kollegen Wechler und Freiberg hinter ihr auftauchten, ihr quasi den Rücken stärkten. Zeitgleich kam ein Polizeibus die Straße hinauf, gefolgt von einem blausilbrigen Personenwagen mit Kai auf dem Beifahrersitz. Kaum hatte sie den Dienstwagen verlassen, stürmte die Meute auf sie zu, deckte sie mit einem Schwall von Fragen ein: „Frau Sommer, Sie leiten ja hier die Ermittlungen. Können Sie sagen, ob diese Polizeiaktion hier ein Erfolg war? Sind Sie sicher, dass Sie den Täter endlich gefasst haben? Glauben Sie, dass das Morden auf der A7 nun endlich ein Ende hat? Was wissen Sie über die Motive des Täters? Gehen Sie davon aus, dass der Festgenommene auch Ihren ehemaligen Kollegen Prechtel ermordet hat?"

Kai schob sich an den Reportern vorbei, erreichte mühsam den Hauseingang, drehte sich um, hob beide Arme. „Meine Herren, ich bitte um Verständnis, dass ich Ihre Fragen nicht beantworten kann. Wie Sie sehen, bin ich gerade hier eingetroffen, muss mir also selbst erst einen Überblick verschaffen. Nur so viel: Ja, wir haben eine verdächtige Person vorläufig festgenommen, können aber noch nicht mit absoluter Sicherheit sagen, dass es sich hier um den gesuchten Täter handelt. Um hier konkrete, auch gerichtsverwertbare Angaben machen zu können, müssen wir zunächst die Laborergebnisse abwarten. Wir werden in den nächsten Tagen – auf jeden Fall noch vor den Weihnachtsfeiertagen – eine Pressekonferenz einberufen, auf der wir alle Ihre Fragen beantworten werden. Ich schlage daher vor, dass Sie jetzt nach Hause fahren, den Sonntag geruhsam ausklingen lassen – denn auch wenn ich mir hier alles angesehen habe, werde ich Ihnen nicht mehr sagen können."

Begleitet vom Gemurmel der Zeitungsleute drehte Kai sich auf dem Absatz um, ging ins Haus. Julia drückte hinter ihr die Tür ins Schloss. Wechler kam auf Kai zu, reichte ihr ein paar blaue Plastiküberzieher für die Schuhe. „Die brauchst du für das Wohnzimmer, Latexhandschuhe hast du ja dabei."

Julia machte eine Kopfbewegung zur Tür. „Das, was du gerade der Presse gesagt hast, klang so, als würdest du noch Zweifel an Platschkes Täterschaft haben."

„Ihr seid also absolut sicher, dass wir ihn haben, oder?"

Seidel und Freiberg nickten synchron, Wechler beteuerte: „Kai, wenn du das hier im Haus gesehen hast, wirst auch du davon überzeugt sein." Er schüttelte den Kopf, bekräftigte noch einmal: „Nein, es gibt da keine Zweifel; die Beweislage ist eindeutig. Er ist es!"

Kai wandte sich an Wechler: „Christian, eins würde mich noch interessieren: Hat er euch diese Beweisstücke, die ich mir gleich ansehen werde, freiwillig gezeigt? Denn wenn ich mich recht entsinne, hattet ihr ja keinen richterlichen Beschluss, oder?"

Julia mischte sich ein: „Er hat uns freiwillig in sein Haus gelassen. Fakt ist auch, dass wir ihn gefragt haben, ob wir uns hier ein wenig umsehen können. Da er sich zu dieser Frage nicht geäußert hat, sind wir von seinem Einverständnis ausgegangen."

Julia drehte sich zu ihren Kollegen um: „So war es doch, oder? Außerdem ..."

Wechler griff den Faden auf: „Außerdem hat uns Herr Platschke angelogen, als wir ihn nach seinem heutigen Alibi gefragt haben. Er hat steif und fest behauptet, dass er noch nicht das Haus verlassen habe. Doch wie sich dann herausgestellt hat, war er nicht nur zu Fuß unterwegs, sondern auch mit seinem Auto. Es deutet alles darauf hin, dass er mit dem Wagen zu dieser Mautstation gefahren ist, von dort dann den Anschlag verübt hat. Speziell in diesem Fall lag ein Anfangsverdacht vor ..."

Peter Meiberg von der Spurensicherung schaute aus der Wohnzimmertür: „Ihr könnt jetzt kommen. Wir müssen aber anschließend noch mal rein."

Kai schaute kopfschüttelnd auf den Schrank, den die Kollegen der Spurensicherung mitten in das Wohnzimmer geschoben hatten.

„Der stand ursprünglich an der Wand, verdeckte also den dahinterliegenden Verschlag. Das Möbelstück sieht zwar rustikal und schwer aus, ist aber sehr leicht zu bewegen, zumal es völlig leer ist. Ich bin nur deswegen darauf gekommen, weil zwischen Schrank und Wand ein ziemlich großer Spalt war – ich nehme an, dass Platschke nicht mehr dazu gekommen ist, den Schrank vollends an die Wand zu schieben." Julia zuckte mit den Schultern, fügte hinzu: „Offensichtlich haben wir ihn durch unser heftiges Klopfen an der Haustür gestört. Vermutlich hat er gedacht, er könne uns schnell abwimmeln, dann wieder in sein Wohnzimmer zurückkommen."

Kai schob sich an Julia vorbei, stand nun vor dem fensterlosen Verschlag, der vielleicht eine Größe von acht Quadratmetern hatte, wenn überhaupt. Eine von der Decke baumelnde, schmucklose Glühbirne tauchte jede Ecke des Raumes in ein gleißendes Licht.

„Mein Gott", entfuhr es Kai. Mit einem beklemmenden Gefühl blieb sie geschockt stehen, ließ die Bilder und Zeitungsausschnitte auf sich wirken: zerfetzte Autos, kaum als solche noch zu erkennen, herauskatapultierte Motorblöcke, abgerissene Achsen, verstümmelte Fahrzeuginsassen, schwer verletzt oder tot – sie fragte sich, wo er diese Bilder herhatte.

Julia machte eine energische Kopfbewegung nach links. „Guck dir die Auflistung da mal an."

Kai hielt sich die Hand vor den Mund, sagte bedrückt: „Ja, das ist seine Todesliste! Fein säuberlich, fast buchhalterisch geführt mit Datum, verunfallten Autos, Todeskreuzen, für jeden Unfall ein Kreuz, bis zuletzt ..." Sie stockte, zeigte auf die letzte Spalte: „Der Anschlag am 27. November, das Ehepaar aus Bremen, zwei Todeskreuze, verunfallt mit einem Range Rover V8. Und dann der angefangene Eintrag vom heutigen Tage, allerdings nur mit Datum ..."

„Sicherlich hätte er auch den noch in den nächsten Stunden oder Tagen vervollständigt", meinte Julia, zeigte dann auf den Hinweis, der sich etwas abgesetzt rechts neben der Todesliste befand. Neben einem Kreuz stand hier unter dem Datum vom 6. November der Name Willibald Prechtel. Kai musste schlucken, offensichtlich hatte er den Mord an dem ehemaligen Polizeibeamten als Kollateralschaden verbucht.

Wechler zeigte auf einen kleinen Tisch. „Da steht übrigens die schwarze Spraydose, nach der wir suchen sollten."

Kai nickte schweigend, schaute zu Meiberg, der ungeduldig darauf wartete, dass er weitermachen konnte: „Peter, wir verschwinden hier gleich. Bevor ich es vergesse: Vergleich bitte die Farbe in der Spraydose mit der, die wir auf der Mautstation sicherstellen konnten – du weißt schon, mit der er die Linse der Kamera übersprüht hat. Ich nehme an, die Farben sind identisch."

Kai wandte sich an ihre Kollegen: „Könnt ihr mir sagen, was das hier darstellt? War das für ihn so etwas wie ein Refugium, eine Zufluchtsstätte, vielleicht auch ein Ort, von dem aus er seine Anschläge geplant hat? Ich frage mich, warum er das alles so fein säuberlich aufgelistet hat. Sicherlich nicht, um uns einen Gefallen zu tun."

Julia fühlte sich angesprochen: „Kai, das kann ich dir auch nicht sagen. Aber von dem, was wir hier vor uns haben, kann ein Ermittler doch nur träumen. Findest du nicht auch? Für uns ist das ein richtiger Glücksfall, verbunden mit dem erfreulichen Nebeneffekt, dass wir nun beruhigt in den Weihnachtsurlaub fahren können."

Freiberg ergänzte: „Ich weiß nicht, was in seinem kranken Hirn vorgegangen ist, durchaus denkbar ist aber, dass er sich hier in seinem Kabuff immer wieder an seinen Taten aufgegeilt hat. Vielleicht glaubte er ja auch, so etwas wie ein Sammler zu sein, wobei seine Exponate für ihn die verunfallten Autos und die Toten waren. So ähnlich wie bei einem Philatelisten, der sich täglich an seiner Briefmarkensammlung erfreut."

Wechler winkte ab. „Mein Gott, das kannst du doch nun wirklich nicht miteinander vergleichen. Verschone mich bitte mit deiner Küchenpsychologie." Julia schlug in die gleiche Kerbe: „Erdal, das mit dem Briefmarkensammler ist nun völlig daneben."

Kai schaute auf ein mappenartiges Gebilde, das am Tisch lehnte. Es erinnerte ein wenig an einen zusammenklappbaren Tapetentisch – war jedoch nur halb so groß und nicht aus Holz, sondern schien aus dicker Pappe zu sein. Neugierig näherte sie sich dem seltsamen Gegenstand, doch Meiberg schob sich ungeduldig an Kai vorbei, gab seinen Leuten einen Wink: „Kai, das ist jetzt unser Part. Wir nehmen uns den Raum noch einmal systematisch vor. Du findest dann alles in dem Bericht, der morgen auf deinem Schreibtisch liegt."

Kai warf noch einmal einen Blick auf das seltsame Gebilde, schien sich von dem Anblick nicht lösen zu können. Doch dann überließ sie den Kollegen der Spurensicherung den Raum. Sie verließ das Wohnzimmer, ging über den Flur in die Küche, rutschte erschöpft auf die Bank, auf der vor ein paar Stunden noch Platschke gesessen hatte. Kai zog sich in ein kurzes Schweigen zurück, musste mental das verarbeiten, was sie gerade gesehen hatte. Eigentlich konnten sie froh darüber sein, dass sie anhand der lückenlosen Beweiskette den Fall endgültig gelöst hatten – zumindest deutete alles darauf hin. Es fehlten noch die Laborergebnisse, die zwar kaum noch etwas ändern würden, für die spätere Gerichtsverhandlung aber unentbehrlich waren.

Wechler kam in die Küche, setzte sich zu ihr. „Kai, ich glaube, wir können unsere Zelte hier abbrechen, der Spurensicherung den Rest überlassen. Meiberg wird sich darüber freuen."

Kai stand auf, schaute gedankenverloren durch das Fenster auf das schräg gegenüberliegende Haus, in dem sie vor ein paar Wochen schon einmal gewesen war, als sie Frau Prechtel die Nachricht vom gewaltsamen Tod ihres Mannes überbracht hatte.

Mittlerweile waren auch Julia Seidel und Erdal Freiberg in die Küche gekommen. Sie schienen zu ahnen, was in ihr vorging. Als Freiberg sich hinter ihr räusperte, drehte sie sich entschlossen um, sagte das, was sie endlich loswerden wollte: „Was ihr heute hier geleistet habt, war große Klasse – ich meine, das muss mal gesagt werden. Denn ohne euren Spürsinn würden wir immer noch auf der Stelle treten. Dafür vielen Dank!" Kai fügte dann einschränkend hinzu: „Doch bei allem bleibt immer noch die Frage, wie oder mit was er es geschafft hat, dass die Autofahrer die Kontrolle über ihre Fahrzeuge verloren haben."

Montag, 19.12.

Die Vernehmung Ingo Platschkes fand am Montagmorgen statt. Zwei uniformierte Kollegen hatten den vorläufig Festgenommenen aus dem Gewahrsam geholt und in das Vernehmungszimmer gebracht. Kai und Christian Wechler warteten bereits auf ihn. In Erinnerung an Ossenkopps Vernehmungsmethoden hatte Kai heute bewusst auf ihren hitzköpfigen Kollegen verzichtet.

Ingo Platschke machte einen übermüdeten, aber auch etwas verwirrten Eindruck. Kai begrüßte ihn höflich, gab ihm die Hand. „Herr Platschke, ich bin Kriminalhauptkommissarin Sommer und leite hier die Ermittlungen. Neben mir sitzt mein Kollege Christian Wechler, den Sie gestern ja schon kennengelernt haben."

Kai zeigte auf das Mikrofon. „Sicherlich haben Sie nichts dagegen, wenn wir die Vernehmung aufnehmen, oder?" Kaum waren die Worte heraus, wurde ihr bewusst, dass sie gerade eine Suggestivfrage gestellt hatte, die sie eigentlich so nicht hätte stellen dürfen. Sie dachte an Ossenkopp, der keinen Gedanken an so eine Lappalie verschwenden würde – ähnlich schien es auch Wechler zu gehen, der sich nur über ihre Kunstpause zu wundern schien. Kai beeilte sich, mit der Vernehmung fortzufahren: „Herr Platschke, ich weise noch einmal darauf hin, dass Sie hier als Beschuldigter vor uns sitzen und dass alles, was Sie nun sagen, gegen Sie verwendet werden kann. Sie können aber auch schweigen und einen Anwalt hinzuziehen – doch darüber haben Sie gestern meine Kollegen ja schon aufgeklärt. Kommen wir nun zu den Anschuldigungen. Wie Ihnen sicherlich bekannt ist, geht es um zwei Straftatbestände. Zum einen sind Sie hier, weil wir Sie beschuldigen, Ihren Nachbarn Willibald Prechtel in den frühen Morgenstunden des 6. November getötet zu haben. Zum anderen geht es um den Tatbestand des gefährlichen Eingriffs in den Straßenverkehr. Sie werden beschuldigt, auf der Bundesautobahn A7 im Bereich Hildesheim in der Zeit vom 16. Oktober bis 18. Dezember sieben Anschläge auf fahrende Autos verübt zu haben, bei denen zehn Menschen ums Leben gekommen sind und mehrere Personen schwer verletzt wurden. Die in Ihrem Haus gefundenen Beweise sind eindeutig, lassen keinen anderen Schluss zu, dass Sie die eben erwähnten Straftaten begangen haben. Daher noch einmal meine Frage: Wollen Sie einen Anwalt hinzuziehen oder sich selbst zu diesen Anschuldigungen äußern? Ich weise darauf hin, dass Ihnen in jedem Fall ein Pflichtverteidiger zur Seite gestellt wird."

Platschke knetete nervös seine Hände, schien etwas sagen zu wollen, schwieg dann aber beharrlich. Kai streifte ihren Kollegen Wechler mit einem kurzen Blick, schaute dann wieder auf den Beschuldigten.

Für Kai hatte er etwas Mitleiderregendes, gleichzeitig aber auch Beängstigendes an sich – sie konnte ihn nur schwer einschätzen. Nach einer halben Minute wiederholte sie ihre Frage, freundlich und geschäftsmäßig, doch Platschke schwieg weiterhin. Kai hätte gern gewusst, was in ihm vorging, zumal sich nun auf seinem kahlen Kopf und der Stirn Schweißperlen bildeten, von denen sich einige selbständig machten und in den Falten seines Mundes nach unten liefen. Kai schob die Frage nach der anwaltlichen Vertretung zur Seite, kam zum Schluss: „Herr Platschke, da Sie sich zu den Anschuldigungen nicht äußern, auch die Hinzuziehung eines Anwalts ablehnen – was ja Ihr gutes Recht ist –, sind wir aufgrund der Schwere Ihrer Straftaten verpflichtet, einen Pflichtverteidiger zu beauftragen.“ Kai schaute auf ihre Uhr. „Wenn Sie keine Fragen haben, werden wir die Vernehmung jetzt beenden und Sie heute Nachmittag um vierzehn Uhr dem Haftrichter vorführen.“ Kai nickte dem Beschuldigten noch einmal freundlich zu. „Herr Platschke, auch wenn Sie sich in der letzten Stunde kein einziges Mal geäußert haben, versuche ich es noch einmal mit einer Frage, die wahrscheinlich nur Sie allein beantworten können: Wie haben Sie es gemacht? Ich meine, mit welchen Mitteln, Effekten, Einwirkungen oder Gegenständen haben Sie es geschafft, dass all diese Autos verunglücken konnten, bei dem so viele unschuldige Menschen ihr Leben lassen mussten?“

Platschke grinste zynisch, präsentierte eine Antwort, die wie einstudiert klang: „Frau Sommer, es gibt Dinge zwischen Himmel und Erde, die sich mit unserer Schulweisheit ...“

„... nicht erklären lassen“, vollendete Kai das Zitat. „Herr Platschke, zum Teufel, ich weiß! Doch ist das alles, was Sie dazu sagen wollen?“

„Ja, ich möchte dieses kleine Geheimnis gern für mich behalten.“

Kai nickte Wechler enttäuscht zu, stand auf, verließ mit ihm das Vernehmungszimmer, sagte zu dem uniformierten Kollegen: „Bringt ihn runter in Gewahrsam. Um halb zwei fahren wir mit ihm zum Haftrichter.“

Als der Polizeibeamte Platschke wieder die Handfesseln anlegte, grub sich ein spöttisches, hämisches Grinsen in dessen schweißnasses Gesicht.

14

Dienstag, 20.12.

Dienstbesprechung im FK 1 – die letzte vor den Weihnachtsfeiertagen.

Buchner ließ es sich nicht nehmen, die Besprechung persönlich zu leiten, zumal es offensichtlich nur gute Berichte zu vermelden gab. Er ging kurz auf die Informationen ein, die er am gestrigen späten Nachmittag von Kai erhalten hatte, schloss dann mit den Worten: „Es hat mich angenehm überrascht, dass wir noch in diesem Jahr das Tötungsdelikt an unserem ehemaligen Kollegen Prechtel und auch die spektakulären Autobahnunfälle haben lösen können. Ich möchte mich daher bei Frau Sommer und den Mitgliedern der Soko A7 für diesen großartigen Fahndungserfolg bedanken."

Staatsanwältin Dr. Hasenköttel schloss sich den Worten Buchners an, stellte in Aussicht, gleich zu Beginn des Jahres dem Landgericht die Anklageschrift zuzuleiten, damit der Prozess gegen Platschke dann Mitte nächsten Jahres beginnen konnte.

„Gehen wir in medias res", fuhr Buchner händereibend fort. Kai fragte sich, warum er diese lateinische Phrase benutzte und nicht einen passenden deutschen Ausdruck verwendete. Doch dann konzentrierte sie sich wieder auf das, was er weiterhin sagte: „Ich schlage vor, die wesentlichen Punkte noch einmal anzusprechen, damit wir über den gleichen Wissensstand verfügen – das scheint mir auch für die Pressekonferenz wichtig, auf die ich so kurz vor Weihnachten gern verzichten würde." Er schaute in die Runde, fügte dann aber noch hinzu: „Andererseits kann es aber auch nicht schaden, wenn wir vor den Medienvertretern wieder einmal die hervorragenden Fahndungserfolge der Polizeiinspektion Hildesheim darstellen können – insofern ist so eine Pressekonferenz für mich auch immer ein Stück Öffentlichkeitsarbeit. Doch zurück zum Thema." Er wandte sich an Wechler: „Vielleicht sollten Sie berichten, was Sie im Haus des Beschuldigten vorgefunden haben. Die wesentlichen Ergebnisse kennen wir ja bereits."

Wechler gab einen zusammengefassten Bericht, den er schriftlich auch schon Kai und Buchner zugeleitet hatte.

„Herr Wechler, für diesen Einsatz hatten Sie keinen richterlichen Beschluss", bemerkte Bucher. „Wie wären Sie formal vorgegangen, wenn er Sie nicht ins Haus gelassen hätte?"

Kai hatte keine Erklärung dafür, warum Buchner jetzt noch diese bescheuerten Fragen stellte, zumal der Polizeieinsatz erfolgreich gelaufen war. Man hätte ihm hier unterstellen können, dass er ihren Kollegen bloßstellen wollte, doch das ergab keinen Sinn, war sicherlich auch nicht seine Absicht. Eher war es wohl die Art von Fragen, die er auf der Polizeiakademie Nienburg seinen Schülern gestellt hatte.

Kai wollte sich einmischen, doch da sagte Wechler bereits: „Herr Buchner, dann hätten wir den Einsatz wohl abbrechen müssen", und mit Blick auf Dr. Hasenköttel: „Als Alternative hätten wir natürlich auch die Staatsanwältin bitten können, uns einen richterlichen Beschluss zu besorgen."

Bucher nickte, fragte weiter: „Rein persönlich würde mich interessieren, wann bei Ihnen und Ihren Kollegen erstmals der Verdacht aufkam, dass Platschke etwas mit den Straftaten zu tun haben könnte?"

„Nun, es bestand ja ein nicht zu übersehender, wenn auch vager Anfangsverdacht. Da war seine seltene Blutgruppe, der Zufall, dass er an der A7 gegenüber dem ermordeten Prechtel wohnte, ins Täterprofil passte."

„Er machte außerdem einen sehr unsicheren Eindruck, als er uns widerwillig ins Haus ließ", ergänzte Julia Seidel. „Und dann dieser Spruch in der Küche ..."

„Was für ein Spruch?" wollte Buchner wissen.

„Macht kaputt, was euch kaputt macht!"

Buchner nickte verstehend. „Das kommt aus der Hausbesetzerszene, war gang und gäbe in neoanarchistischen Kreisen im Anschluss an die Studentenbewegung."

Kai fragte sich, ob er damals wohl auch dabei gewesen war, doch das war schlecht möglich, denn das musste in den 1960er Jahren gewesen sein – und da waren sie und Buchner noch gar nicht auf der Welt, geschweige denn in einer studentischen Bewegung.

Buchner wandte sich an Kai: „Frau Sommer, gab es Probleme beim Haftrichter? Sie wissen ja, dass ich gern dabei gewesen wäre."

„Nein, Herr Buchner, das war ein Selbstläufer. Ich hatte daher auch Herrn Wechler gebeten, den Termin wahrzunehmen – doch vielleicht sollte er selbst darüber berichten."

Wechler nickte, sagte mit Blick auf die Staatsanwältin: „Frau Doktor Hasenköttel war als Vertreterin der Staatsanwaltschaft ja auch dabei ..."

Die Staatsanwältin ergriff das Wort: „Es gab keinerlei Probleme. Für den Haftrichter war bereits nach zwanzig Minuten alles vorbei. Vielleicht auch deswegen, weil wir uns bei der Begründung noch nicht einmal auf Indizien stützen mussten, sondern eine lückenlose Beweiskette präsentieren konnten. Auch der dem Beschuldigten zur Seite gestellte Pflichtanwalt, ein gewisser Doktor Egon Kolding, konnte dem kaum etwas entgegenhalten. Er hat zwar das Fehlen einiger Laborergebnisse bemängelt, die Meinung vertreten, dass ohne die gentechnischen Analysen nicht zweifelsfrei von der Schuld seines Mandanten ausgegangen werden könne, er daher bis zur Vorlage des endgültigen Ergebnisses freigelassen werden müsse. Dem stand jedoch entgegen, dass Platschke in seinem fensterlosen Refugium seine Taten lückenlos aufgegliedert hatte – was nach Auffassung des Haftrichters einem Geständnis gleichkam."

Peter Meiberg ergriff das Wort: „Die vollständigen Laborergebnisse liegen aber nun vor, haben letztlich unsere Vermutungen noch einmal bestätigt."

Buchner nickte verstehend: „Herr Meiberg, ich kenne zwar den Bericht, meine aber, dass es nicht schaden kann, wenn Sie die wesentlichen Ergebnisse noch einmal kurz zusammenfassen – auch im Hinblick auf die anstehende Pressekonferenz."

Meiberg blätterte kurz in seinen Unterlagen, schien dann gefunden zu haben, was er suchte. „Als Spurenträger hatten wir verschiedene Zigarettenkippen derselben Marke, die wir auf dem Autobahnübergang Hildebrandstraße, in der Hosentasche von Prechtel und dem Schilderhalter gefunden haben. Auf diesem Schilderträger konnten wir auch eine Fingerspur sicherstellen, die deckungsgleich mit dem Fragment auf der zerbrochenen Weinflasche war – also dem Tatwerkzeug, mit dem Prechtel erschlagen wurde. Zur Beweissicherung haben wir im Zuge der letzten Ermittlung ferner den Inhalt der schwarzen Sprayflasche aus dem Haus des Beschuldigten analysiert, und zwar mit dem Ergebnis, dass mit der Farbe aus der Sprayflasche auch die Kameralinse auf der Mautstation übersprüht wurde. Ja, und dann gab es da noch die Blutpartikel auf dem Schilderträger, aus der wir eine DNA entwickeln konnten, die identisch mit der von den Zigarettenkippen ist. Und diese seltene Blutgruppe war es dann ja auch, die uns über die Blutbank zum Täter geführt hat."

„Vielen Dank, Herr Meiberg. Ich glaube, das war eindeutig", lobte Buchner den Leiter des Erkennungsdienstes. „Noch Fragen?"

„Ich will ja kein Spielverderber sein", begann Kai, „doch für mich stellt sich nach wie vor immer noch die Kardinalfrage, wie er es gemacht hat? Wir haben zwar die Fälle gelöst, kennen das Tatwerkzeug, mit dem unser ehemaliger Kollege Prechtel erschlagen wurde – wissen aber immer noch nicht, wie Platschke es mit den Autos angestellt hat. Ich habe ihn zwar danach gefragt, doch er hat sich auf sein Aussageverweigerungsrecht berufen, nur gemeint, er würde dieses kleine Geheimnis für sich behalten. Christian war ja bei der Vernehmung dabei ..."

„Du hättest ihn härter rannehmen müssen", brummte Ossenkopp leise, aber noch gut hörbar.

Kai wollte protestieren, doch Meiberg kam ihr zuvor, hatte Neuigkeiten. „Vielleicht kann ich diese Frage beantworten." Meiberg machte eine wirkungsvolle Kunstpause, blickte grinsend auf seine Kollegen, die vor Anspannung den Atem anhielten.

Kai unterbrach das Schweigen: „Verdammt, mach es nicht so spannend! Das ist ja nicht auszuhalten."

„Okay, ist ja schon gut", knurrte Meiberg, griff bedächtig zu einer übergroßen, aufklappbaren Mappe, die er gegen ein Tischbein gelehnt hatte. Er stellte sie auf den Tisch, klappte sie im Zeitlupentempo auf, ergötzte sich an den Blicken seiner Kollegen.

Mittwoch, 21.12

Seit vorgestern befand er sich in der Justizvollzugsanstalt Sehnde, die vom Land Niedersachsen im Jahre 2004 eingeweiht worden war – so stand es in der bunten Broschüre, die ihm bei seinem Einzug überreicht wurde. Untergebracht war er in einem Gebäude für Untersuchungshäftlinge. Man hatte ihm ein Einzelzimmer zugewiesen, in dem sich auch eine separate Nasszelle mit Waschbecken und Toilette befand. Er war froh, dass man ihn nicht nach Celle, Hannover oder Bückeburg überführt hatte. Platschke wusste, dass das hier nur eine Zwischenstation war, er nach seiner rechtskräftigen Verurteilung in ein anderes Haus verlegt werden würde. Vielleicht auch in eine Anstalt, in der er dann sein Leben beenden würde – dabei hatte er noch so viel vorgehabt. Seine Mission, mit der er seine Umwelt lebenswerter machen wollte, konnte er nun nicht mehr weiterführen. Da gab er sich keinen Illusionen hin. Ein Leben in Freiheit würde es für ihn nicht mehr geben. Nach Auffassung der Richter und Staatsanwälte hatte er massiv gegen bundesdeutsche Strafgesetze verstoßen, mehrere Kapitalverbrechen begangen, schwere Schuld auf sich geladen. Die Staatsanwaltschaft würde wahrscheinlich die Höchststrafe beantragen. Lebenslange Haft, vielleicht auch mit dem Zusatz der besonderen Schwere seiner Schuld. Der Richter am Landgericht würde dem Antrag der Staatsanwaltschaft folgen. Sein Anwalt hatte dann noch verärgert kommentiert, dass es für die Justiz wieder einer dieser eindeutigen Fälle sei, für die sie Kosten einsparend nur ein paar Prozesstage ansetzen müssten. Seine Strafakte würde dann nach der Rechtskraft des Urteils in den Archivräumen der Behörden verschwinden, dort in den nächsten Jahrzehnten verstauben, um dann in einer Aktenvernichtungsanlage irgendwann vernichtet zu werden – alles streng nach Vorschrift. So oder so ähnlich hatte Dr. Kolding sich ausgedrückt, dann aber noch hinzugefügt, dass es aber auch noch eine andere Möglichkeit geben würde. Weiter hatte er sich dazu nicht geäußert, nur gemeint, er müsse sich noch genauer mit dem Sachverhalt beschäftigen, bevor er Näheres dazu sagen könne. Platschke schwirrte der Kopf, er wusste nicht, was er damit gemeint hatte.

Müde warf er sich auf die Liege, fühlte sich wie gerädert. Kein Wunder, er hatte kaum geschlafen. Verwundert stellte er fest, dass ihm das schreckliche Rumoren der Autobahn fehlte. Geräusche, die jahrelang seine Nerven strapaziert, ihn krankgemacht hatten – die ihn begleitet, gewissermaßen aber auch vertraut waren, wenn auch im negativen Sinn. Ruhe hatte er in den letzten Jahren nur in seinem fensterlosen Refugium gefunden – doch so einen Raum der Stille gab es in der Anstalt nicht, allenfalls einen kirchlichen Andachtsraum, aber das war etwas anderes. Hier war er umgeben von Ausdünstungen und Geräuschen, die er so nicht kannte, ihm tiefst zuwider waren. Als unangenehm empfand er die strengen Gerüche der Putz- und Desinfektionsmittel. Besonders störte ihn das nächtliche Rauschen und Plätschern der Toilettenspülungen – unterbrochen von den routinemäßigen Kontrollgängen der Justizvollzugsbeamten, die mit harten Schritten die Gänge entlangeilten, die Sichtklappen in den Türen öffneten, nach einem prüfenden Blick auf die Inhaftierten wieder geräuschvoll schlossen. Und dann gab es da noch diese unzähligen Laute, die aus den Wänden zu kommen schienen, für die Platschke keine Erklärung hatte: ein verhaltenes Knistern, Zirpen, Rascheln und Rieseln. Wahrscheinlich musste er sich erst an die Geräuschkulisse und neue Umgebung gewöhnen, besonders auch an den geänderten Tagesrhythmus: Wecken und Lebendkontrolle um sieben Uhr, an die Strukturierung der folgenden Stunden, die festen Zeiten der einzelnen Mahlzeiten. In der Nacht hatte er mehrmals auf das vergitterte Fenster gestarrt, sich ausgemalt, dort vielleicht mit einem Strick, einer Kordel ... Er hörte Geräusche vom Flur, hallende Schritte, die vor seinem Haftraum verebbten. Ein Schlüssel drehte sich knirschend. Im Türrahmen erschien ein grauhaariger Justizvollzugsbeamter, sagte ihm, dass sein Anwalt da sei, mit ihm sprechen wollte. Platschke folgte ihm schweigend, durch mehrere vergitterte Flurtüren – dazwischen immer wieder ein kurzes Stehenbleiben. Warten auf die metallisch knirschenden Schließgeräusche.

Dr. Kolding saß im Einzelbesuchsraum, stand behände auf, als er Platschke kommen sah, gab ihm lächelnd die Hand, erkundigte sich nach seinem Wohlbefinden, ohne sich wirklich für die Antwort zu interessieren. Dann kam er gleich zur Sache, offensichtlich war er in Eile. Dr. Kolding erklärte ihm, dass er die ihm zur Verfügung gestellten polizeilichen Vernehmungsakten gesichtet hätte, sich nun eingehend mit seinem Fall vertraut gemacht habe. Danach kam er auf die einzelnen Taten zu sprechen, stellte zwischendurch Fragen, erinnerte immer wieder daran, sie ihm gegenüber glaubwürdig zu beantworten. Abschließend sagte er: „Herr Platschke, bei dem in einigen Monaten vor dem Landgericht stattfindenden Strafprozess sollten wir auf Schuldunfähigkeit plädieren."

Als Platschke ihn unverständlich anstarrte, fügte er erklärend hinzu: „Das heißt natürlich nicht, dass Sie freigelassen werden. Nein, ganz und gar nicht! Es bedeutet lediglich, dass Sie nach dem Prozess nicht in eine Justizvollzugsanstalt kommen, sondern mehrere Jahre in einer Maßregelvollzugseinrichtung therapiert werden. Ich kann Ihnen versichern, dass es dort wesentlich angenehmer ist – versehen mit der Option, in einigen Jahren wieder ein Leben in Freiheit führen zu können."

Platschke dachte an seine Mission, die er dann fortführen konnte. Er beugte sich angespannt vor: „Ist das denn möglich?"

„Zumindest denkbar. Doch nur dann, wenn verschiedene Voraussetzungen erfüllt sind – es wird allerdings nicht ganz einfach sein. Ihr Einverständnis vorausgesetzt, müssen wir zunächst einen renommierten Psychiater beauftragen, der gutachterlich bescheinigen muss, dass es sich bei Ihren Delikten um wahnorientierte Taten gehandelt hat, für die Sie nach den geltenden Strafgesetzen nicht verantwortlich gemacht werden können. In

Ihrem Fall würde ich meine Verteidigung dann darauf aufbauen, dass Sie Ihre Taten im Zustand der Schuldunfähigkeit begangen haben. Anzunehmen ist, dass auch die Staatsanwaltschaft dem Gericht eine derartige Expertise vorlegen wird, verbunden mit dem Ziel, unser Gutachten auszuhebeln. Die Entscheidung, ob Sie dann in eine Justizvollzugsanstalt kommen oder aus medizinischen Gründen in einer psychiatrischen Klinik therapiert werden, treffen dann natürlich ganz allein die Richter des Landgerichts."

Dr. Kolding schaute auf seine Armbanduhr. Er hatte mit seinem Mandanten mehr Zeit verbracht, als er eigentlich wollte. Eilig stand er auf, meinte mit einem zuversichtlichen Lächeln: „Herr Platschke, denken Sie über alles in aller Ruhe nach. Wir haben Zeit, brauchen nichts zu übereilen. In einer Woche sehen wir uns wieder. Dann sagen Sie mir bitte, ob wir diesen Weg einschlagen wollen. Ich werde dann die entsprechenden Vorkehrungen treffen." Er gab Platschke die Hand, zog die Tür des Besuchsraumes hinter sich ins Schloss – und ließ einen tief verunsicherten Mandanten zurück, der wieder etwas Hoffnung geschöpft hatte. Plötzlich fiel Platschke ein, dass er vergessen hatte, ihn noch einmal wegen seiner seltenen Blutgruppe anzusprechen, die nach Auffassung seines Anwalts die Ermittler auf seine Spur geführt hatte.

Es eilte nicht, er würde das beim nächsten Besuch nachholen ...

Die Stimme des Justizvollzugsbeamten riss ihn aus seinen Überlegungen: „Ich bringe Sie jetzt wieder zurück!" Schweigend folgte Platschke ihm, vernahm wieder die klirrenden Schließgeräusche, die hallenden Schritte, verharrte automatisch, wenn der Beamte vor ihm stehen blieb, die Gittertür öffnete, ihn an sich vorbeiließ, wieder abschloss. Platschke war froh, dass er endlich wieder im Haftraum war. Er setzte sich auf den Stuhl, faltete die Hände, so, als wolle er ein Gebet sprechen. Doch Frömmigkeit war nicht sein Ding, hatte keinen Platz in seiner Gedankenwelt. Er dachte an das Gespräch mit seinem Anwalt, versuchte sich an seinen Vorschlag zu erinnern. Wenn er ihn richtig verstanden hatte, wollte er durch cin Gutachten beweisen, dass er, Ingo Platschke, psychisch krank war. Er schüttelte heftig den Kopf. Nein, das wollte er nicht! Verdammt, er war nicht verrückt! Er würde seinem Anwalt sagen, dass er alles im Vollbesitz seiner geistigen Kräfte getan hatte. Unmissverständlich! Wenn er die Möglichkeit hätte, würde er es wieder tun – oder es immer noch tun, wenn man ihn nicht hier eingesperrt hätte. Es war eine Mission, für die ihm alle dankbar sein müssten. Irgendwann würden das auch die begreifen, die heute noch voller Zweifel waren. Das würde er auch dem Richter sagen, auch wenn das nicht im Sinne seines Anwalts war. Platschke hockte sich auf sein Bett, legte die Arme um seinen Oberkörper, so, als wollte er sich umarmen, sich vor etwas schützen. Mit seinen Gedanken war er nun wieder im fensterlosen Zimmer seines Hauses, dort, wo er sich am liebsten aufgehalten hatte. Für ihn war dieser Raum – abgeschottet von allen äußeren Geräuschen, Unbilligkeiten und Umweltverschmutzungen –, in den letzten Wochen mehr und mehr zu einem guten Freund geworden. Schon jetzt wusste er, dass er den Platz mit all den Erinnerungen, Geheimnissen, den eindrucksvollen Bildern, Zeitungsartikeln, seinen aufgelisteten Aktionen an den Wänden von Tag zu Tag mehr vermissen würde. Er fragte sich, was die Behörden mit seinem Haus und den gesammelten Schätzen machen würden. Plötzlich ging ein zynisches Grinsen über sein blasses Gesicht, als er an seine Konstruktion dachte, mit der er es gemacht hatte. Die blonde Kriminalbeamtin hätte es gern gewusst, doch er hatte geschwiegen, würde es auch weiterhin tun – wenn notwendig, auch über den Tod hinaus.

Donnerstag, 22.12.

Vierzehn Uhr. Pressekonferenz im großen Sitzungssaal der Polizeiinspektion. Kai konnte sich nicht erinnern, jemals an einer Pressekonferenz teilgenommen zu haben, die zwei Tage vor dem Heiligen Abend einberufen wurde. Kriminaloberrat Harald Buchner und Staatsanwältin Dr. Ingelore Hasenköttel hatten dazu gemeinsam eingeladen.

Während die ersten Medienvertreter eintrudelten, war Kai gegenüber dem Sitzungssaal in die Kantine gegangen, hatte sich von der freundlichen Bedienung hinter der Theke einen Kaffee geholt. Mit dem blauen Becher in der Hand stand sie nun vor dem Panoramafenster, genoss den großartigen Ausblick, der sich in den letzten Stunden durch den Schneefall verändert hatte.

Ihre Gedanken schweiften ab zu ihren Eltern. Gestern hatte sie noch einmal mit ihrer Mutter telefoniert, ihr versprochen, dass sie am Heiligen Abend hier um vierzehn Uhr sechsundzwanzig abfahren und um siebzehn Uhr achtundvierzig auf dem Heidelberger Hauptbahnhof ankommen würde ...

Ein Räuspern unterbrach ihre Gedankengänge. Freiberg stand hinter ihr, hatte das zusammenklappbare Ding in den Händen, dessen Geheimnis der Leiter des Erkennungsdienstes auf der letzten Dienstbesprechung gelüftet hatte: das Tatwerkzeug! Unscheinbar, aber effektiv und tödlich – geschaffen von einem kranken Hirn.

„Kai, du solltest das mitnehmen. Die Zeitungsleute wollen das bestimmt sehen. Es erklärt mehr als alle Worte. Ich nehme an, es wird später in unserer Asservatenkammer einen besonderen Platz einnehmen."

„Erdal, vielen Dank. Wo verbringst du das Weihnachtsfest?"

„Bei meinen Eltern in Sarstedt. Wie du weißt, wohne ich da ja immer noch."

Kai schaute auf die Uhr. „Es wird Zeit, ich muss jetzt rüber." Als sie den Sitzungssaal betrat, staunte sie über die große Anzahl der Pressevertreter. Obwohl sich einige Zeitungsleute schon im Urlaub befanden, andere mit ihren Gedanken sicherlich schon beim Weihnachtsfest waren, schien das überregionale Medieninteresse ungewöhnlich groß zu sein. Ein Grund lag sicherlich darin, dass die rätselhaften Unfälle auf der A7 passiert waren, der längsten bundesdeutschen Autobahn, die mit ihren rund 946 Kilometern als Nord-Süd-Achse von der dänischen Grenze bis nach Österreich reichte.

Kriminaloberrat Buchner, Dr. Hasenköttel und Pressesprecher Claus Kugies waren bereits anwesend. Kai nickte ihnen zu, setzte sich neben ihren Vorgesetzten. Den zusammengeklappten Gegenstand stellte sie neben sich, was sofort die neugierigen Blicke der Anwesenden auf sich zog.

Kai hoffte, unter den Presseleuten ihren ehemaligen Freund Thomas zu sehen, dem sie gern ein schönes Weihnachtsfest gewünscht hätte – doch der war nicht anwesend, hatte stattdessen seine Kollegin Christiane Wagner geschickt. Vielleicht war das auch besser so. Kai kannte die meisten Journalisten, nickte einigen freundlich zu, vermied aber den Blickkontakt mit Stefan Burger, der natürlich nicht fehlen durfte. Sie konnte nur hoffen, dass er sich kurz vor Weihnachten anständig benehmen würde. Doch sie hatte da so ihre Zweifel, denn auch heute lümmelte er provozierend in der ersten Reihe, die Beine weit von sich gestreckt. Auch den Stuhl daneben hatte er für sich reserviert, wie man unschwer an seiner abgeschabten Lederjacke und der darauf liegenden Spiegelreflexkamera erkennen konnte.

Die ermittelnde Staatsanwältin Dr. Hasenköttel begrüßte die Pressevertreter, erteilte aber schon nach wenigen Minuten Kriminaloberrat Buchner das Wort, der zunächst einen Überblick über die Ereignisse der letzten Tage gab. Im Gegensatz zu seinem Vorgänger Friedrich Hundertmark, der immer einen umfassenden, ins Detail gehenden Bericht zum Besten gegeben hatte, tat Buchner das mit der gebührenden Kürze. Zum Schluss sagte er: „Meine Damen und Herren, für die Polizeiinspektion Hildesheim ist es ein großartiges Ergebnis, dass wir Ihnen heute kurz vor Weihnachten präsentieren können ..."

„Dafür werden Sie ja auch bezahlt", fiel ihm Stefan Burger provozierend ins Wort.

Einen Moment war Buchner irritiert, fuhr dann aber unbeirrt fort: „Wie ich anfangs schon sagte, gebührt der Dank in erster Linie Frau Sommer und den Mitgliedern der Soko A7, denen wir durch ihren unermüdlichen Einsatz diesen, ja, man kann das wohl ohne Übertreibung sagen, brillanten Fahndungserfolg verdanken. Hierzu beigetragen hat natürlich auch, das möchte ich nicht unerwähnt lassen, der hohe Qualitätsstandard unseres kriminaltechnischen Labors, das von bestens geschulten Mitarbeitern der Inspektion betrieben wird." Bucher schwieg eine Weile, schaute freundlich auf die Pressevertreter, sagte dann, ohne Stefan Burger eines Blickes zu würdigen: „Ich schlage vor, dass Sie nun Ihre Fragen stellen."

Wie immer kamen die Fragen der Zeitungsleute in schneller Folge, die Kai an diesem Tag wie Hagelkörner erschienen, was vielleicht mit den winterlichen Temperaturen zu tun hatte. Erwartungsgemäß ergriff dann auch Stefan Burger das Wort. Er richtete sich halb auf, machte mit seinem rechten Arm eine halbkreisförmige Bewegung: „Ich glaube, uns alle interessiert besonders die Frage, mit welchen Mitteln der mutmaßliche Täter die Autos auf der A7 verunglücken lassen konnte? Zudem haben wir keine Erklärung dafür, warum Sie das erst heute publik machen, denn schließlich ist Herr Ingo Platschke ja schon vor vier Tagen festgenommen worden. Daher noch einmal: Warum erfahren wir das erst heute?"

In Kai rumorte es. Was bildete sich dieser Kerl ein? Wieso glaubte er, im Namen aller Pressevertreter sprechen zu müssen? Sie war sicher, dass seine Kollegen ihn dazu garantiert nicht ermutigt hatten. Kai beugte sich vor, wollte ihm antworten, doch Buchner kam ihr zuvor: „Herr Burger, das sind mehrere Fragen auf einmal. Vielleicht fangen wir mit der letzten an. Sie haben völlig recht, wenn Sie sagen, dass der Tatverdächtige bereits vor ein paar Tagen festgenommen wurde. Aber glauben Sie im Ernst, dass er gleich nach seiner Festnahme etwas über sein Tatwerkzeug gesagt hätte? Nein, das hat er nicht! Und er hat es bis heute nicht getan!" Als Buchner die enttäuschten Gesichter der Zeitungsleute sah, ergänzte er: „Aber ich kann Sie beruhigen – wir haben es selbst herausgefunden. Doch vielleicht sollte Frau Sommer dazu noch etwas sagen."

Kai hatte sich wieder beruhigt, sagte mit einem Lächeln auf den Lippen leicht ironisch: „Nachdem der erste Teil Ihrer Frage nun ausführlich von Kriminaldirektor Buchner erörtert wurde, werden ich Ihnen den zweiten Teil am Schluss unserer Pressekonferenz beantworten. Ich hoffe, das findet Ihre Zustimmung."

Stefan Burger wollte ärgerlich protestieren, doch Kai erteilte einem jungen Journalisten das Wort.

„Matthias Fuhrberg vom *Kehrwieder*. Ich bin der Nachfolger von Hannah Meiser, die sich seit ein paar Tagen im wohlverdienten Ruhestand befindet. Frau Sommer, können Sie mir sagen, ob es zwischen dem Callgirl Marion Donati und dem getöteten Polizisten je eine Verbindung gegeben hat? Ich frage deshalb, weil er ja unbedingt das Kennzeichen ihres Autos und ihre hannoversche Anschrift haben wollte."

„Nein, Herr Fuhrberg, es hat zwischen den beiden nie eine Beziehung gegeben. Sie haben sich noch nicht einmal gekannt. Herr Prechtel wollte nur wissen, was eine hübsche junge Dame, noch dazu mit einer Luxuslimousine, mit seinem Nachbarn zu tun hatte. Als er dann erfuhr, dass es sich bei der Dame um eine Prostituierte handelte, es hier also um bezahlten Sex ging, war die Sache für ihn erledigt, seine Neugier gestillt."

„Können Sie sagen, aus welchen Gründen Ingo Platschke den ehemaligen Polizisten getötet hat?" wollte Imke Kaußner vom *Huckup* wissen.

Kai zögerte. „Das ist nicht mit ein oder zwei Sätzen zu beantworten, dazu muss ich etwas ausholen ..."

„Dann tun Sie das!" fauchte Stefan Burger: „Wir alle interessieren uns brennend dafür."

Kai ignorierte den Zwischenruf. „Herr Prechtel konnte zum damaligen Zeitpunkt natürlich nicht ahnen, dass es sich bei seinem Nachbarn um den gesuchten Täter handelte, der für die Unfälle auf der A7 verantwortlich war, geschweige denn, dass er seinen späteren Mörder vor sich hatte. Wie wir von Frau Doris Prechtel erfahren haben, muss ihr Mann seinen Nachbarn wochenlang beobachtet haben. Er hat das getan, obwohl seine Frau ihm dringend davon abgeraten und immer wieder gesagt hatte, dass ihn das nächtliche Treiben des Nachbarn nichts angehen würde, er sich lieber um seine eigenen Sachen kümmern solle. Doch das hat ihn nicht gestört. Er war davon überzeugt, dass sein Nachbar Platschke in kriminelle Geschäfte verwickelt war. Um Näheres herauszubekommen, ist er ihm dann in den frühen Morgenstunden des 6. Novembers gefolgt – an diesem Tag war seine Frau Doris noch bei ihrer Schwester in Bad Grund. Was nun kommt, sind reine Spekulationen: Wir vermuten, dass Herr Prechtel seinen Nachbarn dabei überrascht hat, wie er mit seinem selbstkonstruierten Tatwerkzeug wieder einmal ein Auto auf der A7 verunglücken lassen wollte. Offensichtlich hat Herr Prechtel versucht, das zu verhindern. Doch wie wir alle wissen, ist ihm das nicht gelungen. Das Ergebnis der damaligen Aktion des mutmaßlichen Täters kennen wir: zwei schwerverletzte Personen, ein völlig zerstörter Mercedes. Vermutlich kam es in Nähe der Autobahnüberführung Hildebrandstraße zwischen den beiden zu einem Handgemenge, bei dem Ingo Platschke seinen Widersacher dann brutal erschlagen hat – also Totschlag oder Mord zur Verdeckung einer Straftat. Da der Tatverdächtige sich hierzu nach wie vor nicht geäußert hat, sind das alles nur Hypothesen – doch das sagte ich ja bereits. Nach allem nehmen wir an, dass das Tötungsdelikt zum Nachteil des Herrn Prechtel spontan erfolgte, es für Platschke, so grausam es auch klingen mag, ein Kollateralschaden war und ..."

Antje Gerges von der *Leine-Deister-Zeitung* fiel ihr ins Wort: „Können Sie das näher erörtern? Kollateralschaden? Das klingt so kriegerisch."

„Ist es auch", nickte Kai zustimmend, fügte erklärend hinzu: „Bei kriegerischen Auseinandersetzungen werden Kollateralschäden in Kauf genommen, um ein bestimmtes Ziel zu erreichen. Und zwar auf Teufel komm raus! Was auf Ingo Platschke übertragen bedeutet, dass er sein angestrebtes Ziel an diesem Morgen – nämlich die Zerstörung eines weiteren Autos – unter allen Umständen erreichen wollte, er dabei auch billigend den Tod eines völlig Unschuldigen in Kauf nahm."

Buchner legte seine Hand auf ihren Unterarm, murmelte anerkennend: „Das war sehr gut."

Matthias Fuhrberg meldete sich erneut: „Nur kurz zu dem gerade angesprochenen Komplex: Bei den verunfallten Autos handelte es sich ja fast immer um teure Luxuslimousinen ... Woher wusste Platschke das? Ich meine, an den Unfalltagen war es stockdunkel, er konnte demnach nur die

Scheinwerfer der Autos sehen. Dennoch hat er sich immer diese teuren Wagen herausgepickt."

„Herr Fuhrberg, das ist eine der ganz wenigen Fragen, die wir nicht beantworten können. Wir wissen es einfach nicht!"

Die nächste Frage kam von Thomas Winkler, einem Journalisten des *Sarstedter Anzeigers*: „Frau Sommer, mich würde interessieren, wie Sie dem Täter auf die Spur gekommen sind. Ich meine, der entscheidende Punkt war ja wohl diese seltene Blutgruppe AB Rhesus negativ. Oder anders gefragt: Würde der Täter heute noch frei herumlaufen, wenn Ihnen das mit der Blutgruppe nicht eingefallen wäre?"

„Herr Winkler, früher oder später wäre uns Platschke ins Netz gegangen. Irgendwann hätte er einen Fehler gemacht, da bin ich mir ganz sicher. Wir haben ja auch die erforderlichen Vorkehrungen getroffen. Seit Ende November standen die entsprechenden Übergänge im Fokus unserer Beobachtungen, darunter auch die über die Autobahn führenden Konstruktionen. Überrascht waren wir allerdings, dass sein letzter Anschlag dann einige Kilometer weiter nördlich erfolgte. Doch damit konnte keiner rechnen, schließlich können wir die A7 nicht von Hannover bis Kassel überwachen."

„Frau Sommer, stellen Sie bitte Ihr Licht nicht unter den Scheffel", protestierte Kriminaloberrat Buchner, der sich offenbar gemüßigt fühlte, auch noch einmal etwas zu sagen: „Herr Winkler hat völlig recht! Ohne Ihr Engagement, Ihre Intuition und diese Daten von der Blutbank würde der Täter heute noch frei herumlaufen."

Renate Gröger vom *Kleeblatt* stellte die nächste Frage: „Wenn ich Sie recht verstehe, sind Sie rein zufällig auf die Idee mit der Blutgruppe gekommen, oder?"

„Ja und nein. Uns war ja bekannt, dass wir einen Täter mit der äußerst seltenen Blutgruppe AB Rhesus negativ suchen. Ich kann Ihnen nicht sagen, wie viele Personen es in Hildesheim mit dieser Blutgruppe gibt, zumal ja auch nicht alle registriert sind, wobei das Bundesgesundheitsamt davon ausgeht, dass nur etwa ein Prozent der bundesdeutschen Bevölkerung diese Blutgruppe hat. Im vorliegenden Fall hatten wir aber Glück, weil von dem selektierten Datenmaterial der Blutbank nur eine Handvoll Personen übrig geblieben ist, die in unser Täterprofil gepasst hat. Relativ schnell sind wir dann auf Herrn Platschke gekommen, der seinen seltenen Lebenssaft schon mehrmals gespendet hatte, somit als Blutspender registriert worden war. Man muss hier wissen, dass er vor mehreren Jahren von einem Auto überfahren wurde, der Fahrer aber nie gefasst wurde. Die Ärzte im Sankt Bernward Krankenhaus hatten dann wochenlang um sein Leben gerungen, ihn in ein künstliches Koma versetzt. Aufgrund seiner schweren inneren Verletzungen war er dann selbst schon einmal auf diese Blutgruppe angewiesen. Und somit schließt sich der Kreis – wenn Sie so wollen, war das bei ihm ein Nehmen und Geben. Bei allem, was er getan hat, ist das natürlich schwer vorstellbar. Ich nehme an, er hat aus Dankbarkeit seine seltene Blutgruppe gespendet, natürlich nicht unentgeltlich. Aber das sind nur Spekulationen – denn auch dazu schweigt er."

„Glauben Sie, dass die Beweggründe für seine Straftaten etwas mit seinem damaligen Unfall zu tun hatten?" wollte Thomas Winkler wissen.

Staatsanwältin Dr. Hasenköttel bemühte sich um eine Antwort, die jedoch keinen zu befriedigen schien: „Das könnte durchaus sein, doch die Beurteilung dieses Sachverhaltes sollten wir lieber den Psychologen, Psychiatern und sonstigen Fachleuten überlassen."

Stefan Burger fiel ihr ins Wort: „Wollen Sie damit andeuten, dass Sie Platschke einem psychiatrischen Gutachter vorstellen wollen, verbunden mit dem Ziel, ihn in einer Maßregelvollzugseinrichtung therapieren zu lassen?"

Die Staatsanwältin beugte sich ärgerlich vor: „Herr Burger, das habe ich nicht gesagt! Und wenn es so wäre, würde ich darüber ganz sicherlich nicht in der Öffentlichkeit sprechen. Ich meine, wir sollten an dieser Stelle diese unsinnigen Spekulationen beenden."

Matthias Fuhrberg hatte noch eine Frage: „Frau Sommer, ist denn bekannt, warum er immer nur am Sonntag zwischen drei und vier Uhr seine Taten begangen hat?"

„Auch darüber können wir nur spekulieren. Wir nehmen an, dass das mit seinem damaligen Unfall zusammenhängt, der sich offensichtlich auch an einem Sonntag zwischen drei und vier Uhr ereignete. Da der Fahrer des Mercedes nie gefasst wurde, können wir das mit der Uhrzeit aber auch nur vermuten, gehen aber davon aus, dass er um etwa drei Uhr angefahren wurde, doch erst eine Stunde später mit schwersten inneren Verletzungen völlig unterkühlt gefunden und dann im Bernward Krankenhaus notoperiert wurde."

Kriminaloberrat Buchner ergriff das Wort: „Wir sollten nun zu dem kommen, was Sie alle brennend interessiert: Wie konnte Platschke so viele

Autos verunglücken lassen, ohne irgendwelche Spuren zu hinterlassen? Wie hat er es gemacht?"

Er machte eine Kunstpause, ließ seine Blicke über die Pressevertreter gleiten, wandte sich an Kai: „Bitte, Frau Sommer, das ist Ihr Part."

Kai beugte sich zur Seite, griff schweigend zu dem ominösen Gegenstand, der seitwärts am Tischbein lehnte. Als sie sich aufrichtete, spürte sie die neugierigen Blicke der Zeitungsleute, die jede ihrer Bewegungen verfolgten. Die Spannung war unerträglich, fast körperlich zu spüren. Kai konnte sich nicht erinnern, dass es in diesem Besprechungsraum jemals so ruhig gewesen war. Kein Rascheln, kein Husten, kein Tuscheln und Flüstern – in diesen Sekunden hätte man gehört, wenn die sprichwörtliche Nadel auf den Fußboden gefallen wäre.

Kai hatte den Gegenstand nun auf einen Tisch gestellt, mehrmals auseinandergeklappt, ihn somit – mit einer Breite von zwei und einer Höhe von einem Meter – zu einer beachtlichen Größe entfaltet. Das Entscheidende waren jedoch nicht nur die Maße des dubiosen Gebildes, sondern das, was für die Zeitungsleute nun sichtbar wurde. Sie stutzten, griffen automatisch zu ihren Kameras – so wie sie es immer taten, wenn sie etwas Spektakuläres, nicht Alltägliches für ihre Zeitungen festhalten wollten. Ohne nähere Inaugenscheinnahme des Objektes drückten sie pausenlos auf die Knöpfe ihrer Spiegelreflexkameras, erkannten im Eifer des Gefechts aber erst jetzt, dass sie sich in dem aufgeklappten Spiegel selbst fotografierten – verzerrte Bilder, wertlos für ihre Berichte.

Als etwas Ruhe eingetreten war, wurde die anfängliche Spannung von einer auffallend nüchternen Sachlichkeit verdrängt. Kai ergriff das Wort, bevor bohrende Fragen gestellt wurden: „Ja, so hat er es gemacht! Unsere Recherchen haben ergeben, dass er mit diesem seltsamen Gebilde – bespannt mit einer qualitativ hochwertigen Spiegelfolie – den Eindruck erweckt hat, dass den Autofahrern ein Geisterfahrer entgegenkommen würde. Einige Überlebende haben das auch so empfunden. Natürlich sind wir damals auch diesen Hinweisen nachgegangen, konnten aber keinerlei Spuren auf der Fahrbahn finden. Zehn Menschen sind bei diesen Ausweichmanövern ums Leben gekommen, die Fahrer haben reflexartig das Lenkrad verrissen, sich mit ihren Fahrzeugen überschlagen, sind gegen die Leitplanken geprallt." Kai sprach nicht weiter, klappte im Zeitlupentempo schweigend den Spiegel zusammen, überlegte dabei, ob sie noch weitere Erklärungen abgeben sollte.

Kriminaloberrat Buchner unterbrach die Stille: „Ich nehme an, dass wir Ihre Fragen nun umfassend beantwortet haben. Wenn Sie noch die eine oder andere haben, werden wir Ihnen selbstverständlich auch die noch beantworten." Er ließ seine Blicke über die Pressevertreter gleiten, von denen einige bereits ihre Stenoblöcke und Kameras eingepackt hatten, sagte dann mit Blick auf Kai und Dr. Hasenköttel: „Das scheint nicht der Fall zu sein ... Dann bedanke ich mich für Ihre Teilnahme an dieser nicht alltäglichen Pressekonferenz. Ich wünsche Ihnen im Namen der Staatsanwaltschaft und der Polizeiinspektion Hildesheim ein frohes Weihnachtsfest und für das kommende Jahr alles Gute."

Bereits nach zwei Minuten hatten die Pressevertreter den Raum verlassen. Die Staatsanwältin, ihr Vorgesetzter und der Pressesprecher schlossen sich ihnen an. Kai blieb allein zurück, atmete tief durch, war froh, dass alles so gut gelaufen war. Sie schaute auf Platschkes Tatwerkzeug, mit dem er so viel Leid und Trauer verursacht hatte. Kai fragte sich, ob das alles nicht passiert wäre, wenn er damals diesen schrecklichen Unfall nicht gehabt hätte: Überrollt von einer Luxuslimousine, dann liegengelassen wie ein nicht mehr benötigter Gegenstand – ein Trauma, das er offensichtlich nicht überwunden hatte. Daher auch der Spruch in seiner Küche: Macht kaputt, was euch kaputt macht! Es war anzunehmen, dass etwas in ihm zerbrochen war, er deshalb alles vernichten wollte, was ihn damals fast getötet hatte. Ob das wirklich so war, würde man sicherlich im nächsten Jahr in einem psychiatrischen Gutachten nachlesen können. Kai seufzte, war froh, dass sie diese Entscheidung nicht treffen musste. Sie trat an das Panoramafenster, schaute gedankenverloren auf Sankt Andreas, dessen Spitze sich wie ein mahnender Finger aus der Innenstadt erhob, ganz hinten rechts Sankt Godehard, links davon der Dom und noch weiter links Sankt Michael, im Vordergrund Sankt Magdalenen – es war immer wieder ein erhabenes Gefühl, hier aus dem sechsten Stock der Polizeiinspektion auf diese kirchlichen Bauwerke zu schauen, die Hildesheim mit zu dem gemacht hatten, was es war: die kleine, aber liebenswerte Domstadt an der Innerste.

Ende

AUGUST GÖDECKE IM SCHARDT VERLAG

März 2008, Broschur, 192 Seiten, ISBN 978-3-89841-379-4, 12,80 Euro

Juli 2009, Broschur, 203 Seiten, ISBN 978-3-89841-461-6, 12,80 Euro

September 2010, Broschur, 208 Seiten, ISBN 978-3-89841-551-4, 12,80 Euro

November 2012, Gebunden, 112 Seiten, ISBN 978-3-89841-659-3, 10,00 Euro